D0385815

COLLECTION FOLIO

Yukio Mishima

La mort en été

Traduit de l'anglais
par Dominique Aury

Gallimard

Les textes qui constituent cet ouvrage ont été traduits du japonais en anglais (New Directions Publishing Corporation, 1966) par Edward G. Seidensticker (*La mort en été — Trois millions de yens — Bouteilles thermos*), Ivan Morris (*Le prêtre du temple de Shiga et son amour — Les langes*), Donald Keene (*Les sept ponts — Dojoji — Onnagata*), Geoffrey W. Sargent (*Patriotisme — La perle*).
C'est à la demande expresse de Yukio Mishima que la traduction française a été faite d'après le texte anglais.

D.A.

Titre original :

DEATH IN MIDSUMMER AND OTHER STORIES

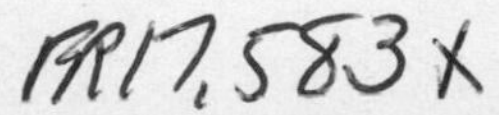

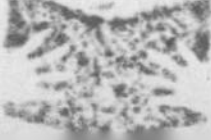

Yukio Mishima (pseudonyme de Kimitake Hiraoka) est né en 1925 à Tokyo. Son œuvre littéraire est aussi diverse qu'abondante : essais, théâtre, romans, nouvelles, récits de voyage. Il a écrit aussi bien des romans populaires, qui paraissaient dans la presse à grand tirage, que des œuvres littéraires raffinées, et il s'est mis en scène dans un film qui préfigure sa propre mort.

Il a obtenu les trois grands prix littéraires du Japon. Son œuvre principale est une suite de quatre romans qui porte le titre général de *La mer de la Fertilité*. En novembre 1970, il s'est donné la mort d'une façon spectaculaire, au cours d'un *seppuku*, au terme d'une tentative politique désespérée qui a frappé l'imagination du monde entier.

Pour Philippe et Pauline de Rothschild

La mort en été

La mort... nous affecte plus profondément sous le règne pompeux de l'été.

BAUDELAIRE
Les Paradis artificiels

La plage d'A., près de l'extrémité sud de la péninsule d'Izu, est encore intacte. On peut s'y baigner. Il est vrai que le fond de l'eau y est inégal et rocailleux, et que les lames y sont un peu rudes; mais l'eau est propre, la plage descend en pente douce vers la mer, et dans l'ensemble les conditions pour faire de la natation y sont excellentes. En grande partie parce qu'elle est située à l'écart, la plage d'A. ne souffre ni du bruit ni de la crasse des stations balnéaires plus proches de Tokyo. Elle est à deux heures d'autocar d'Ito.

La seule auberge, ou presque, est l'Eirakusò, qui loue aussi des pavillons. Il n'existe qu'une ou deux de ces minables buvettes qui encombrent en été la plupart des plages. Le sable est abondant et blanc, et à mi-chemin de la mer un rocher coiffé de pins surplombe si bien la plage qu'on le croirait posé par un paysagiste. A marée haute il disparaît à moitié sous l'eau.

Et la vue est belle, quand le vent d'ouest a balayé la brume de mer, on aperçoit les îles au large, Oshima tout près et Toshima un peu plus loin, et entre les deux une petite île triangulaire qui s'appelle Utoneshima. A l'extrémité de la presqu'île de Nanago se situe le cap Sakai, qui fait partie du même massif montagneux, et plonge profondément ses racines dans la mer; et au-delà, le cap qu'on appelle le Palais du Dragon de Yatsu, puis le cap Tsumeki, où tournoie chaque nuit, à l'extrémité sud, le rayon d'un phare.

Dans sa chambre de l'Eirakusò, Tomoko Ikuta faisait la sieste. Elle était mère de trois enfants, mais à voir sa silhouette endormie personne ne l'aurait soupçonné. On lui voyait les genoux, sous sa robe droite, un peu courte, en coton rose pâle. Ses bras ronds, son visage lisse et ses lèvres un peu gonflées avaient une fraîcheur enfantine. Un peu de sueur marquait le front et le creux près des narines. Les mouches bourdonnaient, et l'air était brûlant comme l'intérieur d'un four. Le coton rose se soulevait et s'abaissait si légèrement qu'il semblait incarner la touffeur du lourd après-midi.

Les autres pensionnaires de l'hôtel étaient pour la plupart sur la plage. La chambre de Tomoko était au premier étage. Il y avait sous sa fenêtre une balançoire blanche pour les enfants. Des chaises étaient disposées sur la pelouse, de quelques centaines de mètres carrés, des tables aussi, et le piquet d'un jeu d'anneaux. Les anneaux étaient dispersés sur la pelouse. Personne n'était en vue, et le bourdonnement, de temps à autre, d'une abeille se perdait dans le bruit des vagues par-delà la haie. Les pins montaient jusqu'à la haie, et cédaient ensuite au sable et au flot. Un ruisseau passait sous l'auberge. Il formait un étang avant de se jeter dans l'océan, et une quinzaine d'oies s'y éclaboussaient et y criaillaient sans retenue quand elles y mangeaient tous les après-midi.

Tomoko avait deux fils, Kiyoo et Katsuo, qui avaient six ans et trois ans, et une fille, Keiko, qui en avait cinq. Tous trois étaient à la plage avec Yasue, la belle-sœur de Tomoko. Tomoko ne se sentait aucun embarras à demander à Yasue de garder les enfants pendant qu'elle-même faisait la sieste.

Yasue était vieille fille. Tomoko avait besoin d'aide après la naissance de Kiyoo; elle en avait parlé à son mari et décidé de faire venir Yasue de province. Il n'y avait pas de vraie raison qui eût empêché Yasue de se marier. Elle n'était certainement pas particulièrement séduisante, mais elle n'était pas laide non plus. Elle avait refusé toutes les offres les unes après les autres, et finalement passé l'âge de se marier. Enchantée par l'idée de suivre son frère à Tokyo, elle avait sauté sur l'invitation de Tomoko. Sa famille voulait la marier à un notable de province.

Yasue n'était pas vive, mais elle avait très bon caractère. Elle parlait à Tomoko, plus jeune qu'elle, comme à une sœur aînée, et prenait toujours grand soin de lui être soumise. Son accent du Kanazawa avait presque disparu. Tout en s'occupant des enfants et du ménage, Yasue suivait des cours de couture, et faisait ses propres vêtements, bien entendu, et aussi ceux de Tomoko et des enfants. Elle prenait un carnet de croquis pour relever les modèles des nouvelles modes dans les vitrines des quartiers chics, et il lui était arrivé de se faire regarder de travers et même adresser des reproches par les vendeuses.

Elle était assise sur la plage en maillot de bain, un maillot vert très élégant. C'était la seule chose qu'elle n'eût pas faite – il venait d'un grand magasin. Très fière de sa claire peau nordique, elle était à peine hâlée. Au sortir de l'eau elle se précipitait toujours à l'abri de son parasol. Les enfants étaient au bord de l'eau à construire un château de sable, et Yasue s'amusait à couvrir de sable humide sa jambe blanche. Le sable, qui séchait aussitôt, formait un dessin foncé, où scintillaient des débris de coquillages. Yasue le brossa vivement, comme inquiète soudain qu'il persistât. Un minuscule insecte à demi transparent surgit du sable et s'enfuit.

Etirant ses jambes et appuyée à la renverse sur les mains, Yasue regardait la mer. D'énormes masses de nuages bouillonnaient, gigantesques et paisiblement majestueux. On aurait dit qu'ils absorbaient tous les bruits d'ici-bas, même la rumeur de la mer.

C'était au plus haut de l'été, il y avait de la colère dans les rayons du soleil.

Les enfants en avaient assez du château de sable. Ils se jetèrent en courant pour faire jaillir l'eau des petites flaques au bord du flot. Réveillée du tranquille petit univers personnel où elle avait glissé, Yasue courut après eux.

Mais ils ne faisaient rien de dangereux. Ils avaient peur du rugissement des vagues. Il y avait une petite morte-eau au-delà de la ligne où retombaient les vagues. Kiyoo et Keiko, la main dans la main, avaient de l'eau jusqu'à la taille, et les yeux brillants se raidissaient contre l'eau en sentant le sable bouger sous leurs pieds nus.

« On dirait que quelqu'un tire », dit Kiyoo à sa sœur.

Yasue s'approcha d'eux et leur défendit d'aller plus loin. Elle leur montra Katsuo. Ils ne devaient pas le laisser tout seul, ils devaient aller jouer avec lui. Mais ils ne l'écoutaient pas. Ils étaient debout la main dans la main, heureux, et se regardèrent en souriant. Ils avaient un secret : le sable qu'ils sentaient bouger sous leurs pieds.

Il téléphona aussitôt à son bureau pour dire qu'il ne viendrait pas. Il songea à se rendre en voiture à la plage d'A. Mais la route était longue et dangereuse, et il n'était pas sûr de bien conduire, bouleversé comme il l'était. D'ailleurs, il avait eu récemment un accident. Il décida de prendre le train jusqu'à Ito, et là, un taxi.

Le processus par lequel l'événement imprévu se fraie son chemin dans la conscience est étrange et subtil. Masaru, qui s'embarqua sans même savoir de quelle nature était l'incident, prit soin de se munir d'une bonne somme d'argent. Les incidents exigent de l'argent.

Il prit un taxi pour la gare de Tokyo. Il n'éprouvait rien qu'il pût vraiment appeler de l'émotion. Il éprouvait plutôt ce que ressentirait un policier qui se rendrait sur les lieux d'un crime. Moins occupé à imaginer qu'à déduire, il tremblait de la curiosité d'en apprendre davantage sur un fait qui le concernait si profondément.

Elle aurait pu téléphoner. Elle avait peur de me parler. Avec son intuition d'époux, il devinait la vérité. Mais de toute manière, le premier problème est d'y aller voir moi-même.

Il regarda par la portière comme ils approchaient du centre de la ville. Le soleil matinal du plein été était encore plus aveuglant à cause des foules en chemise blanche. Les arbres le long de la route projetaient des ombres épaisses directement à la verticale, et à une entrée d'hôtel le store d'un rouge et blanc criard était tendu, comme pour soutenir le lourd poids métallique du soleil. La terre nouvellement retournée, où l'on réparait la rue, était déjà sèche et poussiéreuse.

Le monde autour de lui était semblable à ce qu'il avait toujours été. Rien n'était arrivé, et il pouvait essayer de croire qu'à lui non plus rien n'était arrivé. Un agacement enfantin s'empara de lui. Dans un endroit inconnu, un incident avec lequel il n'avait rien à voir l'avait coupé du monde.

Parmi tous ces passagers il n'y en avait pas un seul aussi malheureux que lui. Y penser lui parut le situer à un niveau différent du Masaru de tous les jours, bien au-dessus, ou bien au-dessous, comment savoir. Il était quelqu'un de particulier. Quelqu'un de séparé.

Probablement l'homme qui porte sur le dos une grande marque de naissance éprouve-t-il quelquefois le besoin de crier : « Ecoutez tous. Vous ne le savez pas. Mais j'ai sur le dos une large tache rouge de naissance. »

Et Masaru avait envie d'appeler les autres passagers : « Ecoutez, tout le monde. Vous ne le savez pas, mais je viens de perdre ma sœur et deux de mes trois enfants. »

Son courage le quitta. Si au moins les enfants étaient sauvés... Il se mit à chercher d'autres façons d'interpréter le télégramme. Peut-être que Tomoko, affolée par la mort de Yasue, avait supposé que les enfants étaient morts alors qu'ils étaient seulement égarés. Est-ce qu'il ne se pouvait pas qu'en ce moment même un second télégramme l'attendît à la maison? Masaru était entièrement pris par ses propres sentiments, comme si l'événement lui-même eût été moins important que sa propre réaction. Il regretta de n'avoir pas appelé immédiatement l'Eirakusò.

La place devant la gare d'Ito brillait sous le soleil du grand été. Près de la station de taxis il y avait un petit bureau, pas plus grand qu'une guérite. A l'intérieur la lumière du soleil était impitoyable, et les feuilles de dépêches épinglées aux murs étaient jaunies et gondolées.

« Combien pour la plage d'A.?

– Deux mille yens. » L'homme portait une casquette de chauffeur, et avait une serviette autour du cou. « Si vous n'êtes pas pressé, vous pouvez faire des économies en prenant l'autobus. Il part dans cinq minutes », ajouta-t-il, par gentillesse peut-être, ou parce que faire la route demandait trop d'effort.

« Je suis pressé. Quelqu'un de ma famille vient juste de mourir là-bas.

– Oh ! Vous êtes parent des gens qui se sont noyés à la plage d'A. ? Quel malheur. Deux enfants et une femme à la fois, paraît-il. »

Masaru éprouva un vertige sous le brûlant soleil. Il ne dit plus un seul mot au chauffeur jusqu'à l'arrivée à la plage d'A.

Le paysage le long de la route n'avait rien de bien remarquable. Le taxi monta d'abord une montagne poussiéreuse, puis en redescendit une autre. La mer était rarement en vue. Quand ils croisèrent une autre voiture sur un parcours particulièrement étroit, des branches heurtèrent la vitre entrouverte, comme des oiseaux surpris, et répandirent brutalement de la poussière et du sable sur le pantalon bien repassé de Masaru.

Masaru n'arrivait pas à décider comment aborder sa femme. Il n'était pas certain qu'il y eût une façon « naturelle » de l'aborder, parce qu'aucune des émotions qu'il éprouvait ne semblait convenir. Peut-être était-ce l'insolite qui était naturel.

Le taxi franchit le vieux portail noirci de l'Eirakusò. Il remontait l'allée, quand le directeur accourut dans un fracas de socques. Masaru sortit automatiquement son portefeuille.

« Je suis Ikuta.

– Un grand malheur », dit le directeur en s'inclinant profondément. Après avoir payé le chauffeur, Masaru remercia le directeur et lui donna un billet de mille yens.

Tomoko et Katsuo occupaient une chambre contiguë à celle où était le cercueil de Yasue. Le corps était recouvert de glace sèche commandée à Ito, et serait incinéré maintenant que Masaru était arrivé.

Masaru dépassa le directeur et ouvrit la porte. Tomoko, qui s'était étendue pour faire un somme, sursauta au bruit. Elle ne s'était pas endormie.

Elle avait les cheveux emmêlés et portait un kimono de coton froissé. Comme une condamnée, elle serra le kimono et s'agenouilla docilement devant lui. Elle avait des mouvements extraordinairement rapides, comme si elle les avait préparés à l'avance. Elle glissa un regard vers son mari et fondit en larmes.

Il ne tenait pas à ce que le directeur le vît poser la main sur l'épaule de sa femme pour la réconforter. Ce serait pire que de laisser surprendre les plus intimes secrets d'alcôve. Masaru enleva sa veste et chercha du regard un endroit où l'accrocher.

Tomoko le vit. Elle prit un portemanteau bleu dans la penderie, et y suspendit la veste trempée de sueur. Masaru s'assit près de Katsuo, que les pleurs de sa mère avaient réveillé, et qui, toujours couché, les regardait tous les deux. Masaru le prit sur ses genoux, il offrait aussi peu de résistance qu'une poupée. Comment les enfants peuvent-ils être aussi petits? C'était presque comme s'il tenait un jouet.

Tomoko s'agenouilla en larmes dans un coin de la pièce.

« Tout est de ma faute », dit-elle. Voilà les mots que Masaru désirait le plus entendre.

Derrière eux, le directeur aussi était en larmes. « Je sais que cela ne me regarde pas, monsieur, mais je vous en prie, ne faites pas de reproches à Mme Ikuta. Tout est arrivé pendant qu'elle faisait la sieste, et rien n'est de sa faute. »

Masaru avait le sentiment d'avoir déjà entendu ou lu cela quelque part.

« Je comprends, je comprends. »

Obéissant aux règles, il se leva, l'enfant dans les bras, et allant à sa femme, lui posa doucement la main sur l'épaule. Le geste lui vint facilement.

Tomoko se reprit à pleurer encore plus amèrement.

On trouva les deux corps le lendemain. Les plongeurs de la gendarmerie les découvrirent finalement sous la pointe de la presqu'île. Les insectes de la mer les avaient grignotés, et il y en avait deux ou trois dans chaque petite narine.

Bien entendu, pareils événements sont au-delà des impératifs de la coutume et cependant il n'y a pas de circonstance où les gens ne se sentent davantage obligés de s'y conformer. Tomoko et Masaru n'oublièrent aucune des réponses ni aucun des cadeaux de remerciement imposés par la coutume.

La mort pose toujours un problème d'organisation. Ils étaient sans cesse occupés, frénétiquement. On pourrait dire que Masaru particulièrement, en tant que chef de famille, n'avait presque pas une minute à consacrer à son chagrin. Quant à Katsuo, il lui paraissait que les jours de fête succédaient aux jours de fête, où tous les adultes jouaient des rôles.

De toute façon, ils parvinrent au bout de ces histoires compliquées. Les offrandes funéraires atteignirent un montant considérable. L'argent des offrandes funéraires est toujours plus largement donné quand le chef de famille, qui peut toujours travailler, est le survivant, que lorsqu'il s'agit de ses propres funérailles.

En quelque mesure, Masaru et Tomoko étaient obligés de trouver le courage de faire le nécessaire. Tomoko ne comprenait pas comment pouvaient exister en même temps une douleur presque démente, et tant d'attention au détail. Et il était également surprenant qu'elle pût manger autant sans même en percevoir le goût.

Ce qu'elle redoutait le plus était de voir les parents de Masaru. Ils arrivèrent du Kanazawa à temps pour les obsèques. Elle se forçait à répéter : « Tout est de ma faute », et par manière de compensation se plaignait à ses propres parents.

Yasue avait peur du soleil. Elle regarda ses épaules et sa poitrine et se souvint de la neige au Kanazawa. Elle se pinça un peu la gorge, en souriant de la sentir chaude. Elle avait les ongles un peu trop longs, et salis par le sable – elle les taillerait en revenant dans sa chambre.

Elle ne voyait plus Kiyoo et Keiko. Ils avaient dû retourner sur la plage.

Mais Katsuo était tout seul. Il faisait une curieuse grimace, et la montrait du doigt.

Son cœur se mit à battre violemment. Elle regarda l'eau à ses pieds. Elle refluait encore, et dans l'écume à quelque deux mètres de là un petit corps brun roulait sans fin. Elle aperçut un instant le maillot bleu marine de Kiyoo.

Son cœur battit encore plus fort. Elle avança vers le corps comme s'il avait fallu se battre pour se sortir du danger. Une vague qui avançait un peu plus qu'à l'accoutumée s'enfla au-dessus d'elle, et se brisa sous ses yeux. Elle la frappa en pleine poitrine. Elle bascula dans l'eau. Elle eut une crise cardiaque.

Katsuo commença à pleurer, et un jeune homme qui n'était pas loin accourut. D'autres aussi, à travers les flaques. L'eau bondissait autour de leurs corps sombres et nus.

Deux ou trois l'avaient vue tomber. Ils ne s'y arrêtèrent pas. Elle allait se relever. Mais à ces moments-là on dirait qu'il y a toujours quelque prémonition, et tout en courant il leur semblait presque que cette chute était inquiétante.

On porta Yasue sur le sable brûlant; elle avait les yeux ouverts et les dents serrées et elle paraissait contempler avec horreur quelque chose qui lui faisait face. Un des hommes lui prit le pouls. Il n'y en avait pas.

« Elle habite l'Eirakusò. » Quelqu'un l'avait reconnue.

Il fallait appeler le directeur de l'hôtel. Un garçon du village, bien résolu à ne laisser à personne d'autre cette importante mission, s'élança à toutes jambes sur le sable chaud.

Le directeur arriva. Il avait la quarantaine. Il portait un short et un T-shirt déformé, et entre l'un et l'autre, une ceinture de flanelle. Il protesta : les premiers soins devaient être donnés à l'hôtel. Quelqu'un fit des objections. Sans attendre le résultat de la discussion, deux jeunes gens soulevèrent Yasue et l'emportèrent. Le sable mouillé où elle avait été allongée gardait l'empreinte d'une forme humaine.

Katsuo les suivit en hurlant. Quelqu'un s'en aperçut et le prit dans les bras.

On réveilla Tomoko de sa sieste. Le directeur, qui savait son métier, la secoua doucement. Elle leva la tête et demanda ce qui n'allait pas.

« La dame qui s'appelle Yasue.

– Il est arrivé quelque chose à Yasue ?

– On lui a donné les premiers soins, et le docteur vient tout de suite. »

Tomoko bondit et sortit avec le patron. Yasue était étendue sur la pelouse près de la balançoire, et un homme presque nu, à cheval au-dessus d'elle, lui faisait la respiration artificielle. Il y avait auprès un tas de paille et de caisses à oranges démolies, et deux hommes faisaient de leur mieux pour allumer un feu. Les flammes se perdaient aussitôt en fumée. Il avait fait orage la nuit dernière et le bois était encore mouillé. Un troisième homme chassait la fumée qui gagnait le visage de Yasue.

La tête rejetée en arrière, Yasue avait absolument l'air de respirer. Le soleil qui filtrait à travers les arbres faisait briller la sueur sur le dos sombre de l'homme qui la chevauchait. Les jambes blanches de Yasue, étendues sur l'herbe, étaient rondes et crayeuses. Elles semblaient à l'abandon, tout à fait détachées du combat qui se livrait plus haut.

Tomoko s'agenouilla dans l'herbe.

« Yasue, Yasue! »

Sauverait-on Yasue? Pourquoi était-ce arrivé? Qu'allait-elle pouvoir dire à son mari? En larmes et balbutiante elle sautait d'une question à l'autre. Soudain elle se tourna vivement vers les hommes qui l'entouraient. Où étaient les enfants?

« Regarde. Voilà ta maman. » Un pêcheur d'un certain âge portait dans ses bras Katsuo épouvanté. Tomoko jeta un coup d'œil à l'enfant, et fit un signe de remerciement au pêcheur.

Le docteur arriva et continua la respiration artificielle. Les joues brûlées par l'éclat du feu, Tomoko savait à peine que penser. Une fourmi courait sur la figure de Yasue. Tomoko l'écrasa et la rejeta. Une autre fourmi remontait de la chevelure vers l'oreille. Tomoko l'écrasa aussi. Elle se mit à écraser les fourmis.

La respiration artificielle dura quatre heures. Finalement on aperçut les symptômes de la rigidité cadavérique, et le docteur renonça. Le corps fut recouvert d'un drap et emporté au second étage. La pièce était sombre. Un homme laissa le corps et courut donner la lumière.

Epuisée, Tomoko se sentait gagnée par une sorte de vide qui n'était pas sans douceur. Elle n'était pas triste. Elle pensa aux enfants.

« Les enfants?

– Tous les trois?

– Tous les trois? » Les hommes se regardèrent.

Tomoko les repoussa et courut en bas. Le pêcheur, Gengo, en kimono de coton, était assis sur le divan et regardait un livre d'images avec Katsuo, qui avait une chemise d'adulte sur son caleçon de bain. Katsuo pensait à autre chose. Il ne regardait pas le livre.

A l'entrée de Tomoko, les habitants de l'hôtel qui avaient appris la tragédie cessèrent de manier leurs éventails pour la regarder.

Elle se jeta presque sur Katsuo.

« Kiyoo et Keiko? » demanda-t-elle brutalement.

Katsuo la regarda avec crainte. « Kiyoo... Keiko... tout des bulles. » Il se mit à sangloter.

Tomoko descendit sur la plage en courant, pieds nus. Les aiguilles de pin la piquèrent quand elle traversa le bosquet. La marée était haute, et il lui fallut grimper sur le rocher pour gagner la plage. Le sable s'étendait tout blanc devant elle. On voyait loin dans le crépuscule. Il restait un parasol, à damiers jaunes et blancs. C'était le sien.

Les autres la rattrapèrent sur la plage. Elle entrait en courant dans le flot sans prendre garde à rien. Quand ils essayèrent de l'arrêter, elle les repoussa avec colère.

« Vous ne voyez donc pas? Il y a deux enfants là-bas. »

Tous n'avaient pas entendu ce qu'avait dit Gengo. Ils croyaient Tomoko folle.

On avait peine à croire que pendant les quatre heures pleines où l'on s'était occupé de Yasue personne n'eût pensé aux deux autres enfants. Les gens de l'hôtel avaient l'habitude de voir les trois enfants ensemble. Et si bouleversée qu'eût été leur mère, il était étrange que rien ne l'eût avertie de la mort de ses deux enfants.

Quelquefois cependant, les incidents de ce genre déclenchent une sorte de réaction collective qui ne permet à chacun que la même simple pensée. Il n'est pas facile de rester à l'écart. Il n'est pas facile d'exprimer un désaccord. Quand on l'avait réveillée de sa sieste, Tomoko avait simplement enregistré ce que les autres lui avaient dit, et n'avait pas pensé à poser des questions.

Durant toute la nuit on fit des feux le long de la plage. Toutes les demi-heures des jeunes gens plongeaient pour chercher les corps. Tomoko était sur la plage avec eux. Elle ne pouvait pas dormir, sans doute parce qu'elle avait trop dormi l'après-midi.

Sur le conseil de la gendarmerie, on ne lança pas les filets le lendemain matin.

Le soleil se levait au-dessus de la pointe de terre

à la gauche de la plage, et la brise matinale frappa Tomoko au visage. Elle avait redouté la lumière du jour. Il lui semblait qu'avec la lumière toute la vérité allait se révéler, et que la tragédie serait pour la première fois véritable.

« Vous ne croyez pas que vous devriez vous reposer? » dit un des hommes les plus âgés. « Si nous trouvons quelque chose nous vous appellerons. Vous pouvez nous faire confiance.

– Je vous en prie, je vous en prie », dit le patron, à qui le manque de sommeil avait rougi les yeux. « Vous avez eu assez de malheurs. Que dirait votre mari si vous alliez tomber malade? »

Tomoko avait peur de voir son mari. Le voir serait voir un juge accusateur. Mais il allait falloir le voir. Le temps s'en rapprochait – et il lui semblait voir se rapprocher un autre désastre.

Elle rassembla bientôt tout son courage pour envoyer un télégramme. Ce qui lui donna un prétexte pour quitter la plage. Elle commençait à avoir l'impression que c'était à elle qu'il appartenait de diriger tous les plongeurs.

Elle se retourna en partant. La mer était paisible. Une lumière d'argent brillait par éclats près du rivage. Des poissons sautaient. Ils semblaient absolument enivrés de joie. Il était injuste que Tomoko fût si malheureuse.

Son mari, Masaru Ikuta, avait trente-cinq ans. Diplômé de l'Université de Tokyo, Etudes étrangères, il travaillait dès avant la guerre pour une société américaine. Il savait bien l'anglais, et connaissait son métier – il était plus capable que ne le laissaient entendre ses façons silencieuses. Maintenant directeur du bureau japonais d'une société américaine d'automobiles, il avait à sa disposition une auto de la société, en partie pour la publicité, et il gagnait 150 000 yens par mois. Il savait aussi se débrouiller pour s'attribuer secrètement certains avoirs, et Tomoko et Yasue, avec une bonne pour s'occuper des enfants, vivaient dans l'aisance et le confort. Il n'était nullement besoin de supprimer trois personnes dans la famille.

Tomoko expédia un télégramme parce qu'elle ne voulait pas parler à Masaru au téléphone. Comme il est de règle dans les faubourgs, la poste téléphona aussitôt le message, et l'appel se produisit juste comme Masaru allait partir travailler. Pensant qu'il s'agissait d'un appel ordinaire, il souleva tranquillement le récepteur.

« Nous avons un télégramme urgent de la plage d'A. », dit la femme du bureau de poste. Masaru commença à être inquiet. « Je vais vous le lire. Vous écoutez? " Yasue morte. Kiyoo et Keito disparus. Tomoko. "

– Voulez-vous relire, s'il vous plaît? »

La seconde fois ce fut pareil : « Yasue morte. Kiyoo et Keiko disparus. Tomoko. » Masaru était furieux. C'était comme si, sans aucune raison pensable, il avait soudain reçu l'annonce de son renvoi.

« Mais pour qui ont-ils le plus de chagrin?

Est-ce que je n'ai pas perdu deux enfants? Ils sont tous là à m'accuser. Ils me reprochent tout, et il faut que je leur fasse des excuses. Ils me regardent tous comme si j'étais la petite bonne étourdie qui a laissé tomber le bébé dans la rivière. Mais c'était Yasue. Yasue a de la chance d'être morte. Est-ce qu'ils ne voient pas qui est la victime? Je suis une mère qui vient de perdre deux enfants.

– Tu es injuste. Qui est-ce qui t'accuse? Est-ce que sa mère n'était pas en larmes quand elle a dit que c'est toi qu'elle plaignait le plus?

– Elle disait ça... »

Tomoko était tout à fait mécontente. Elle se sentait comme quelqu'un qu'on a disqualifié, condamné à l'obscurité, quelqu'un dont on n'a pas reconnu les vrais mérites. Il lui semblait que des chagrins aussi intenses devaient apporter avec eux des privilèges particuliers, des privilèges extraordinaires. Une part de son mécontentement se retournait contre elle, d'avoir fait à sa belle-mère d'aussi abjectes excuses. C'est vers sa propre mère qu'elle accourait quand son irritation reprenait le dessus, comme une démangeaison par tout le corps.

Elle ne le savait pas, mais à la vérité elle était désespérée par la pauvreté des émotions humaines. Y avait-il du bon sens à ce qu'il n'y eût rien d'autre à faire qu'à pleurer lorsque dix personnes mouraient, tout comme on pleurait pour une seule?

Tomoko se demandait pourquoi elle ne s'effondrait pas. Il paraissait étrange qu'elle ne s'effondrât pas, debout plus d'une heure en habits de deuil dans la chaleur du plein été. De temps à autre elle s'était sentie mal, et ce qui chaque fois l'avait sauvée avait été un nouveau sursaut d'horreur devant la mort. « Je suis plus solide que je ne croyais », dit-elle en tournant vers sa mère son visage trempé de pleurs.

En parlant de Yasue avec ses parents, Masaru eut des larmes pour sa sœur morte vieille fille, et Tomoko lui en voulut un peu aussi.

« Qu'est-ce qui compte le plus pour lui, avait-elle envie de demander, Yasue ou les enfants? »

Il n'y a pas de doute, elle était raidie et sur le qui-vive. Elle fut incapable de dormir pendant la nuit de la veillée funéraire, même sachant qu'elle aurait dû. Et cependant elle n'avait même pas ombre de migraine. Elle avait l'esprit clair et tendu.

Les visiteurs se tourmentaient pour elle, et quelquefois elle leur répondait sèchement : « Ce n'est pas la peine de penser à moi. Peu importe que je sois vivante ou morte. »

Les idées de suicide ou de folie la quittèrent. Katsuo serait quelque temps sa meilleure raison de continuer à vivre. Mais quelquefois elle songeait que c'était seulement un manque de courage, ou peut-être l'amollissement du chagrin, et de toute façon se disait, en regardant Katsuo à qui les femmes en deuil faisaient la lecture, que c'était une bonne chose qu'elle ne se soit pas tuée. Ces soirs-là elle s'étendait dans les bras de son mari, et les yeux écarquillés comme ceux d'un lapin sur le cercle de lumière de la lampe de chevet, répétait sans fin, comme on répète un plaidoyer : « J'ai eu tort. C'cst ma fautc. J'aurais dû savoir dès lc début qu'il ne fallait pas laisser les trois enfants à Yasue. »

Sa voix était aussi creuse qu'une voix qui cherche en montagne à provoquer un écho.

Masaru savait ce que signifiait ce sentiment obsessionnel de responsabilité. Elle attendait d'être en quelque manière punie. Elle en avait faim, pourrait-on dire.

Après les cérémonies du quatorzième jour, la vie reprit son cours normal. Tout le monde les incitait à aller quelque part se reposer, mais la montagne et le bord de mer terrifiaient également Tomoko. Elle était convaincue qu'un malheur ne vient jamais seul.

Un soir, vers la fin de l'été, Tomoko alla en ville avec Katsuo. Elle avait rendez-vous pour dîner avec son mari quand il aurait fini son travail.

Il n'y avait rien qu'on refusât à Katsuo. Aussi bien son père que sa mère étaient d'une gentillesse presque gênante. Ils le maniaient comme s'il était une poupée de verre, et c'était toute une affaire rien que pour lui faire traverser une rue. Sa mère fusillait du regard les autos et les camions arrêtés aux feux rouges, et se précipitait pour traverser en tenant la petite main bien serrée dans la sienne.

Dans les vitrines des magasins les derniers maillots de bain de la saison l'agressaient. Il lui fallut détourner les yeux d'un maillot vert qui ressemblait à celui de Yasue. Ensuite elle s'était demandé si le mannequin avait une tête. Il semblait que non, et pourtant si, avec un visage exactement semblable au visage sans vie de Yasue, les yeux fermés sous l'emmêlement des cheveux mouillés. Tous les mannequins devinrent des corps de noyés.

Si seulement l'été voulait finir. Le seul mot « l'été » apportait avec lui de purulentes idées de mort. Et la chaleur au soleil du soir lui paraissait purulente.

Puisqu'elle était un peu en avance, elle emmena Katsuo dans un grand magasin. C'était à peu près une demi-heure avant la fermeture. Katsuo voulait regarder les jouets et ils montèrent au troisième étage. Ils passèrent vite devant les jouets pour la plage. Des mères de famille fouillaient fébrilement dans un entassement de maillots de bain en solde pour enfants. Une femme regardait près de la fenêtre un caleçon de bain bleu marine, et le soleil de l'après-midi jouait sur la boucle. Elle cherche avec enthousiasme un linceul, se dit Tomoko.

Quand il eut acheté son jeu de construction, Katsuo voulut aller sur le toit. Il faisait frais sur le terrain de jeu. Une assez forte brise venue du port agitait les stores.

A travers le grillage de protection, Tomoko regarda par-delà la ville le pont de Kachidoki, les entrepôts de Tsukishima, et les cargos à l'ancre dans le port.

Katsuo lui lâcha la main pour aller voir la cage

des singes. Tomoko le suivit. Peut-être à cause du vent, l'odeur de singe était violente. Le singe les regardait en plissant le front. Quand il sauta d'une branche à l'autre, une de ses mains collée à la hanche, Tomoko remarqua sur le côté du petit visage vieillot une oreille sale où transparaissaient des veines rouges. Elle n'avait jamais regardé un animal avec autant d'attention.

Près de la cage il y avait une pièce d'eau. Le jet d'eau du centre était fermé. Il y avait des massifs de portulaca autour de la bordure de briques, sur laquelle un enfant qui avait à peu près l'âge de Katsuo avançait en trébuchant. On ne voyait ses parents nulle part.

« J'espère qu'il va tomber. J'espère qu'il va tomber et se noyer. »

Tomoko suivait les pas incertains. L'enfant ne tombait pas. Quand il eut fait une fois le tour, il remarqua le regard de Tomoko et éclata de rire avec fierté. Tomoko ne rit pas. On aurait dit que l'enfant se moquait d'elle.

Elle prit Katsuo par la main et quitta rapidement le toit.

Au dîner, après un silence un peu trop prolongé, Tomoko parla. « Comme tu es calme, tout de même. Et tu n'as pas du tout l'air triste. »

Surpris, Masaru tourna la tête pour voir si personne n'avait rien entendu. « Tu ne comprends pas? J'essaie simplement de te réconforter.

– Ce n'est pas la peine.

– Crois-tu? Mais l'effet sur Katsuo?

– De toute façon, je ne mérite pas d'être mère. »

Ce qui gâcha le dîner.

Masaru avait tendance à reculer de plus en plus devant le chagrin de sa femme. Un homme est obligé de travailler. Son travail peut le distraire. Cependant que Tomoko entretenait son chagrin, Masaru avait à faire face à la monotonie de ce chagrin lorsqu'il rentrait, si bien qu'il commençait à rentrer plus tard tous les soirs.

Tomoko fit venir une bonne qui avait travaillé pour elle longtemps auparavant et lui donna tous les vêtements et tous les jouets de Kiyoo et de Keiko.

Un matin Tomoko s'éveilla un peu plus tard que d'habitude. Masaru, qui avait encore bu le soir précédent, était recroquevillé sur son côté du grand lit. On percevait encore une lourde odeur d'alcool. Les ressorts grincèrent quand il se retourna dans son sommeil. Maintenant que Katsuo était seul, Tomoko le faisait dormir dans leur chambre du premier étage, bien qu'elle sût naturellement que ce n'était pas souhaitable. A travers la moustiquaire blanche de leur propre lit et la moustiquaire du lit de Katsuo elle regarda le visage de l'enfant endormi. Il faisait toujours un peu la moue quand il dormait.

Tomoko allongea le bras hors de la moustiquaire pour tirer le cordon des rideaux. La rudesse de la corde sous son revêtement de chanvre était plaisante à la main en sueur. Les rideaux s'ouvrirent un peu. La lumière inondait par en dessous le buisson de santal, si bien que les ombres se superposaient, et que les larges touffes des feuilles avaient plus de douceur qu'à l'accoutumée. Les moineaux gazouillaient bruyamment. Ils se réveillaient tous les matins en jacassant et apparemment se mettaient en file pour parcourir les gouttières. Le piétinement confus des petites pattes passait d'un bout de la gouttière à l'autre, et revenait. Tomoko souriait en l'écoutant.

C'était un matin de bénédiction. Bénédiction sans raison, mais qu'elle percevait. Elle était tranquillement étendue, la tête encore sur l'oreiller. Un sentiment de bonheur se répandait par tout son corps.

Brusquement elle ouvrit la bouche. Elle savait pourquoi elle se sentait si heureuse. C'était la première fois qu'elle n'avait pas rêvé des enfants. Toutes les nuits elle rêvait d'eux, cette dernière nuit, non. Elle avait eu un petit rêve insignifiant et agréable.

Elle avait donc si vite oublié – son manque de cœur lui parut épouvantable. Elle répandit des larmes pour demander pardon aux esprits des enfants. Masaru ouvrit les yeux et la regarda. Mais il sentit une sorte de paix dans ces larmes, et non l'angoisse habituelle.

« Tu as encore pensé à eux?

– Oui. » Dire la vérité était trop compliqué.

Mais maintenant qu'elle avait menti, elle était agacée que son mari n'eût pas pleuré avec elle. Si elle lui avait vu des larmes, elle aurait peut-être cru à son propre mensonge.

Les cérémonies du quarante-neuvième jour étaient finies. Masaru acheta un emplacement dans le cimetière de Tama. C'étaient les premiers morts de sa branche de la famille, et les premières tombes. Yasue fut chargée de veiller aussi sur les enfants au Lointain Rivage : après accord avec la famille principale, on ensevelirait ses cendres dans le même tombeau.

Les craintes de Tomoko perdaient leur raison d'être à mesure que sa tristesse augmentait. Elle alla avec Masaru et Katsuo voir au cimetière le nouvel emplacement. L'automne commençait déjà.

La journée était splendide. La chaleur abandonnait le ciel haut et clair.

La mémoire fait quelquefois courir les heures parallèlement, ou les entasse l'une sur l'autre. A deux reprises ce jour-là un tour étrange fut joué à Tomoko. Peut-être que, sous le ciel et le soleil trop clair, les franges de son subconscient devinrent transparentes.

Deux mois avant les noyades, il y avait eu cet accident d'auto. Masaru n'avait pas été blessé, naturellement, mais depuis, Tomoko ne montait jamais en voiture avec lui quand elle emmenait Katsuo. Aujourd'hui aussi Masaru avait dû prendre le train.

Ils changèrent à M. pour prendre la petite ligne qui allait au cimetière. Masaru descendit le premier du train avec Katsuo. Retenue par la foule, Tomoko ne put descendre qu'une seconde ou deux avant que la portière ne se referme. Elle entendit un sifflement aigu quand les portes à glissière se refermèrent derrière elle, et faillit hurler en se retournant pour essayer de les rouvrir. Elle croyait avoir laissé Kiyoo et Keiko dans le wagon.

Masaru la prit par le bras. Elle lui jeta un regard hostile, comme s'il était un policier venu l'arrêter. Puis revenue à elle un instant plus tard, elle essaya d'expliquer ce qui s'était passé; il fallait bien qu'elle s'explique. Mais ses explications ne firent que gêner Masaru. Il croyait qu'elle jouait la comédie.

Le petit Katsuo était ravi par la vieille locomotive qui les emmenait au cimetière. Elle avait une grande cheminée, et était si haute qu'on l'aurait dit perchée sur des échasses. Le rebord de bois sur lequel le chauffeur s'appuyait du coude était noir comme du charbon. Avec des grondements, des soupirs et des grincements de dents la locomotive finit par démarrer à travers les mornes jardins potagers du faubourg.

Tomoko, qui n'avait encore jamais vu le cimetière de Tama, fut stupéfaite de tant d'éclat. Un si grand espace était donc accordé aux morts? Des pelouses vertes, de larges avenues bordées d'arbres, sous un ciel bleu et clair jusqu'au lointain. La cité des morts était plus propre et mieux ordonnée que la cité des vivants. Ni elle ni son mari n'avaient eu l'occasion de rien connaître aux cimetières, mais qu'ils fussent désormais devenus des visiteurs qualifiés ne semblait pas un malheur.

Ils n'y avaient ni l'un ni l'autre particulièrement réfléchi, mais on aurait dit que leur période de deuil, que ce sombre et sinistre affichage leur avait apporté une sorte de sécurité, quelque chose de stable, de facile, et même d'agréable. Ils s'étaient habitués à la mort, et comme les gens qui s'habituent au vice, ils en étaient venus à sentir qu'ils n'avaient rien à craindre de la vie.

L'emplacement était de l'autre côté du cimetière. Ils franchirent le portail et avancèrent, couverts de sueur, regardèrent avec curiosité la tombe de l'amiral T., et un grand tombeau orné de miroirs, de très mauvais goût, les fit rire.

Tomoko écoutait le bourdonnement sourd des cigales de l'automne, respirait l'encens et l'odeur de l'herbe fraîche à l'ombre. « Quel endroit plaisant. Ils auront la place de jouer, et ils ne s'ennuieront pas. Je ne peux pas m'empêcher de penser qu'ils seront bien. C'est étrange, n'est-ce pas? »

Katsuo avait soif. Au carrefour il y avait une haute tour marron. Les marches de la base étaient assombries par l'eau de la fontaine qui coulait au centre. Plusieurs enfants, fatigués de courir après les libellules, buvaient bruyamment de l'eau et s'aspergeaient mutuellement. De temps en temps une éclaboussure dessinait en l'air un mince arc-en-ciel.

Katsuo était vif et résolu. Il voulait boire, et il boirait. Profitant de ce que sa mère ne le tenait pas par la main, il courut vers les marches. Où allait-il, criait-elle. Boire de l'eau, répondit-il sans tourner la tête. Elle courut après lui et lui ramena fermement les bras en arrière. Il protesta : « Ça fait mal. » Il avait peur. Une créature effrayante lui avait sauté dessus par-derrière.

Tomoko s'agenouilla dans l'allée de gravier et le retourna vers elle. Lui regardait son père, qui près d'unc haic à quelque distance les considérait avec stupeur.

« Il ne faut pas boire cette eau-là. J'en ai ici pour toi. »

Elle se mit à dévisser le bouchon de la bouteille thermos qu'elle tenait contre son genou.

Ils arrivèrent à l'emplacement qui leur appartenait. C'était dans une section nouvellement organisée du cimetière, derrière des rangées de pierres tombales. On avait planté çà et là de jeunes buis, selon un dessin bien défini, que l'on pouvait discerner si l'on regardait attcntivcmcnt. Les cendres n'avaient pas encore été apportées du temple familial, et rien ne marquait la tombe. Ce n'était encore qu'un espace de terre aplani, délimité par des cordes.

« Et ils seront là tous les trois ensemble », dit Masuru.

La remarque ne toucha guère Tomoko. Comment, se disait-elle, peut-il arriver quelque chose d'aussi improbable? Qu'un enfant se noie dans l'océan, cela peut se produire, et sans aucun doute tout le monde y croira. Mais que trois personnes à la fois se noient, c'était absurde. Et pourtant, pour dix mille c'était encore différent. Il y avait quelque chose de ridicule dans ce qui est sans mesure, mais il n'y avait rien de ridicule dans une grande catastrophe naturelle, ou dans la guerre. Une seule mort était grave et importante, comme l'était un million de morts. Ce qui était légèrement en trop avait un autre caractère.

« Trois à la fois! Quelle absurdité! Trois à la fois », dit-elle.

C'était trop pour une seule famille, et trop peu pour la société. Et il n'y avait là aucun des arrière-plans sociaux que comporte la mort au combat ou la mort à son poste. Egoïste comme le sont les femmes, elle tournait et retournait l'énigme de ce nombre trois. Masaru, être social, avait fini par conclure qu'il valait mieux voir les faits comme les voyait la société : ils avaient en réalité de la chance qu'il n'y eût point d'arrière-plan social.

De retour à la gare, Tomoko fut une seconde fois victime de ce télescopage du temps. Ils avaient vingt minutes d'attente pour leur train. Katsuo voulait un des blaireaux suspendus à des bâtons, et qui étaient en vente devant la gare. C'était des jouets en coton piqué et colorié, avec des yeux, des oreilles et une queue.

« On peut encore acheter de ces blaireaux! » s'écria Tomoko.

« Et ils ont l'air de toujours plaire autant aux enfants.

– J'en avais un quand j'étais petite. »

Tomoko acheta un blaireau à la vieille femme du comptoir et le donna à Katsuo. Et un instant plus tard elle se surprit en train d'examiner les autres comptoirs pour acheter quelque chose pour Kiyoo et Keijo, qui étaient restés à la maison.

« Qu'est-ce qu'il y a? demanda Masaru.

– Je me demande ce que j'ai. Je pensais qu'il fallait que j'achète quelque chose pour les autres. » Tomoko éleva ses bras ronds et blancs pour de ses deux poings se frotter rudement les joues et les yeux. Elle avait les narines qui frémissaient comme si elle allait pleurer.

« Vas-y, achète quelque chose. Achète quelque chose pour eux. » Masaru insistait et suppliait presque. « On le mettra sur l'autel.

– Non. Il faut qu'ils soient vivants. » Tomoko pressait son mouchoir contre son nez. Elle était vivante, les autres étaient morts. C'était cela le grand mal. Comme il était cruel d'être obligé de vivre.

Elle regarda une fois de plus ce qui l'entourait : les oriflammes rouges des bars et des restaurants devant la gare, les surfaces claires et brillantes des dalles de granit entassées devant les boutiques de pierres funéraires, le papier jaunissant des portes à glissière aux étages, les tuiles des toits, le ciel bleu, qui s'assombrissait avec le soir, limpide comme porcelaine. Tout était si clair, si bien tracé. Dans la cruauté même de la vie régnait une paix profonde, comme lorsqu'on s'évanouit.

L'automne s'épuisait, et la vie de la famille devenait de jour en jour plus tranquille. Non bien entendu que tout chagrin fût mis de côté. A mesure cependant que Masaru voyait sa femme se calmer, les joies du foyer et son affection pour Katsuo le ramenèrent plus tôt de son travail; et même si la conversation, après que Katsuo eut été mis au lit, abordait ce dont ni l'un ni l'autre ne voulaient parler, ils parvenaient à y trouver une sorte de consolation.

Le processus par lequel un événement aussi terrifiant arrivait à se fondre dans la vie quotidienne n'allait pas sans une nouvelle sorte de peur, mêlée de honte, comme s'ils avaient commis un crime qui finalement ne serait pas découvert. On aurait dit que savoir, comme ils le savaient sans cesse, qu'il manquait trois personnes à la famille, de temps à autre étrangement les comblait.

Personne ne devint fou. Personne ne se suicida. Personne même ne tomba malade. L'affreux événement avait passé sans presque laisser d'ombre. Tomoko finissait par s'ennuyer. Elle avait l'air d'attendre quelque chose.

Ils s'étaient longtemps interdit le théâtre et les concerts, mais bientôt Tomoko trouva des excuses : ces plaisirs étaient en réalité faits pour consoler les affligés. Un célèbre violoniste d'Amérique donnait une tournée de concerts, et ils avaient des billets. Katsuo était forcé de rester à la maison, ne serait-ce que parce que Tomoko voulait aller en voiture au concert avec son mari.

Elle mit longtemps à se préparer. Il fallait longtemps pour recoiffer des cheveux négligés depuis des mois. Son visage dans la glace, lorsqu'elle fut prête, suffisait à réveiller le souvenir de plaisirs depuis longtemps oubliés. Comment décrire le plaisir de se perdre complètement dans un miroir? Elle avait oublié l'enchantement que pouvait être un miroir – le chagrin sans aucun doute, qui ramène avec entêtement sur soi, vous arrachait à ces délices.

Elle essaya kimono après kimono, et finalement en choisit un d'un violet somptueux avec un obi broché. Masaru, qui attendait au volant de la voiture, fut stupéfait de la beauté de sa femme.

Les gens se retournaient pour la regarder tout au long du vestibule. Masaru était tout heureux. Il paraissait toutefois à Tomoko, si belle qu'on pût la trouver, que quelque chose lui manquait. Cette insatisfaction qui la rongeait devait être, se disait-elle, le résultat d'une vie et d'une gaieté qui ne faisait que souligner combien son chagrin était loin d'être guéri. Mais il n'était en réalité qu'un retour de vague mécontentement qu'elle avait éprouvé à n'être pas traitée en mère des douleurs.

La musique l'affectait, et elle traversa le foyer avec un visage triste. Elle parla avec une amie. La tristesse de son visage semblait tout à fait répondre aux paroles de consolation murmurées par l'amie, qui lui présenta le jeune homme qui l'accompagnait. Le jeune homme ignorait les chagrins de Tomoko et ne lui dit rien de consolant. Ses propos étaient banals, avec quelques remarques de légère critique sur la musique.

Quel jeune homme mal élevé, se dit Tomoko en suivant des yeux la tête brillante qui s'éloignait dans la foule. Il n'a rien dit. Et il a dû voir combien j'étais triste.

Le jeune homme était de haute taille et dominait la foule. Quand il fit un mouvement de côté, Tomoko vit les sourcils, les yeux rieurs, et une boucle de cheveux retombée sur le front. De la femme on n'apercevait que le sommet de la tête.

Tomoko éprouva une piqûre de jalousie. Avait-elle donc espéré du jeune homme autre chose que quelques mots de consolation – avait-elle désiré d'autres paroles, assez spéciales? Tout son être normal frémissait d'y penser. Elle dut se répéter que ce nouveau soupçon était à l'opposé de toute raison. Elle qui n'avait jamais une seule fois été déçue par son mari.

« As-tu soif? » demanda Masaru, qui avait bavardé avec un ami. « Il y a un buffet avec de l'orangeade. »

On buvait l'orangeade avec des pailles à même la bouteille. Tomoko regardait, les yeux légèrement plissés comme font si souvent les myopes. Elle n'avait pas du tout soif. Elle se rappelait le jour où elle avait empêché Katsuo de boire l'eau de la fontaine et lui avait donné à la place de l'eau bouillie. Katsuo n'était pas seul en danger. Il devait y avoir toutes sortes de petits microbes à tourbillonner dans l'orangeade.

Elle perdit un peu la tête dans sa recherche du plaisir. Il y avait comme une idée de revanche dans le sentiment qu'il lui fallait du plaisir.

Non pas bien entendu qu'elle ait été tentée

d'être infidèle à son mari. Partout où elle allait, elle était avec lui ou aurait voulu l'être.

Sa conscience s'appesantissait plutôt sur les morts. Au retour de quelque sortie, elle regardait le visage endormi de Katsuo, qui avait été mis au lit de bonne heure par la bonne, et en pensant aux deux enfants morts elle était tout à fait accablée de remords. Si bien que chercher à s'amuser lui devint un moyen sûr pour se donner mauvaise conscience.

Tomoko fit soudain la réflexion qu'elle avait envie de reprendre la couture. Ce n'était pas la première fois que Masaru trouvait malaisé de suivre les tours et les détours de l'esprit féminin.

Tomoko commença à coudre. Elle rechercha moins assidûment à s'amuser. Elle examina tranquillement les choses autour d'elle, résolue à devenir la parfaitc fcmmc au foyer. Elle avait le sentiment de « regarder la vie bien en face ».

Il y avait d'évidentes marques de négligence dans ce qui l'entourait. Elle croyait revenir d'un long voyage. Elle passerait toute une journée à laver, et toute une journée à ranger. La vieille bonne se vit arracher tout son ouvrage.

Tomoko tomba sur une paire de chaussures de Kiyoo, et sur une paire de petits chaussons de feutre bleu clair qui avaient appartenu à Keiko. Les vestiges de ce genre la plongeaient dans la méditation, et lui faisaient répandre de douces larmes; mais ils semblaient aussi porteurs de mauvaise chance. Elle fit appel à une amie occupée d'œuvres de bienfaisance et, se sentant l'âme noble, donna tout à un orphelinat, même des vêtements qui auraient pu aller à Katsuo.

Assise à sa machine à coudre, Tomoko accumula une garde-robe. Elle pensa se faire quelque élégant chapeau neuf, mais n'en trouva pas le temps. A la machine, elle oubliait son chagrin. Le bourdonnement et les mouvements de la machine supprimaient l'autre mélodie intermittente qui accompagnait les hauts et les bas de ses émotions.

Pourquoi n'avait-elle pas essayé plus tôt ce procédé mécanique pour se couper de ses émotions? Mais c'est parce que, évidemment, il se produisit à une époque où son cœur n'oppposait plus la résistance qu'il aurait eue en d'autres temps. Un jour elle se piqua le doigt et une goutte de sang perla. Elle eut peur. La douleur allait de pair avec la mort.

Mais la peur fut suivie d'une émotion différente. Si quelque incident aussi trivial pouvait en vérité mener à la mort, ses prières seraient exaucées. Elle passa de plus en plus de temps à sa machine. Mais c'était la plus sûre des machines. Elle n'en fut même pas effleurée.

Même ainsi, il lui manquait quelque chose. Elle attendait quelque chose. Masaru se détournait de cette vague recherche, et ils passaient toute une journée sans s'adresser la parole.

L'hiver approchait. La tombe était prête, et on ensevelit les cendres.

Dans la solitude de l'hiver, on pense avec

nostalgie à l'été. Sur leurs existences les souvenirs de l'été jetaient une ombre encore plus aiguë. Et pourtant les souvenirs en étaient venus à paraître sortis d'un livre de contes. Autour du feu hivernal, tout prenait un air de roman.

Au milieu de l'hiver, Tomoko comprit qu'elle était enceinte. Pour la première fois, l'oubli devenait un droit naturel. Jamais ils n'avaient pris autant de précautions – il semblait étrange que l'enfant pût naître sans danger, et simplement naturel qu'ils pussent le perdre.

Tout allait bien. Un trait se tirait entre eux et les vieux souvenirs. Empruntant de la force à l'enfant qu'elle portait, Tomoko eut pour la première fois le courage de s'avouer que sa douleur était disparue. Elle n'eut qu'à reconnaître le fait.

Tomoko essayait de comprendre. Il est difficile de comprendre sur-le-champ. La compréhension vient plus tard. On analyse son émotion, on déduit, on s'explique à soi-même. A regarder en arrière, Tomoko ne pouvait être que mécontente de ses émotions : elles ne convenaient pas. Il n'y avait pas de doute que ce mécontentement durerait plus longtemps que le chagrin lui-même et lui alourdirait le cœur. Mais elle ne pouvait pas essayer une seconde fois.

Elle se refusait à trouver ses réactions discutables. Elle était mère. Et en même temps elle ne pouvait s'empêcher d'avoir des doutes.

L'oubli véritable n'était pas ecore venu, mais quelque chose recouvrait la douleur de Tomoko, comme une mince couche de glace recouvre un lac. Elle se brise de temps en temps, mais se reforme en une nuit.

L'oubli commença à montrer toute sa force lorsqu'ils cessèrent d'y faire attention. Il s'infiltrait. Il attaquait l'organisme comme un microbe invisible, et constamment, lentement, progressait. Tomoko avait les mouvements inconscients avec lesquels on résiste dans les rêves. Résister à l'oubli la mettait mal à l'aise.

Elle se dit que c'était la force de l'enfant à l'intérieur d'elle qui lui amenait l'oubli. Mais l'enfant ne faisait que l'aider. Les contours de l'accident cédaient peu à peu, se ternissaient, s'affaiblissaient, se brouillaient, s'effaçaient.

Dans le ciel de l'été était apparue une effrayante image de marbre, blanche et funèbre. Elle s'était dissoute. Dans un nuage les bras étaient tombés, la tête avait disparu, la longue épée avait échappé à la main. L'expression du visage de pierre était à faire dresser les cheveux sur la tête, mais elle s'était lentement adoucie et défaite.

Un jour Tomoko se surprit à fermer la radio sur une dramatique où il était question d'une mère qui avait perdu un enfant. Elle fut stupéfaite de la rapidité avec laquelle elle s'était ainsi débarrassée du fardeau de la mémoire. Mère qui attendait son quatrième enfant elle se sentait l'obligation morale de résister à ce qui était presque une débauche : au plaisir de se perdre dans son chagrin. En ces quelques derniers mois, elle avait changé.

Pour l'amour de l'enfant, il fallait qu'elle

repousse ces sombres vagues d'émotion. Il fallait qu'elle préserve son équilibre intérieur. Elle était beaucoup plus contente de ce que lui dictait une hygiène mentale que de l'insidieux oubli. Pardessus tout, elle se sentait libre. Sous tous ces ordres, elle se sentait libre. L'oubli bien entendu faisait la preuve de son pouvoir. Tomoko était stupéfaite de se voir le cœur si facilement manœuvré.

Elle perdit l'habitude de se souvenir, et ne trouva plus étrange que les larmes viennent à lui manquer aux cérémonies anniversaires ou aux visites au cimetière. Elle s'imaginait être devenue magnanime, et pouvoir tout pardonner. Lorsque par exemple arriva le printemps, elle put emmener Katsuo se promener dans un parc du voisinage sans ressentir (quand bien même aurait-elle essayé) la rage jalouse qui l'aurait submergée immédiatement après la tragédie, si elle avait vu des enfants jouer dans le sable. Il lui semblait que tous ces enfants vivaient en paix parce qu'elle leur avait pardonné.

L'oubli était venu à Masaru plus vite qu'à sa femme, mais il ne manifestait aucune froideur. C'était lui plutôt qu'elle qui s'était offert des orgies de chagrin et de sentiment. Même volage et léger, un homme est en général plus sentimental qu'une femme. Incapable de prolonger davantage son émotion, et conscient du fait que le chagrin ne s'entêtait pas particulièrement à le suivre, Masaru se sentit seul brusquement, et se permit une petite infidélité. Il s'en lassa vite. Tomoko se trouva enceinte. Il se hâta de lui revenir comme un enfant qui court vers sa mère.

La tragédie avait fait d'eux les rescapés d'un naufrage. Ils furent bientôt capables d'y voir ce qu'y avaient vu les gens qui avaient lu ce jour-là la nouvelle dans leur quotidien. Tomoko et Masaru en arrivèrent même à se demander quelle part ils y avaient prise. N'avaient-ils pas été seulement les spectateurs les plus proches? Ceux qui avaient participé réellement à l'accident étaient morts, et y participeraient pour toujours. Pour que nous autres participions à ce qui était arrivé, il faudrait que notre existence même y soit en jeu. Et qu'avaient mis en jeu Masaru et sa femme? Tout d'abord, avaient-ils eu le temps de mettre quoi que ce soit en jeu?

L'événement brillait au loin, comme un phare sur une avancée de terre, à grande distance. Sa lumière était intermittente, comme le feu tournant du cap Tsumeki, au sud de la plage d'A. De blessure il devint exemple moral, et le fait concret, une métaphore. Il n'appartenait plus à la famille Ikuta, il était devenu propriété publique. Tout comme la lumière du phare brille sur le désert des plages, sur les vagues qui toute la nuit menacent de leurs blanches mâchoires d'écume les rochers solitaires, et brille encore sur les bouquets d'arbres qui les bordent, de même brillait l'événement sur la vie de tous autour d'eux. Il fallait que les gens apprennent la leçon. Une antique et simple leçon que les parents devraient avoir gravée dans l'esprit. Il faut constamment surveiller les enfants quand on les emmène à la plage. On se noie où l'on n'imagine pas que ce soit possible.

Non pas que Masaru et sa femme aient sacrifié deux enfants et une sœur pour enseigner cette leçon. Cependant la triple perte n'avait pas eu d'autre résultat, et beaucoup de morts héroïques n'en ont pas davantage.

Le quatrième enfant de Tomoko fut une fille, qui naquit à la fin de l'été. Leur bonheur fut sans bornes. Les parents de Masaru vinrent de Kanazawa pour voir leur nouvelle petite-fille, et pendant leur séjour à Tokyo Masaru les emmena au cimetière.

Ils appelèrent l'enfant Momoko. La mère et l'enfant prospéraient. Tomoko savait bien élever les tout-petits. Et Katsuo était enchanté d'avoir de nouveau une petite sœur.

Ce fut l'été suivant – deux ans après la noyade, un an après la naissance de Momoko. Tomoko surprit Masaru en lui disant qu'elle voulait aller à la plage d'A.

« Mais tu avais dit que tu ne voudrais jamais y retourner!

– Mais je voudrais.

– Que tu es bizarre. Moi je n'y tiens pas du tout.

– Ah! Eh bien n'en parlons plus. »

Elle garda le silence deux ou trois jours. Puis répéta : « Je voudrais y aller.

– Vas-y toute seule.

– Je ne pourrais pas.

– Pourquoi?

– J'aurais peur.

– Pourquoi veux-tu aller à un endroit qui te fait peur?

– Je veux qu'on y aille tous. Tout se serait bien passé si tu avais été là. Je veux que tu viennes aussi.

– On ne sait pas ce qui pourrait arriver si tu restais trop longtemps. Et je ne peux pas m'absenter beaucoup.

– Seulement vingt-quatre heures.

– Mais c'est un endroit tellement perdu. »

Il lui redemanda pourquoi elle voulait y aller. Elle répondit seulement qu'elle ne savait pas. Puis il se rappela l'une des règles des romans policiers qu'il aimait tellement : l'assassin veut toujours revenir sur les lieux de son crime, quel que soit le risque. Tomoko était saisie par l'étrange besoin de revoir l'endroit où les enfants étaient morts.

Tomoko le lui demanda une troisième fois – sans insister particulièrement, de la même manière uniforme – et Masaru se décida à prendre deux jours de congé, pour éviter les foules du week-end. La seule auberge de la plage d'A. était l'Eirakusò. Ils réservèrent des chambres aussi éloignées que possible de la chambre du malheur. Tomoko refusait toujours de laisser conduire son mari quand les enfants étaient avec eux. Tous quatre, le mari, la femme, Katsuo et Momoko, prirent un taxi à Ito.

C'était au plus haut de l'été. Derrière les maisons en bordure de la route il y avait des tournesols, échevelés comme des crinières de lion. Le taxi envoyait des nuages de poussière sur leurs honnêtes visages plats, mais les tournesols n'en semblaient pas gênés.

Quand la mer fut en vue sur la droite, Katsuo poussa un couinement de joie. Il avait cinq ans, et il y avait deux ans qu'il n'était pas venu sur la côte.

Ils ne parlèrent guère dans le taxi. On y était trop secoué pour faire la conversation. Momoko disait de temps en temps quelque chose qu'on comprenait. Katsuo lui apprit le mot « mer », alors elle montra du doigt par l'autre fenêtre la rouge montagne chauve et dit « mer ». Masaru eut l'impression que Katsuo apprenait au bébé un mot qui portait malheur.

Ils arrivèrent à l'Eirakusò, et le même directeur en sortit. Masaru lui donna un pourboire. Il ne se rappelait que trop bien comment avait tremblé sa main la fois précédente en lui remettant le billet de mille yens.

L'auberge était paisible. L'année était mauvaise. Masaru commença à se rappeler les choses et à s'irriter. Il fit des reproches à sa femme devant les enfants.

« Pourquoi diable venir ici? Cela ne fait que nous rappeler ce que nous ne tenons pas à nous rappeler. Ce que nous avions fini par oublier. Il y a beaucoup d'endroits très bien où nous aurions pu emmener Momoko une première fois. Et j'ai trop à faire pour me permettre des voyages stupides.

– Mais tu avais dit que tu étais d'accord?

– Tu m'avais harcelé. »

L'herbe rôtissait sous le soleil de l'après-midi. Tout était exactement comme deux ans auparavant. Un maillot de bain bleu, rouge et vert séchait sur la balançoire blanche. Deux ou trois anneaux avoisinaient le poteau du jeu, à moitié caché par l'herbe. La pelouse où l'on avait étendu le corps de Yasue était à l'ombre. Le soleil, qui au travers des arbres atteignait l'herbe nue, paraissait brusquement animer de ses taches le maillot de bain vert de Yasue : les taches de soleil bougeaient avec le vent. Mais Tomoko seule en eut l'illusion. Tout comme dans la mesure où Masaru ne l'avait pas connu, l'événement n'existait pas, de même cette étendue d'herbe resterait pour lui un paisible coin d'ombre. Pour lui, et plus encore pour les autres clients, se dit Tomoko.

Sa femme gardait le silence, et Masaru en eut assez de lui faire des reproches. Katsuo descendit dans le jardin et lança un anneau sur l'herbe. Il s'accroupit pour regarder attentivement où il irait. L'anneau roula maladroitement dans la zone d'ombre, bascula, et tomba. Katsuo, immobile, guettait. Il croyait que l'anneau se relèverait.

Les cigales bourdonnaient. Masaru, qui maintenant se taisait, sentait la sueur mouiller son col. Il se rappela ses devoirs de père. « Allons à la plage, Katsuo. »

Tomoko portait Momoko. Tous quatre franchirent la barrière de la haie, et avancèrent sous les pins. Les vagues arrivaient à toute vitesse et s'épanouissaient étincelantes sur la plage.

C'était marée basse, et l'on pouvait gagner la plage en contournant le rocher. Masaru prit Katsuo par la main, et traversa le sable chaud en patins empruntés à l'auberge.

Il n'y avait pas un seul parasol sur la plagc. On ne voyait pas plus de vingt personnes tout au long de la place où l'on pouvait se baigner, et qui commençait juste au-delà du rocher.

Ils restèrent debout en silence au bord de l'eau.

Il y avait encore ce jour-là de splendides amoncellements de nuages. Qu'une masse aussi chargée de lumière pût être soutenue par l'air semblait étrange. Au-dessus des nuages entassés à l'horizon, des nuages légers se dispersaient comme s'ils avaient été emportés par un coup de balai dans lc bleu. Les nuages du dessous paraissaient supporter quelque chose, résister à quelque chose. L'excès de lumière et d'ombre enveloppait dans sa forme une sombre violence interne que semblait moduler, comme une musique, une rayonnante volonté créatrice.

De dessous les nuages, la mer venait vers eux, infiniment plus vaste et plus inchangeable que la terre. La terre ne semble jamais s'emparer de la mer, même dans ses fjords. Et en particulier sur un grand arc de plage, la mer envahit tout.

Les vagues montaient, se brisaient, refluaient. Leur tonnerre était semblable à l'intense paix du soleil d'été, à peine un bruit. Plutôt un silence à fracasser les oreilles. Lyrique métamorphose des vagues, non pas vagues, mais plutôt cascades de ce qu'on pourrait appeler l'éclat de rire et de moquerie des vagues envers elles-mêmes – cascades qui venaient mourir à leurs pieds, et refluaient encore.

Masaru jeta de côté un regard à sa femme.

Elle contemplait la mer. La brise de mer faisait voler ses cheveux, et le soleil ne semblait pas la troubler. Elle avait les yeux humides, et presque un regard de reine. La bouche était sévèrement fermée. Elle tenait dans ses bras la petite Momoko, un an, qui portait un petit chapeau de paille.

Masaru lui avait déjà vu ce visage. Depuis la tragédie le visage de Tomoko avait eu souvent cette expression, comme si elle avait oublié sa propre existence, et comme si elle attendait quelque chose.

Il avait envie de lui poser légèrement la question : « Qu'est-ce que tu attends? » Mais les mots se refusèrent. Il se dit qu'il le savait sans avoir à le demander.

Il serra plus fort la main de Katsuo.

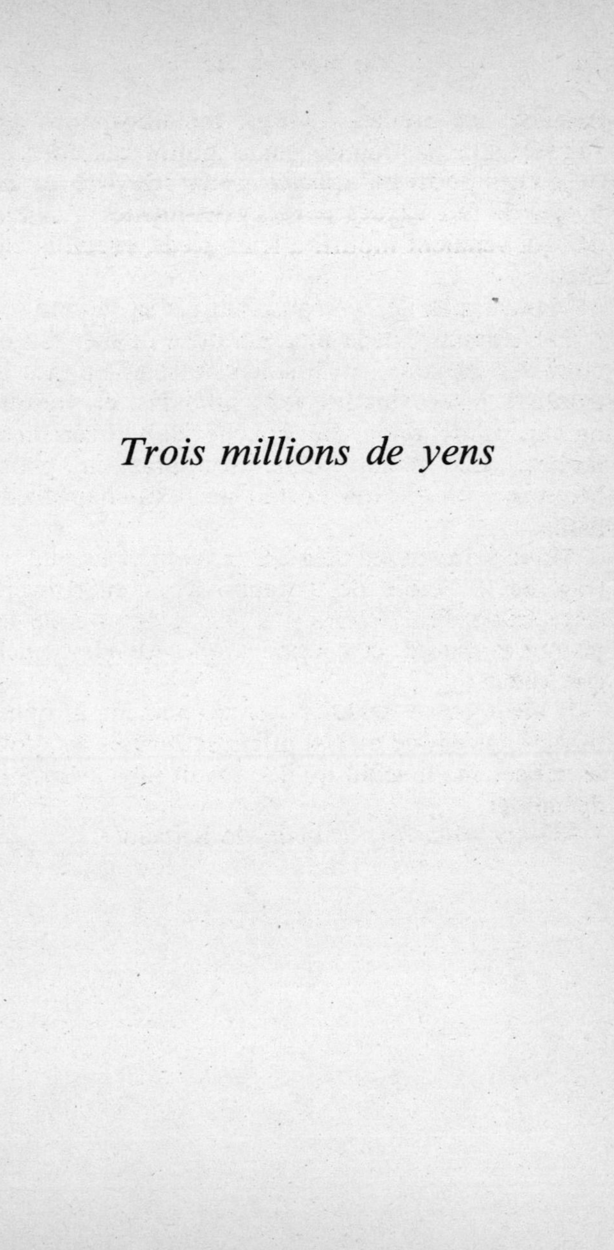

Trois millions de yens

« On la retrouve à neuf heures? dit Kenzo.

– Elle a dit neuf heures, rayon des jouets au rez-de-chaussée, répondit Kiyoko. Mais il y a trop de bruit pour qu'on puisse parler, et je lui ai proposé à la place le café du troisième étage.

– C'est une bonne idée. »

Le jeune mari et sa jeune femme levèrent les yeux vers la pagode qui coiffait l'immeuble du Nouveau Monde, qu'ils approchaient par l'arrière.

La nuit était obscure et brumeuse, comme souvent au début de l'été à la saison des pluies. Les lumières au néon peignaient en riches couleurs le ciel bas. La délicate pagode qui sans fin s'illuminait, s'éteignait, s'illuminait de néons aux teintes pastel, était en vérité très belle. Et particulièrement belle lorsque l'éclat des néons ayant disparu d'un seul coup, il se rallumait brusquement, si vite que l'image qui subsistait sur la rétine en était à peine effacée. On la voyait de partout, qui dominait Asuka et depuis qu'on avait comblé l'étang des Courges, c'était la pagode qui constituait la nuit le principal point de repère d'Asuka.

Pour Kenzo et Kiyoko la pagode paraissait englober dans toute sa pureté quelque magnifique rêve d'une vie inaccessible. Appuyés à la rambarde du parking, ils restèrent quelque temps, l'esprit absent, à la regarder.

Kenzo était en maillot de corps, portait un pantalon bon marché, et des patins de bois. Il avait la peau claire, mais une puissante ligne de torse et d'épaules et des poils noirs foisonnaient aux aisselles sous l'épaisseur des muscles. Kiyoko, en robe sans manches, avait toujours ses propres aisselles soigneusement rasées. Kenzo était très exigeant. Et parce que le poil la blessait quand il commençait à repousser, se raser était presque devenu pour elle une obsession, et une rougeur légère marquait la blancheur de sa peau.

Elle avait une petite figure ronde, avec de jolis traits comme une poupée de chiffon. Elle faisait penser à un grave petit animal, qui ne sait pas sourire. C'était un visage auquel on faisait immédiatement confiance, mais où ne se pouvait lire aucune pensée. Elle portait au bras un grand sac rose en plastique et la chemise de sport bleu clair de Kenzo. Kenzo aimait avoir les mains libres.

Son maquillage et sa coiffure sans apprêt révélaient la modestie de leur existence. Elle avait les yeux clairs et les autres hommes ne l'intéressaient pas.

Ils traversèrent la rue noire devant le parking et

entrèrent au Nouveau Monde. Le grand marché du rez-de-chaussée débordait de superbes et brillantes marchandises bon marché aux mille couleurs entassées comme des montagnes, et dans les creux entre les montagnes les vendeuses vous regardaient. Une fraîche lumière fluorescente inondait le spectacle. Derrière un bosquet de tours de Tokyo d'antimoine, en modèle réduit, une série de miroirs était décorée de vues de Tokyo, et lorsqu'ils les longèrent, l'amoncellement de cravates et de chemises qui leur faisait face s'y réflétait par vagues.

« Je ne pourrais pas vivre dans un endroit avec autant de miroirs, dit Kiyoko. Je serais mal à l'aise.

– Il n'y a pas de quoi être mal à l'aise. » Malgré ses manières un peu rudes, Kenzo n'était pas sans comprendre ce que disait sa femme, et il ne répondait généralement pas à côté. Ils étaient arrivés au rayon des jouets.

« Elle sait comme tu aimes le rayon des jouets. C'est pourquoi elle avait dit de la retrouver ici. » Kenzo se mit à rire. Il aimait les trains, les automobiles, les missiles, il demandait toujours qu'on lui explique chaque modèle, que toujours il essayait, sans jamais acheter, ce qui embarrassait beaucoup Kiyoko. Elle le prit par le bras pour l'écarter du comptoir.

« C'est facile de voir que tu veux un garçon. Regarde les jouets que tu choisis.

– Garçon ou fille, ça m'est égal. Mais je le voudrais vite.

– Encore deux ans, pas plus.

– Comme on a prévu sur le planning. »

Ils avaient divisé le compte d'épargne qu'ils fournissaient assidûment, en plusieurs parties, Plan X, Plan Y, Plan Z et ainsi de suite. Les enfants devaient arriver conformément au plan. Même s'ils avaient beaucoup désiré un enfant tout de suite, il fallait attendre que suffisamment d'argent se soit accumulé au Plan X. Conscients que pour de nombreuses raisons il n'était pas souhaitable d'acheter à crédit, ils attendaient que l'argent se soit accumulé au Plan A ou B ou C, et payaient comptant une machine à laver ou un réfrigérateur ou une télévision. Le Plan A et le Plan B avaient déjà été exécutés. Le Plan D n'exigeait pas beaucoup d'argent, mais comme il avait pour objet l'achat d'une armoire à vêtements qui ne figurait pas en première nécessité, on le reculait toujours. Ce qu'ils possédaient pouvait être accroché dans le placard, et tout ce qui leur était absolument nécessaire leur suffisait pour avoir chaud l'hiver.

Ils étaient très prudents quand ils faisaient une acquisition importante. Ils se procuraient des catalogues pour examiner les diverses possibilités, et demandaient l'avis de ceux qui avaient déjà acheté, et quand ils avaient finalement pris leur décision, ils allaient à Okachimachi acheter au prix de gros.

Pour un enfant, c'était encore plus sérieux. Il fallait d'abord un moyen d'existence assuré et assez d'argent, plus qu'assez d'argent, pour garantir à l'enfant un milieu qui ne fasse pas honte à ses parents, et peut-être même qui puisse être maintenu jusqu'à l'âge adulte. Kenzo avait déjà mené une enquête approfondie auprès d'amis qui avaient des enfants, il savait que les dépenses exigées par le lait en poudre pouvaient être considérées comme raisonnables.

Leurs propres projets ainsi minutieusement établis, tous deux n'avaient que mépris pour la maladresse et l'irresponsabilité des pauvres. On avait des enfants dans des conditions idéales pour les élever, comme on l'avait décidé, et les meilleurs jours attendaient, qui surviendraient après l'arrivée de l'enfant. Pourtant ils avaient assez de bon sens pour ne pas rêver trop loin. Ils gardaient les yeux fixés sur la lumière juste en avant d'eux.

Rien ne mettait Kenzo plus en colère que ce dont les jeunes étaient convaincus : qu'aujourd'hui au Japon la vie était sans espoir. Il ne s'adonnait pas à de profondes réflexions, mais il avait foi, presque religieusement, dans l'idée que l'homme qui respectait la nature et lui obéissait, pour peu qu'il se donne quelque peine, pouvait s'ouvrir un chemin. D'abord le respect de la nature, fondé sur l'affection conjugale. Le plus grand antidote du désespoir était la foi qu'un homme et une femme avaient l'un pour l'autre.

Heureusement, il était amoureux de Kiyoko. Pour aborder l'avenir avec espoir, il n'avait donc qu'à suivre ce qu'exigeait la nature. Il arrivait de temps en temps qu'une autre femme fît un geste vers lui, mais il avait le sentiment de quelque chose qui n'était pas naturel dans la recherche du plaisir pour le plaisir. Il valait mieux écouter Kiyoko se plaindre que les légumes et le poisson coûtaient des prix fous.

Ils avaient fait tous les deux le tour du magasin et se trouvaient au rayon des jouets.

Kenzo avait les yeux fixés sur le jouet juste devant lui, une base pour soucoupes volantes. Sur la feuille de métal du support était peint le mécanisme, dont on voyait la complexité comme à travers une fenêtre; un rayon tournant sortait de la tour de contrôle. La soucoupe volante, en plastique bleu foncé, fonctionnait selon le principe des toupies volantes. La base avait l'air suspendue dans l'espace parce que l'arrière-plan du support était couvert d'étoiles et de nuages, et l'on reconnaissait au milieu des étoiles les familiers anneaux de Saturne.

Les étincelantes étoiles de la nuit d'été étaient splendides. La surface peinte du métal était étonnamment fraîche, et l'on se disait que tout le malaise de la soirée étouffante se dissiperait si l'on pouvait s'envoler dans ce ciel d'étoiles.

Avant que Kiyoko ait pu l'arrêter, Kenzo avait résolument appuyé sur un ressort à un angle de la base.

La soucoupe s'éleva en tournoyant vers le plafond.

La vendeuse eut un geste d'impuissance et poussa une petite exclamation.

La soucoupe décrivit doucement une courbe sous la verrière en direction du comptoir des pâtisseries, pour atterrir sur les biscuits « Un million de yens ».

« On a gagné! » et Kenzo y courut.

« Gagné quoi? Qu'est-ce que tu veux dire? » Gênée, Kiyoko s'éloigna vite de la vendeuse pour le rejoindre.

« Regarde. Regarde où elle a atterri. C'est signe de chance. Il n'y a pas de doute. »

Les biscuits rectangulaires avaient la forme de billets de banque un peu grands, et le dessin en creux dans la pâte et pareil à celui d'un billet de banque comprenait les mots : « Un million de yens ». Sur l'emballage de cellophane, le visage d'un quelconque commerçant chauve occupait l'espace habituellement rempli sur les billets de banque par l'image du prince Shôtokn.

Malgré les protestations de Kiyoko, qui trouvait que cinquante yens pour trois biscuits c'était ridicule, Kenzo en acheta un paquet pour doubler la chance. Il l'ouvrit aussitôt, donna un biscuit à Kiyoko et en prit un. Le troisième fut glissé dans son sac.

Quand ses fortes dents mordirent dans le biscuit, quelque chose d'amer et de sucré se répandit dans sa bouche. Kiyoko grignota un tout petit bout du sien, si grand qu'elle pouvait à peine le tenir à pleine main.

Kenzo rapporta la soucoupe volante au comptoir des jouets. La vendeuse, troublée, détourna la tête en le reprenant.

Kiyoko avait les seins ronds et haut placés, et, bien que petite, une jolie silhouette. Quand elle marchait avec Kenzo, elle avait l'air de s'abriter à son ombre. Pour traverser les rues il lui prenait solidement le bras, regardait à droite et à gauche, et l'aidait à traverser, heureux de sentir la peau ferme et fraîche.

Kenzo aimait que sa femme, souple et solide, et tout à fait capable de se débrouiller seule, lui soit constamment docile. Kiyoko ne lisait jamais un journal, mais elle avait une connaissance stupéfiante de ce qui l'entourait. Quand elle prenait un peigne à la main, tournait une page de calendrier ou pliait un kimono d'été, elle avait l'air non pas d'accomplir une tâche ménagère, mais, toute vive et fraîche, de faire amitié avec ces « choses » qu'on appelle calendrier, peigne et kimono. Elle s'immergeait dans son univers d'objets comme dans un bain.

« Il y a un parc d'attractions au quatrième étage. On peut y attendre qu'il soit l'heure », dit Kenzo. Kiyoko le suivit en silence jusqu'à l'ascenseur, mais tira sur sa ceinture lorsqu'ils arrivèrent au quatrième.

« C'est de l'argent gâché. Tout a l'air bon marché, mais c'est combiné pour qu'on dépense toujours plus qu'on ne veut.

– Ne parle pas comme ça. C'est notre soir de chance, et si tu te dis que c'est comme un film en exclusivité, ça n'aura pas l'air si cher.

– A quoi ça rime un film en exclusivité! On attend un peu et on le voit pour moitié prix. »

Son air sérieux avait quelque chose de très

attachant. Le biscuit avait laissé une trace marron sur ses lèvres qui faisaient la moue.

« Essuie-toi la bouche, dit Kenzo. Tu es toute sale. »

Kiyoko se regarda dans la glace d'un proche pilier, et enleva la tache avec l'ongle de son petit doigt. Elle avait encore à la main les deux tiers d'un biscuit.

Ils étaient devant l'entrée de « Vingt mille lieues sous les mers ». Des rochers déchiquetés montaient jusqu'au plafond, et le hublot d'un sous-marin qui reposait sur le sol servait de guichet pour acheter les billets : quarante yens pour les adultes, vingt pour les enfants.

« Mais quarante yens c'est trop cher, dit Kiyoko en abandonnant le miroir. Les poissons en carton-pâte ne vont pas nous empêcher d'avoir faim, et pour quarante yens on a cent grammes de vrai poisson, et le meilleur.

– Hier on nous a demandé quarante yens pour un bout de lieu noir. Bon. Ne fais pas la pauvresse, tu manges un million de yens. »

En conclusion, Kenzo acheta les billets.

« Le biscuit t'est monté à la tête.

– Ce n'est pas si mauvais. Parfait quand on a faim.

On mange, c'est tout. »

Sur une plate-forme semblable à un quai de gare, étaient rangées le long d'une piste cinq ou six petites voitures juste assez grandes pour contenir deux personnes. Deux ou trois autres couples attendaient, mais eux deux montèrent effrontément dans une des voitures. A deux on y était un peu serré, et Kenzo fut obligé de passer le bras autour des épaules de sa femme.

Le mécanicien sifflait avec dédain. Le bras puissant de Kenzo, sur lequel avait séché la sueur, faisait un solide rempart aux épaules nues de Kiyoko. La peau nue collait à la peau nue comme des ailes d'insecte soigneusement repliées l'une sur l'autre. La voiture s'ébranla.

« J'ai peur », dit Kiyoko, qui n'en avait pas l'air le moins du monde.

Les voitures, chacune à quelque distance des autres, plongèrent dans un sombre tunnel de pierre. Il y eut ausstôt une courbe brusque, et la réverbération fut assourdissante.

Un gigantesque requin aux brillantes écailles vertes apparut et leur effleura presque la tête. Kiyoko se recroquevilla. Elle se serra contre son jeune mari, qui l'embrassa. Lorsque le requin eut disparu, la voiture s'enfonça de nouveau dans une courbe en pleine obscurité, mais les lèvres de Kenzo s'appuyèrent sans erreur sur les lèvres de Kiyoko, petit poisson poignardé dans le noir. Le petit poisson tressaillit, et ne bougea plus.

L'obscurité rendait Kiyoko étrangement timide. Elle n'avait pour la soutenir que les secousses et les grincements. En glissant dans la profondeur du tunnel, aux bras de son mari, elle se sentait nue, et rougissait. L'épaisse obscurité impénétrable était si puissante qu'elle semblait rendre inutiles les vêtements. Elle se souvint d'un hangar obscur où elle avait joué en cachette dans son enfance.

Comme une fleur qui bondit hors de l'ombre, un rai de lumière rouge les effleura, et Kiyoko se remit à crier. C'était la large gueule ouverte d'un énorme poisson posé sur le fond de la mer. Alentour, le corail luttait contre le vert empoisonné des algues sombres.

Kenzo posa la joue contre la joue de sa femme – elle se serrait toujours contre lui – et ses doigts lui caressèrent les cheveux. Mouvement lent et appliqué. Elle comprit que le spectacle lui plaisait, et qu'il aimait qu'elle ait peur.

« Il y en a encore pour longtemps? J'ai peur. » Mais sa voix se perdit dans les rugissements.

Ils se trouvaient une fois de plus dans le noir. Effrayée, Kiyoko ne manquait pourtant pas de courage. Serrée dans les bras de Kenzo, il n'y avait peur ni honte qu'elle ne pût supporter. Parce que l'espoir ne les avait jamais quittés, le bonheur était pour eux deux comme était cette tension.

Une grosse pieuvre boueuse surgit devant eux. Kiyoko cria encore une fois. Kenzo l'embrassa vite sur la nuque. Les grands tentacules de la pieuvre envahirent la grotte, et de furieux éclairs jaillirent de ses yeux.

Au détour suivant un corps de noyé flottait tristement, debout dans une forêt d'algues.

Finalement la lumière de la sortie commença à poindre, la voiture ralentit, et ils furent délivrés du désagréable tumulte. Sur le quai éclairé l'employé en uniforme attendait pour saisir la poignée avant de la voiture.

« C'est tout? » demanda Kenzo.

L'homme dit que c'était tout.

En haussant les épaules, Kiyoko grimpa sur le quai, et murmura à l'oreille de Kenzo : « On se sent idiot d'avoir payé quarante yens pour ça. »

A la sortie ils comparèrent leurs pochettes : il restait à Kiyoko les deux tiers de ses biscuits, et à Kenzo plus de la moitié.

« Presque autant que lorsqu'on est entrés, dit Kenzo. C'était si passionnant qu'on n'a pas eu le temps de manger.

– Si tu le prends comme ça, alors ce n'est pas si mal. »

Kenzo regardait déjà l'enseigne lumineuse d'une autre porte. Des décors électriques dansaient autour des mots : « Pays de la Magie », et des lumières rouges et vertes s'allumaient et s'éteignaient dans les yeux d'un petit groupe de nains, dont les dominos brillaient de poussière d'or et d'argent. N'osant pas trop proposer tout de suite d'entrer, Kenzo s'appuya contre le mur pour grignoter son biscuit.

« Tu te rappelles quand on a traversé le parking? La lumière nous a dessiné nos ombres par terre, à un mètre l'une de l'autre, et j'ai eu une drôle d'idée. Je me suis dit que si tout d'un coup il y avait l'ombre d'un petit garçon on le prendrait par la main. Et juste alors il y a une ombre qui s'est détachée de nous pour se mettre entre les nôtres.

– Pas possible!

– Alors je me suis retourné et il y avait quelqu'un derrière nous. Deux chauffeurs jouaient au ballon, et l'un d'eux avait lâché la balle et courait après.

– Un jour on ira pour de bon se promener tous les trois.

– Et on l'amènera ici. » Kenzo montra l'enseigne : « Il faudrait entrer d'abord pour regarder. »

Cette fois Kiyoko ne dit rien quand il se dirigea vers le guichet.

Peut-être parce que ce n'était pas le bon moment de la journée. Mais il n'y avait pas beaucoup de monde au « Pays de la Magie ». L'allée de l'entrée était bordée d'éclatantes fleurs artificielles. Une boîte à musique jouait.

« Quand on construira notre maison on aura une allée comme ça.

– Mais c'est de très mauvais goût », dit Kiyoko.

Ça ferait quelle impression d'avoir sa maison à soi ? Il n'y avait pas encore de budget de construction dans leurs projets à tous deux, mais cela viendrait en son temps. Les choses dont ils rêvaient à peine feraient un jour leur apparition d'une façon si naturelle qu'elle était inimaginable. Si prudents d'habitude, ils laissaient ce soir-là courir leurs rêves, peut-être, comme disait Kiyoko, parce que les biscuits du million de yens leur étaient montés à la tête.

De grands papillons mécaniques butinaient les fleurs artificielles. Certains étaient aussi grands que des in-folio et portaient des taches noires et jaunes sur leurs transparentes ailes rouges. De minuscules ampoules allumaient et éteignaient leurs yeux exorbités. Dans la lumière qui venait d'en dessous, une douce atmosphère de soleil couchant dans la brume baignait l'herbe et les fleurs de plastique. Peut-être était-ce la poussière que dégageait le sol.

La première pièce où ils arrivèrent, en suivant la flèche, fut la pièce en pente. Le plancher et tout l'ameublement étaient en pente, si bien que lorsqu'on entrait naturellement d'aplomb la pièce avait quelque chose de désagréable et de dérangeant.

« Pas le genre de maison où j'aimerais vivre », dit Kenzo, en s'accotant à une table sur laquelle il y avait des tulipes jaunes, en bois. Ses paroles avaient l'air d'un ordre. Il ne s'en rendait pas compte, mais sa manière de décider appartenait à ceux qui ont la chance d'avoir assez de bien-être et d'espoir pour refuser l'entrée à ceux du dehors. Il n'était pas étonnant qu'il y eût dans cet espoir quelque mépris pour l'espoir des autres, et que nul n'eût droit à toucher au bien-être.

La silhouette résolue de Kenzo en maillot de corps, appuyé à la table en pente, fit sourire Kiyoko. C'était un tableau très conjugal. Kenzo avait l'air du jeune homme indigné qui, en construisant une pièce annexe pendant ses week-ends, avait fait quelque part une erreur et se retrouvait avec le plancher et les fenêtres tout de travers.

« On *peut* quand même vivre dans un endroit comme ça », dit Kiyoko. Elle ouvrit les bras comme une poupée mécanique, se pencha comme était penchée la pièce, et approcha le visage de la large épaule de Kenzo, au même angle que les tulipes de bois.

Les sourcils sévèrement froncés, Kenzo sourit pourtant. Il embrassa la joue qui penchait vers lui tout en mordant brutalement dans le biscuit du million de yens.

Quand ils finirent par échapper aux escaliers qui vacillaient, aux corridors qui tremblaient, aux ponts de rondins où surgissaient le long des balustrades des têtes de monstres, sans compter nombre d'autres curiosités, la chaleur les accablait. Kenzo acheva son propre biscuit, mordit dans ce qui restait de celui de sa femme, et se mit à la recherche d'un peu d'air frais dans le soir. Par-delà une rangée de chevaux mécaniques une porte ouvrait sur un balcon.

« Quelle heure est-il? demanda Kiyoko.

– Neuf heures moins le quart. Allons nous rafraîchir un peu jusqu'à neuf heures.

– J'ai soif. Les biscuits étaient très secs. » Elle éventait sa blanche gorge en sueur avec la chemise de sport de Kenzo.

« Tu auras quelque chose à boire dans une minute. »

Sur le vaste balcon le vent du soir était frais. Kenzo laissa échapper un immense bâillement en s'appuyant près de sa femme, sur la balustrade. De jeunes bras nus caressèrent la fonte noire que mouillait la rosée nocturne.

« Il fait bien plus frais que lorsque nous sommes arrivés.

– Ne dis pas de bêtises, dit Kenzo. On est plus haut, voilà tout. »

Loin en dessous d'eux, la sombre machinerie du parc d'attractions avait l'air endormie. Les sièges vides du manège, un peu penchés, se couvraient de rosée. Entre les barreaux de fer du wagon panoramique, les fauteuils suspendus se balançaient doucement dans la brise.

Par contraste, il y avait beaucoup de vie dans le restaurant. On voyait à vol d'oiseau tous les coins du vaste espace que contenaient les murs. Tout y était exposé, comme sur une scène : les toits des divers pavillons, les passagers, les étangs et les ruisseaux du jardin, les lanternes de pierre, l'intérieur des pièces japonaises, quelques-unes avec des servantes en kimono, dont les manches étaient retenues par des cordons rouges, d'autres avec des geishas qui dansaient. Les franges des lanternes de chéneau étaient belles, comme aussi les lettres blanches des inscriptions.

Le vent emportait au loin tous les bruits, et l'endroit avait une beauté presque mystique, chaque détail comme saisi dans la glace au fond de la ténébreuse nuit d'été.

« Je parie que c'est très cher. » Kiyoko en revenait à ses soucis préférés.

« Bien sûr. Il faudrait être idiot pour y aller.

– Je parie qu'ils disent que les concombres sont un plat très raffiné, et qu'ils demandent un prix fantastique. Combien crois-tu?

– Peut-être deux cents yens. » Kenzo reprit sa chemise et commença à la passer.

En la lui boutonnant, Kiyoko continua : « Ils prennent les clients pour des imbéciles. C'est bien dix fois ce que coûtent les concombres. On en a trois très beaux pour vingt yens.

– Ah oui? Ils deviennent bon marché.

– Les prix ont commencé de baisser il y a presque une semaine. »

Il était neuf heures moins cinq. Ils se mirent à chercher un escalier qui aboutisse au café du troisième étage. Deux des biscuits avaient disparu. L'autre était trop grand pour le grand sac à main de Kiyoko, il dépassait et empêchait de le fermer.

La vieille dame, qui n'avait pas de patience, était arrivée de bonne heure et attendait. Les places d'où l'on pouvait le mieux voir le bruyant orchestre de jazz étaient toutes prises, mais il y avait des chaises libres dans les endroits d'où l'on ne voyait pas l'orchestre à côté du palmier en pot probablement loué à quelque jardinier. En kimono d'été, assise toute seule, la vieille dame n'avait pas du tout l'air à sa place.

C'était une femme d'un certain âge, petite, avec le visage net et soigné des gens du peuple des basses terres. Elle parlait sec avec beaucoup de gestes, mais délicats. Elle était fière de s'entendre si bien avec des jeunes.

« Vous m'invitez, naturellement, alors j'ai commandé quelque chose de cher en vous attendant. » Et pendant qu'elle parlait, le grand verre plein de crème glacée et couronné de fruits fit son apparition.

« C'est très généreux à vous. Il ne me fallait qu'un soda. »

Le petit doigt en l'air, la vieille dame enfonça la cuillère pour atteindre la glace par en dessous, tout en continuant à parler clair et net.

« C'est très agréable qu'il y ait tant de bruit que personne ne peut nous entendre. Nous allons ce soir à Nakano – je crois que je vous l'ai dit au téléphone. C'est une simple maison particulière et – le croiriez-vous – les clientes sont des femmes mariées qui étaient camarades de classe. A notre époque les femmes riches sont au courant de tout. Et j'imagine bien qu'elles font semblant de n'y avoir jamais pensé. En tout cas, je leur ai parlé de vous et elles ont décidé que c'est vous qu'il leur fallait et personne d'autre. Elles ne veulent pas quelqu'un que les années ont malmené, vous comprenez. Et j'avoue que je ne peux pas le leur reprocher. Alors j'ai demandé un bon prix et elle a dit que ce n'était pas cher, et que si elles étaient satisfaites vous auriez un bon pourboire. Elles n'ont pas la moindre idée des tarifs courants, naturellement. Il faut vraiment faire de votre mieux, je n'ai pas besoin de vous le dire, mais si elles sont contentes on se trouvera des quantités de riches clientes. Il n'y en a pas beaucoup qui aillent aussi bien ensemble que vous deux, bien sûr, et je ne m'inquiète pas, mais ne faites rien qui me fasse rougir de vous. Enfin bref, la maîtresse de maison est la femme de quelqu'un d'important, et elle va nous attendre au café en face de la gare de Nakano. Vous savez ce qui se passera ensuite. Elle fera prendre au taxi des quantités de petites rues pour qu'on ne s'y reconnaisse pas. Je ne crois pas qu'elle nous bande les yeux, mais elle nous introduira par la porte de service pour qu'on ne voie pas l'inscription sur le portail de la façade. Ça ne me plaira pas plus qu'à vous, mais après tout elle est bien obligée de se protéger. N'y faites pas attention. Moi? Oh! moi je ferai comme d'habitude, je monterai la garde dans le hall. Je raconterai n'importe quoi, ça m'est égal qui peut venir. Bon, il faudrait partir. Et permettez-moi de vous le répéter, il faut que vous soyez de premier ordre. »

Tard dans la nuit Kiyoko et Kenzo avaient quitté la vieille dame. Ils étaient de retour à Asajusa, encore plus épuisés que d'habitude. Kenzo traînait ses socques de bois. Les enseignes du parc se détachaient en noir vénéneux sur le ciel de nuages.

Ensemble, ils levèrent la tête vers le Nouveau Monde. La façade au néon ne brillait plus.

« Quelle saleté de gens. Je crois que je n'en ai jamais vu d'aussi pourris et insolents », dit Kenzo.

Les yeux fixés à terre, Kiyoko ne répondit pas.

« Tu ne crois pas? As-tu jamais vu d'aussi odieuses vieilles bonnes femmes?

– Non, mais qu'est-ce qu'on y peut? C'était bien payé.

– S'amuser avec l'argent chipé à leurs maris. Ne deviens pas comme ça quand tu auras de l'argent.

– Grosse bête. » Dans la nuit le souriant visage de Kiyoko était d'une blancheur aiguë.

« Une bande vraiment dégueulasse. » Kenzo cracha longuement. « Ça fait combien?

– Voilà. » Kiyoko mit tranquillement la main dans son sac et en retira des billets.

« Cinq mille? On n'en a encore jamais fait autant. Et la vieille a pris trois mille. Bon Dieu! Je voudrais déchirer ça, c'est ça que je voudrais, c'est ça qui me ferait plaisir. »

Kiyoko, un peu consternée, reprit l'argent. Ses doigts rencontrèrent le dernier biscuit du « Million de yens ».

« Déchire plutôt ça », dit-elle doucement.

Kenzo prit le biscuit, froissa l'enveloppe de cellophane, et la jeta par terre. Elle heurta le sol avec un bref craquement, dans le silence de la rue déserte. Il lui fallut ses deux mains pour saisir le biscuit et essayer de le rompre. Mais il était spongieux, humide, et le glacis de sucre collait aux mains. Plus il le tordait, plus le biscuit résistait. Il n'est finalement pas arrivé à le casser.

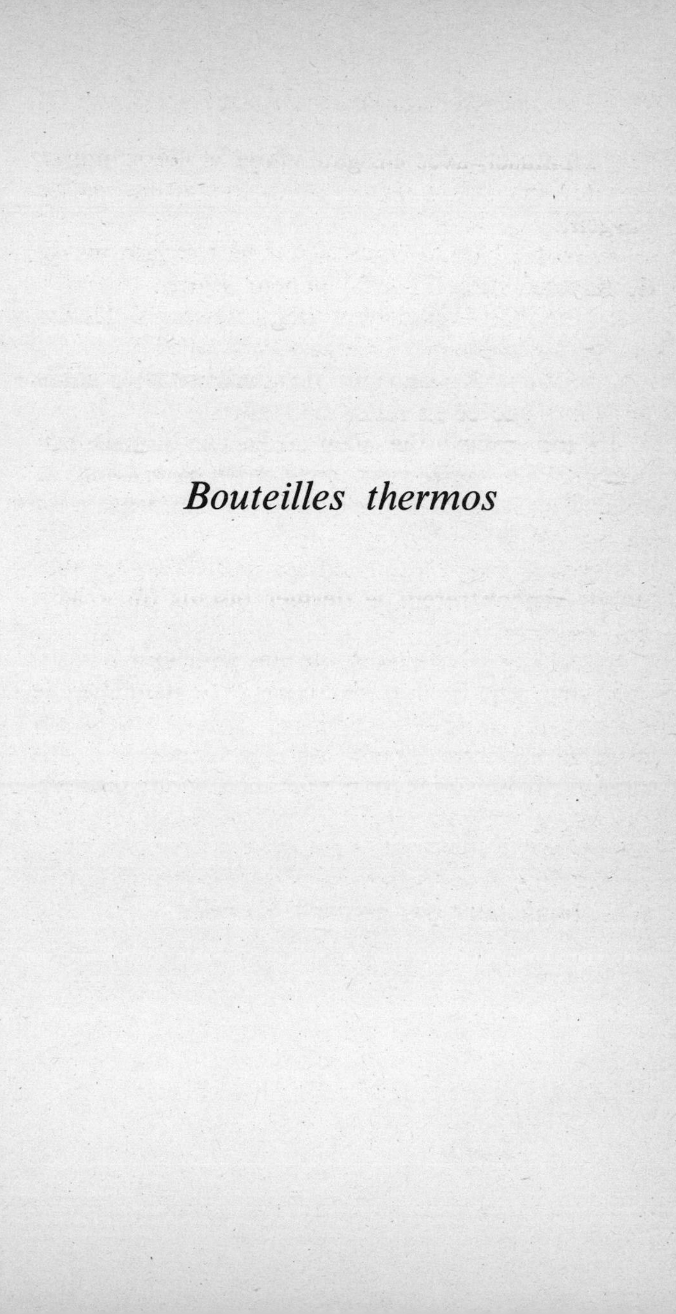

Bouteilles thermos

1

Kawase, qui séjournait depuis six mois à Los Angeles pour les affaires de sa société, aurait pu rentrer directement au Japon, mais s'était arrêté quelques jours à San Francisco. Il parcourait dans son hôtel le *Chronicle* de San Francisco, lorsqu'il eut soudain envie de lire du japonais, et reprit une lettre que sa femme lui avait envoyée à Los Angeles.

« Shigeru semble bien de temps en temps se rappeler son père. Sans aucune raison, il prend l'air inquiet pour dire : " Où est papa? " La bouteille thermos est toujours très efficace quand il n'est pas sage. Ta sœur de Setagawa qui était là l'autre jour m'a dit qu'elle n'avait jamais vu un enfant avoir peur d'une bouteille thermos. Peut-être parce qu'elle n'est plus neuve, mais dans cette bouteille-là le bouchon laisse passer de l'air, même quand on la pose tout doucement, et cela fait un drôle de bruit, on dirait un vieillard qui geint. Quand il l'entend, Shigeru prend toujours le parti de bien se conduire. Je suis sûre qu'il craint plus la bouteille thermos que son indulgent papa. »

Quand il eut fini de relire la lettre, qu'il savait déjà presque par cœur, Kawase n'eut plus rien à faire. C'était un brillant jour d'octobre, mais dans le hall toutes les lumières étaient allumées, ce qui décourageait. De vieilles gens, endimanchés bien qu'il fût très tôt, bougeaient mollement comme des algues dans le flot. Le monocle d'un vieil homme, qui lisait son journal dans un profond fauteuil, renvoyait des éclats de lumière.

Kawase se fit un chemin à travers les piles de bagages multicolores de ce qui semblait être un groupe de touristes, déposa sa clé au bureau – toujours occupé – et poussa pour sortir la lourde porte de verre.

Il traversa Geary Street dans le soleil aveuglant de l'automne, tourna dans Powell Street, bordée de cafés, de boutiques pour cadeaux, de boîtes de nuit bon marché. Un restaurant de fruits de mer avait pour enseigne à la porte une proue de grand voilier. Il aperçut de loin une silhouette qui s'avançait vers lui.

Malgré la distance, il sut tout de suite que c'était une Japonaise, née de la deuxième ou troisième génération, mais née au Japon. Non qu'elle fût vêtue à la japonaise. Soigneusement conforme aux façons classiques de la ville, elle portait un chapeau, un collier de perles et un excellent manteau de vison argenté. Cependant son visage était poudré d'une poudre un peu trop blanche, et bien qu'il n'y eût apparemment aucune erreur dans ses vêtements, sa façon résolue de marcher manquait un peu de naturel. Si bien que l'enfant qu'elle tenait par la main avait à moitié l'air de flotter dans l'air.

« Eh bien! » Si forte l'exclamation que les gens se retournèrent pour regarder, et les bouts pointus des escarpins à hauts talons se précipitèrent vers lui à tout petits pas. « Je vous ai reconnu tout de suite. On repère toujours un Japonais, même de loin. Vous marchez comme si vous deviez porter deux sabres à la ceinture.

– Et vous, à qui croyez-vous ressembler? » Kawase, lui aussi, oubliait les saluts qu'on échange avec les gens de connaissance qu'on n'a pas vus depuis très longtemps. On aurait dit que la distance entre passé et présent, si précise d'habitude, s'était rétrécie de quelques pouces.

Il en accusa le pays étranger. Le système japonais de mesures avait dérapé. Il y avait des moments où une rencontre inattendue à l'étranger faisait naître des effusions qu'on regretterait plus tard, parce qu'on ne pourrait plus ensuite reprendre les distances normales. La difficulté ne se limitait pas aux relations entre hommes et femmes. Kawase en avait fait l'expérience avec d'autres hommes, et qui n'étaient pas spécialement des amis intimes.

Il était plus qu'évident qu'on avait soumis la jeune femme, depuis un an ou deux, à un rigoureux apprentissage de la mode et du maquillage occidental. Les résultats étaient remarquables, mais quelque malaise se faisait jour dans l'emploi de la poudre. Les femmes occidentales trouvent naturel de sortir leur poudrier et de s'en servir en public, avec parfois quelque négligence, si bien que des zones restent nues près du nez. Mais dans le maquillage de la jeune femme, pas la moindre négligence.

Arrêtés debout à bavarder, ils commencèrent par expliquer pourquoi ils étaient là.

L'homme d'affaires qui était son protecteur venait souvent aux Etats-Unis, et l'avait envoyée s'informer comment préparer l'installation d'une nouvelle sorte de restaurant japonais à San Francisco. Elle en serait probablement la directrice, mais il ne s'agissait pas du tout d'exiler une maîtresse dont on ne veut plus. Elle avait plutôt le même sentiment que s'il avait créé pour elle une auberge à Atami ou dans quelque autre lieu à la mode près de Tokyo. Ses entreprises étaient toujours sur grande échelle.

L'enfant s'impatientait.

« Allons prendre le thé. » Ce fut dit tout à fait comme s'ils se promenaient ensemble sur le Ginza. Kawase accepta puisqu'il n'avait rien d'autre à faire, mais il ne savait pas de quel nom l'appeler. Asaka, Léger Parfum, qui était cinq ans plus tôt son nom professionnel de geisha, ne convenait plus guère.

2

Le café n'avait pas le raffinement qu'ils auraient trouvé sur le Ginza. Une bruyante salle de restaurant pour de sommaires commandes, avec un long comptoir qui en délimitait le centre, une bruyante boutique pour tabac et cadeaux, et rien de plus. Kawase souleva la petite fille pour l'asseoir sur un tabouret devant le comptoir. Il était tout naturel de la mettre entre eux deux et de bavarder par-dessus sa tête. C'était une enfant silencieuse, et Kawase gardait dans les muscles de ses bras une sorte de léger et plaisant souvenir de son poids et de sa chaleur.

Il n'y avait pas d'autres Orientaux. L'acier inoxydable qui entourait l'ouverture du passe-plats tantôt s'ennuageait de vapeur, tantôt reprenait son éclat, où se reflétaient les tabliers blancs des serveuses. Toutes étaient des femmes d'un certain âge lourdement maquillées. Elles échangeaient de brefs saluts avec les clients mais n'avaient pas le sourire facile.

« La femme de Clark Gable est à San Francisco, dit la femme blonde à la gauche de Kawase. Je l'ai rencontrée à une réception.

– Ah oui? Elle doit commencer à prendre de l'âge. »

Une oreille à demi occupée par la conversation, Asaka enleva son manteau et l'enroula autour de ses hanches. Seule sa nuque, dont elle n'avait plus besoin de se préoccuper comme lorsqu'elle était geisha, révélait la facilité et la négligence de la professionnelle qui redevient amateur. Ses cheveux, remontés, dégageaient la nuque, et Kawase fut frappé de lui voir la peau si foncée.

« Elles ne sont pas très aimables, mais elles

travaillent dur », dit Asaka à haute voix, en désignant du regard la serveuse. Son enthousiasme pour son nouveau travail, et tout ce qui autour d'elle s'y rapportait, se lisait dans ses yeux et fit plaisir à Kawase. Elle avait toujours été d'une grande beauté, se disait-il quand il avait pu la regarder à distance, comme on regarde de loin brûler un feu.

Ravie de pouvoir parler japonais, Asaka racontait comment elle avait préparé son voyage aux Etats-Unis. Son protecteur lui avait tout d'abord appris l'anglais. Elle avait complètement abandonné la musique japonaise, ancienne aussi bien que populaire, pour consacrer tout son temps libre aux disques linguaphones. Elle avait adopté les vêtements occidentaux, qu'auparavant elle ne portait que l'été dans les pires vagues de chaleur, et avait vu tous les jours une couturière très cotée. Elle avait demandé conseil à son protecteur pour les modèles et les coloris. Apparemment le protecteur n'était pas homme à faire la différence entre la luxure et l'enseignement, et pour former une femme à son goût n'aurait pu trouver meilleur sujet qu'Asaka. Elle avait peut-être dansé le mambo en kimono dans les boîtes de nuit, mais il est certain que jamais personne ne lui avait aussi continûment enseigné « l'Occident ». Et jamais homme n'avait trouvé d'élève aussi douée.

Elle finissait ses explications quand on leur apporta ce qu'ils avaient demandé. Avec un raide sourire de commande, la serveuse flanqua un lait vanillé devant la petite fille qui ouvrait de grands yeux.

« Je m'appelle Hamako », dit Asaka, présentant ainsi sa fille, non sans quelque retard. « Bonjour, monsieur. » Elle posa la main sur la tête de l'enfant pour la faire saluer. Mais Hamako s'y refusa. En revanche elle se mit à genoux sur le tabouret pour boire avec la paille. Elle était trop petite pour le faire en restant assise.

Kawase fut content que l'enfant ne fît pas de cérémonies. Elle avait d'excellents traits qui ressemblaient à ceux de sa mère, et de profil, en train de boire avec la paille, tout en écartant de la main les cheveux qui la gênaient, elle était ravissante. Elle était tranquille, et laissait aux aînés la conversation.

« On me demande toujours comment j'ai pu mettre au monde une enfant aussi tranquille. » Mais Asaka en revint immédiatement à des sujets plus adultes.

On respirait dans le restaurant une odeur particulièrement américaine, moitié d'hygiéniques désinfectants, moitié la douce et pénétrante odeur des corps. La majorité de la clientèle était féminine : femmes d'un certain âge ou plus âgées, lèvres très maquillées et regard orgueilleux, qui dévoraient de gros gâteaux ou des canapés. Malgré le bruit et l'agitation générale, il y avait quelque chose de solitaire dans chacune de ces femmes et dans leur appétit. De triste, de solitaire, comme l'action mécanique d'autant de machines à consommer.

« Je veux aller en tramway », dit Hamako qui avait à moitié vidé son verre.

« Elle réclame ça tous les jours. Et nous avons parfaitement les moyens de prendre un taxi.

– Oh, même les plus riches touristes prennent le tramway. Ça ne vous rabaissera pas.

– C'est pour vous moquer? Ça ne m'étonne pas. Vous étiez coutumier des piques au temps jadis. »

C'était la première allusion d'Asaka au « temps jadis ».

« Ecoute, je t'emmènerai prendre le tramway si ta maman ne veut pas. » Kawase glissa l'argent sous la soucoupe et prit l'addition. Il avait la tête lourde, ce n'était pas la migraine, mais depuis qu'il était sur le chemin du retour, tout l'épuisement du voyage l'accablait d'un seul coup. Peut-être qu'un parcours en tramway le dissiperait.

Avant d'aider Hamako à descendre, Asaka se tortilla pour remettre son vison. Kawase l'aida.

« J'oublie toujours que les messieurs doivent vous aider. Je n'ai pas l'habitude de ces gentillesses.

– Il vous faudra prendre plus d'assurance.

– Ou de dignité. »

Asaka se redressa sur son tabouret. La jeunesse des formes qui gonflaient son tailleur pouvait faire envie aux femmes assises autour du comptoir. Kawase se rappelait comment au temps jadis elle se redressait de la même façon, pour qu'il l'aide à attacher son obi. Comparée à la raide et pure austérité de l'obi, la douceur du manteau de vison semblait échapper des mains. Une étrange comparaison vint à l'esprit de Kawase : comme si le noble portail à la demeure d'une grande dame, laque rouge et rivets noirs, s'était brusquement changé en quelque rapide porte tournante.

3

Ils s'abstenaient de parler du temps jadis, comme un couple qui se promène après un orage au milieu des flaques, et les évite si adroitement que ni l'un ni l'autre n'en éprouve de gêne. Pour parler du présent, il n'y avait que San Francisco. Ils étaient deux voyageurs qui n'avaient pas d'existence ailleurs.

Plus il la regardait, plus il percevait dans son élégance occidentale l'influence du protecteur qui la lui avait enseignée. L'Asaka de jadis était assez versée dans la danse japonaise, et les attitudes particulières à la danse lui étaient naturelles, comme de donner à ses doigts délicats tel mouvement et de porter la main à la bouche pour rire, ou parce qu'elle avait eu peur, ou avait entendu quelque chose qu'elle aurait préféré ne pas entendre. Tout était changé maintenant. Elle n'avait cependant pas acquis, à la place de l'ancienne élégance japonaise, une élégance occidentale véritable. Ses mouvements étaient d'une raideur étonnante. Kawase imaginait les efforts auxquels avait dû sans relâche s'astreindre son protecteur pour supprimer tous ces petits automatismes. C'était comme s'il l'avait envoyée en Amérique, le corps entièrement recouvert de ses empreintes digitales. Du temps jadis ne demeurait que cette poudre trop blanche sur le visage. Peut-être était-ce pour elle, toute seule en pays étranger, un ultime défi. D'ailleurs en réalité la poudre était jadis encore plus blanche.

Pendant qu'Asaka, la main de l'enfant dans sa main, attendait le tramway, Kawase considérant le manteau de vison se demandait où elle mettait sa petite provision de mouchoirs en papier. Au temps jadis elle en avait toujours une réserve dans son obi. Le papier avait plusieurs délicates occasions de révéler sa présence, lorsqu'ils passaient la nuit ensemble. Kawase avait l'habitude en dansant de poser la main sur le nœud de l'obi, et lorsqu'il sentait le chaud gonflement du papier, il appuyait exprès et le faisait crisser pendant la danse. Un sourire intime, qui redoutait d'être vu, venait aux lèvres d'Asaka. Parfois, assise languissante, les jambes repliées sous elle, elle commençait à dénouer son obi, et son premier geste était d'enlever doucement le papier pour le poser sur la natte du tatami. Quelque lourdeur dans le mouvement parlait de l'humidité de la nuit finissante à la saison des pluies. Ces nuits-là, Kawase glissait la main dans le nœud de l'obi, et c'était aussi moite et chaud que l'intérieur d'un placard étroitement clos. Il n'arrivait pas à imaginer le frais bruissement de soie qu'il allait entendre lorsque se déferait le nœud de l'obi. Et lorsque les premières lueurs du matin perceraient les vitres translucides aux fenêtres de l'auberge, le papier sur le sol s'éclairerait, et c'est sur le carré blanc qu'il regarderait naître le jour. Asaka n'oubliait jamais d'ôter le papier quand elle défaisait son obi, mais elle oubliait parfois de le remettre, quand ils se rhabillaient le lendemain matin. Et parfois, lorsqu'ils se disputaient, la lumineuse blancheur du papier demeuré sur la natte leur faisait signe. A mesure que ces souvenirs lui revenaient, Kawase ne concevait nul endroit sur la silhouette vêtue de vison où pût avoir place cette provision de papier. Une petite fenêtre blanche avait été aveuglée.

Le tramway arriva et ils montèrent tous les trois. Avec une sonnerie nostalgique et un vacarme de tiroirs secoués – les anciens tramways de Tokyo étaient pareils – le tramway s'employa à remonter Powell Street.

La partie arrière du tram formait un wagon ordinaire, fermé, mais l'avant avait un toit ouvert, comportait des bancs, des poteaux, et un espace où l'on pouvait se tenir debout de part et d'autre du conducteur, qui maniait avec majesté deux longs manches de fer.

Le vieux tram démodé enchantait Hamako. Tous trois s'étaient assis sur un des bancs pour voir défiler les fenêtres le long de la colline d'en face. « Ce que c'est amusant, répétait Hamako. Ce que c'est amusant. »

« N'est-ce pas », reprit Asaka, s'adressant à demi à Kawase. Comme si la réflexion permettait de cacher son propre plaisir. Kawase sentit que cette camaraderie voulait montrer que leurs rapports n'étaient pas les ordinaires et respectables relations entre mère et fille.

Ils quittèrent le tram au sommet de la colline et comme ils n'avaient rien à faire là-haut en reprirent un autre en sens inverse. La raide descente fut encore plus intéressante. Cinq ou six femmes d'un certain âge, apparemment des touristes, poussaient des exclamations et des cris comme dans un parc d'attractions, et se retournaient pour voir comment réagissaient à leurs provocations les calmes natifs de San Francisco. C'étaient de grandes femmes un peu moustachues, vêtues de rouge vif et de vert éclatant.

Revenus au Square d'où ils étaient partis, Asaka prit poliment congé. Elle était prise à déjeuner, dit-elle, mais elle aimerait bien dîner avec Kawase s'il était libre. Kawase prit Hamako par la main, et ils se dirigèrent vers son hôtel, qui n'était pas loin du square.

Ils firent halte devant une vitrine de fournitures pour pique-niques. Le service à pique-nique, entièrement gainé d'une étoffe à carreaux écossais, était criard, mais le contraste avec l'herbe artificielle tout à fait plaisant. Tout était disposé avec un naturel très bien étudié, et comme laissé en désordre par les gens du pique-nique descendus au ruisseau se laver les mains : on entendait leurs éclats de rire en contrebas.

« On ne trouverait jamais pareil service au Japon », dit Asaka, le nez presque aplati contre la vitre. Kawase songea que dans son enfance elle n'avait sans doute jamais connu de pique-niques. Elle avait quelquefois un violent désir de choses enfantines. Un jour il n'avait pas pu l'arracher à une vitrine pleine de poupées. Ou bien son protecteur, qui se donnait tant de mal pour lui enseigner l'Occident, n'avait pas remarqué cet aspect de son caractère, ou bien il n'en tenait pas compte. Kawase était sûr d'avoir bien vu.

Perdue dans la contemplation de l'étalage, Asaka semblait oublier sa présence. Tout à coup elle montra du doigt une bouteille thermos recouverte de tissu écossais.

« Hamako. Tu es grande maintenant, et tu n'as plus peur de ça, n'est-ce pas?

– Non.

– Mais tu te rappelles quand tu en avais peur?

– Non.

– Et voilà qu'elle vous répond comme une adulte! » Asaka sourit, comme si elle demandait, pour la première fois, son approbation à Kawase. Il regardait l'éclat du soleil sur le trottoir, et le souriant visage tourné vers lui parut se mêler à l'arrière-image brillante et blanche, masque lumineux qui flottait dans l'air. Il n'avait qu'à moitié écouté l'échange des paroles, mais un nœud douloureux lui serrait la poitrine. Un instant plus tard il vit qu'il lui fallait faire semblant de ne pas comprendre une conversation dont un étranger n'aurait pas compris le sens.

« De quoi parlez-vous? » demanda-t-il, comme si de rien n'était.

« Oh, rien vraiment. Mais à partir de dix-huit mois elle a été terrifiée par les bouteilles thermos. Quand elles sont pleines de thé, il y a un drôle de petit bruit de bulles autour du bouchon, et c'est ce bruit qui la terrifiait. Quand elle ne voulait pas obéir j'allais chercher une bouteille thermos pour lui faire peur. Maintenant ce n'est plus la peine.

– C'est bizarre les choses dont les enfants se font peur. »

Asaka continua tout à fait comme si elle expliquait les rares talents de sa fille. « Mais a-t-on jamais vu un enfant avoir peur d'une bouteille thermos? Sa grand-mère a bien ri. Elle disait qu'Hamako aurait une attaque le jour où le directeur d'une fabrique de bouteilles thermos lui demanderait sa main. »

4

Le soir Asaka revint seule. Elle avait trouvé à l'hôtel une Noire pour garder l'enfant, et qui avait beaucoup plu à Hamako.

Ils prirent des huîtres et un sauté de crabes dans un restaurant français dénommé « Le Vieux Caniche », et terminèrent par des crêpes flambées.

Kawase s'était remis du choc que lui avait donné la bouteille thermos. Il se persuada qu'il avait été victime d'illusions ridicules et qu'il avait trop d'imagination.

La tristesse de la lettre de sa femme lui revint à l'esprit, et il lui apparut, sans la moindre raison, que sa propre femme et son propre enfant étaient infiniment plus tristes qu'Asaka et sa fille. Impression absurde et sans fondement, dont pourtant il n'arrivait pas à se débarrasser.

L'alcool lui donnant des forces, il essaya de fuir le temps en ouvrant la porte interdite du temps jadis.

« Est-ce que ce n'était pas, je me demande, à la saison des pluies, qu'un jour à l'hôtel vous avez eu de terribles crampes d'estomac. Vous nous avez tous fait diablement peur.

– J'ai cru que j'allais mourir. Et cet affreux médecin a tout empiré. Il me déplaisait beaucoup.

– Très cher aussi.

– Je me rappelle le kimono que je portais ce soir-là. Kimono d'été, naturellement, de lourde soie rayée horizontalement et les rayures alternaient aux coutures. D'abord une raie sépia, de trois pouces à peu près, puis une raie grise de même largeur, et au-dessus une raie blanche. Vous vous rappelez?

– Bien sûr. » Mais il se rappelait mal.

« L'obi aussi était bien, deux branches de bambou, en blanc sur fond rouge vif. Mais je ne l'ai plus jamais porté. J'avais toujours peur des crampes d'estomac. »

Cela faisait un bizarre amalgame : une femme en tenue noire de cocktail, un bijou au revers du tailleur et qui portait à tout instant à la bouche un verre de vin taché de rouge à lèvres, en parlant d'un vieux kimono.

Un peu plus Kawase allait dire : « Ce matin l'histoire de la bouteille thermos – je me suis demandé si vous ne preniez pas votre revanche après tant d'années. Le fait est que mon petit garçon... » Mais il se rattrapa juste à temps pour se taire.

Ils s'étaient quittés cinq ans plus tôt dans des circonstances très désagréables. La dispute avait commencé lorsqu'une des collègues d'Asaka, Kikuchiyo, avait révélé un secret à Kawase. Elle lui demanda s'il savait qu'Asaka était très liée depuis quelques mois avec un gros exportateur qui allait la racheter à la maison des geishas. Ils avaient déjà fait plusieurs voyages ensemble à Hakone. Kawase fut tellement secoué par la nouvelle qu'il convoqua en plein jour Asaka au bar où ils avaient habituellement rendez-vous, au premier étage d'une boutique de Ginza.

Son indignation n'était pas tout à fait logique. Tout d'abord on pouvait se demander si elle n'était pas disproportionnée à l'affection qu'il lui portait. Dans tous ses rapports avec les femmes il était tacitement convenu qu'il ne se marierait pas. Il ne laissait jamais passer l'occasion de moquer cyniquement ceux qui aspiraient à une vie conjugale normale et exigeait toujours de sa compagne qu'elle se mît à rire avec lui.

Il s'ensuivait que pour se protéger elle ne se laissait jamais aller, et que l'un comme l'autre n'envisageaient leurs rapports que dans la franchise et la légèreté. Au moins le désiraient-ils et s'efforçaient-ils de s'en convaincre. Moitié par goût, moitié par sens pratique, Kawase était résolu à n'avoir avec Asaka qu'une liaison de ce genre. Leurs efforts à tous deux n'avaient finalement pas été sans entamer leur amour-propre, et sur le vide de leurs plaisanteries et de leurs rires s'était répandue la lumière d'un obscur désespoir. Ils s'étaient enfoncés dans l'illusion que rien ne pouvait plus les blesser.

Puis survint la dénonciation de Kikuchiyo. Exacte ou non, elle était inévitable. Kikuchiyo s'était simplement trouvée là au bon moment.

Tout à fait conscient de ce que son indignation pouvait avoir de ridicule, Kawase cédait à une autre impulsion : essayer de voir où le mènerait cette indignation. En réalité il la ressentait comme le premier signe de passion qu'il eût jamais éprouvé. Il en était plutôt content.

Mais comment accepter la réaction d'Asaka? Toujours autoritaire, il avait pensé que tout comme elle répondait en plaisantant lorsqu'il plaisantait, elle allait aussi répondre à son premier éclat de passion par une même passion. Il ne voulait pas être comique tout seul, et avait espéré que la jeune femme allait comme lui renoncer à la comédie et manifester l'ardeur qui convenait.

Entêtée dans son silence, elle était assise avec beaucoup de dignité, presque trop, auprès de la fenêtre du bar qui, dans l'accalmie du milieu de l'après-midi, était presque vide. Kawase crut qu'elle se taisait parce qu'elle n'avait pas compris. Elle n'avait pas vu que par sa fureur il avouait pour la première fois qu'il aimait.

Il s'était attendu à voir naître dans son regard, sous les reproches répétés, un plaisir qu'elle ne cacherait pas. Tout l'orgueil qui le tourmentait semblait en dépendre. Qu'il voie seulement le plaisir, il pardonnerait tout.

Kawase eut bientôt dit tout ce qu'il avait à dire, et tous deux demeurèrent silencieux, évitant de se regarder. C'était un nuageux après-midi d'automne. Les rues étaient pleines de monde. On pouvait étudier dans tous leurs détails les tubes de néon sur le cabaret d'en face.

Asaka regardait obstinément par la fenêtre. Sans le moindre changement d'expression elle se mit à pleurer. A peine bougea-t-elle les lèvres pour dire : « Je crois que je vais avoir un bébé. De toi. »

Ces seuls mots décidèrent Kawase, qui n'y songeait pas, à la quitter. Quelle manœuvre minable! Tout souvenir de leur élégante et nette liaison sembla s'évanouir pour dégringoler dans l'univers crasseux des chamailleries et des marchandages. Il n'avait même pas envie de dire ce que la plupart des hommes auraient dit : qu'on ne pouvait pas savoir de qui était l'enfant. Il le dit tout de même, très nettement, en prévision de ce qui se passerait plus tard. Si elle voulait de la boue, elle en aurait. Pour la première fois Kawase s'aperçut que ces gestes de danseuse lui déplaisaient, et l'épais maquillage blanc de la profession. Ce qui lui avait paru l'essence même du style et de l'élégance était devenu symbole de vulgarité et d'insensibilité. Qu'elle eût menti l'avait décidé. Il en fut content.

« En fait, mon petit garçon... » Asaka n'avait peut-être pas deviné la substance de la remarque qu'il allait faire, mais elle avait probablement senti qu'il courait le danger de dire quelque chose qu'il valait mieux ne pas dire. Elle l'arrêta à l'occidentale, par un léger clin d'œil, un peu éméché.

Elle tombait juste. Le fait qu'il eût été arrêté, non par lui-même mais par elle, le fit fondre d'émotion, une étrange et douce émotion.

« Ça vous a plu, les crêpes flambées? » demanda le garçon. Kawase voulait lui donner 15 % de pourboire, mais il laissa 20 %.

5

Pendant les douze heures de vol de retour vers le Japon, Kawase passa son temps à aller fumer au salon, et à songer à l'éclatante lumière du matin dans son hôtel, où Asaka avait passé la nuit.

Du fait de l'insuffisance de personnel pour les centaines de chambres, la règle selon laquelle il était interdit au client de recevoir une femme dans sa chambre, qui est la règle de tous les bons hôtels, était devenue de pure forme. Aux heures tardives du soir, les corridors de l'hôtel, à l'écart de l'ascenseur, étaient vides. On ne courait même pas le danger d'être entendu en parcourant l'épaisse moquette à la lumière d'appliques murales démodées. Un peu éméchés, Asaka et Kawase parièrent cinq dollars qu'ils pourraient, ou non, s'embrasser douze fois entre l'ascenseur et la chambre, qui était très loin. Kawase gagna.

Au matin ils se réveillèrent d'un court sommeil, et tirèrent les rideaux pour regarder très loin en contrebas la baie de San Francisco qui scintillait entre les immeubles au soleil du matin.

Le jour précédent, quand il avait pris, seul, son petit déjeuner, Kawase avait semé sur le rebord de la fenêtre ses miettes pour les pigeons. Ils revinrent au matin quand il ouvrit la fenêtre. Mais ils ne trouvèrent pas de miettes. On ne pouvait guère, à deux, demander le petit déjeuner dans la chambre. Déçus, les pigeons s'installèrent dans un creux sous le rebord de la fenêtre, d'où ils allongeaient le cou de temps en temps, pour regarder. Leurs cous offraient un mélange compliqué de marron, de vert et de bleu.

En dessous d'eux, le tramway montait déjà la rue en brinquebalant. Asaka était en combinaison noire, les épaules nues, somptueuses. Cette chair lui avait été longtemps familière, et cependant ici à l'étranger, elle semblait dégager un simple et puissant parfum de prairie, tout à fait de l'opposé du parfum que répandaient le kimono et la poudre. Que tout ce qui dans sa peau évoquait la terre, et l'effet de tant de soleil à travers les âges sur la peau de ses ancêtres, pût apporter un si profond plaisir à celui dont la peau par la couleur était semblable, voilà l'un des singuliers retournements qui ne peuvent se produire qu'en pays étranger.

C'était un libre et beau matin, et toutes les attaches et les contraintes qui avaient enserré le cœur de Kawase le matin précédent s'étaient miraculeusement dissipées.

En refermant le col de son pyjama pour se garder de la fraîcheur matinale, il dit gaiement : « Et qu'est-ce que tu feras cette fois-ci si tu as un bébé? »

Asaka était assise devant le miroir, comme une prostituée étrangère, éblouissante dans le soleil. Elle regardait son image. La douce pente de ses épaules semblait rayonner.

« Si j'ai un bébé, ce sera celui de Sonoda », répondit-elle, lançant avec désinvolture le nom de son protecteur.

Mais à mesure qu'il approchait du Japon, le souvenir pâlit, et l'image de sa femme et de son enfant, et de leur solitude, prit de la force. Kawase ne savait pas lui-même pourquoi il tenait tellement à les évoquer sous des couleurs tristes et sentimentales. Qu'est-ce donc qui l'y poussait? Sa femme lui avait fidèlement écrit toutes les semaines en son absence, et ses lettres disaient que tout allait bien.

L'appareil volait bas au-dessus de la mer. On avait mis de la musique douce et éteint les lumières pour voir les lumières de Tokyo. De la baie qui est au large de Yokohama l'avion allait apparemment atteindre tout droit l'aéroport de Haneda. Des bouquets de lumière remontaient lentement vers eux. Toute la tristesse et l'angoisse de la ville – plus de gens y sont entassés plus il y a de tristesse – semblaient encloses dans ces bouquets de lumière.

En proie au malaise et à l'impatience qu'on éprouve en rentrant d'un long séjour à l'étranger, Kawase prêta l'oreille à la profonde respiration des moteurs, et s'abandonna à la coulée du temps et de l'espace, précise et pourtant décevante, à mesure que les rangées de lumière de la piste d'atterrissage émergeaient du chaos.

La confusion à la douane, l'agacement d'avoir à attendre ses bagages, les dernières obligations qu'on exige du voyageur au bout de sa route enfin surmontées – et Kawase, montant l'escalier au tapis rouge, vit immédiatement sa femme, l'enfant dans les bras, qui l'attendait dans la foule. Elle portait un chandail vert, et avait pris du poids pendant son absence. Ses traits semblaient quelque peu estompés, ce qui la rendait presque encore plus jolie.

« Regarde. Voilà papa », disait-elle à l'enfant

qui s'accrochait passivement à son cou, étourdi par la foule et l'impatience. A la fin, comme s'il ne trouvait pas d'autre solution, il fronça le nez en souriant.

Rien n'évoquait en eux tristesse ou solitude. Tout semblait indiquer qu'ils avaient été heureux pendant l'absence de Kawase. Il fut très déçu de trouver sa femme si éclatante et si gaie.

Quelques-uns de ses employés les accompagnèrent chez lui pour une réception en l'honneur de son retour. Kawase n'eut pas la possibilité de parler à sa femme.

Appuyé à ses genoux, le petit garçon allait s'endormir.

« Il faudrait peut-être le coucher », dit un des hommes du bureau.

Dans un milieu qui était celui du Japon, avec tous les détails – les portes de papier à glissière, l'alcôve, la fenêtre ronde, les innombrables petits flacons et petits plats sur la table –, Kawase redevenait le classique maître de maison japonais, qui doit faire preuve d'autorité.

« Montrez-lui une bouteille thermos, il sera vite réveillé.

– Une bouteille thermos?

– Kimiko, apporte une bouteille thermos. »

Sa femme ne répondit pas tout de suite. Elle pensait sans doute aussi qu'il était temps que le petit garçon soit au lit. Onze heures étaient passées. Sa dérobade irrita beaucoup Kawase. On aurait dit qu'il n'était revenu au Japon que pour le plaisir de faire peur à l'enfant avec une bouteille thermos. Le plaisir ou la peur – l'un ou l'autre sentiment, mais il ignorait lequel – allait peut-être pouvoir dissiper le profond malaise intérieur où l'avait laissé le voyage en avion.

Cinq minutes plus tard, il appela de nouveau sa femme. L'ivresse ne lui donnait pas l'agrément attendu, mais semblait se bloquer en une sorte de boule à l'arrière de sa tête.

« Et cette bouteille thermos?

– Oui.

– Mais regardez comme il a sommeil, dit Komya, le jeune homme de tout à l'heure. Je crois qu'on peut se passer de la bouteille thermos. »

Enhardi par le saké, Komya manquait un peu de retenue. Kawase lui jeta un coup d'œil. C'était un jeune homme très intelligent, l'un des plus brillants de l'organisation de Kawase. Il avait un visage intéressant, d'épais sourcils qui se rejoignaient un peu au-dessus du nez. Lorsque Kawase croisa son regard, il ressentit un coup de poignard à l'intérieur de sa tête, à l'endroit de la boule glacée; il sait. Il sait que le petit a peur des bouteilles thermos.

Au lieu de demander pourquoi, Kawase poussa l'enfant vers Komya, qui l'attrapa comme un ballon de football, et absolument stupéfait, releva les yeux sur Kawase.

« Allez donc le coucher », dit Kawase.

Tous les autres perçurent le premier danger de l'instant, et redoublèrent de bruit. La femme de Kawase se glissa entre eux, reprit l'enfant à Komya pour aller le mettre au lit. Malgré le tumulte il était déjà presque endormi. Cette solution en douceur ne fut pas du goût de Kawase.

Il était une heure du matin lorsque les invités partirent.

Kawase aida sa femme à débarrasser la table. Epuisé, il se sentait pourtant mieux éveillé que jamais et pas ivre le moins du monde. Il semblait bien que sa femme était consciente de son mécontentement. Ils échangèrent le moins de mots possible en faisant ensemble ce petit travail.

« Merci beaucoup. Pourquoi ne vas-tu pas te coucher? Tu dois être fatigué. » Elle avait commencé la vaisselle, et ne le regardait pas.

Kawase ne répondit pas. Les plats desservis près de l'évier brillaient d'un dur éclat blanc sous la lumière fluorescente.

Au bout d'un instant il dit : « Et la bouteille thermos? Je sais qu'il avait sommeil, mais tu aurais pu l'apporter pour le premier soir de mon retour.

– Elle est cassée. » La voix de sa femme, à travers le bruit de l'eau, était plus aiguë et plus éclatante que d'habitude.

L'étrange est que Kawase ne fut pas surpris.

« Qui l'a cassée? Shigeru? »

Elle secoua la tête. L'épaisse et raide masse de ses cheveux, ondulée par une mise en plis en l'honneur de son retour, fut doucement secouée.

« Alors, qui l'a cassée? »

Elle lavait les assiettes, mais tout à coup ses bras s'immobilisèrent, et il se rendit compte qu'elle s'arc-boutait contre l'acier inoxydable de l'évier comme pour le repousser. Le chandail vert tremblait.

« Mais pourquoi pleurer? Je te demande seulement qui l'a cassée.

– C'est moi », dit-elle avec de petits sanglots.

Kawase n'eut pas le courage de lui mettre la main sur l'épaule. Il avait peur des bouteilles thermos.

Le prêtre du temple de Shiga et son amour

D'après Eshin et son traité *L'Essentiel du Salut*, les Dix Plaisirs ne sont qu'une goutte d'eau dans l'océan comparés aux joies du Pays Pur. La terre de ce pays-là est faite d'émeraude, et les routes qui la traversent sont festonnées de cordes d'or. La surface en est unie sans fin, et on n'y voit pas de clôtures. A l'intérieur de chaque Enceinte sacrée s'élèvent cinquante mille millions de palais et de tours travaillés d'or, d'argent, de lapis-lazuli, de cristal, de corail, d'agate et de perles, et de prodigieuses draperies sont disposées sur tous les dais ornés de pierres précieuses. A l'intérieur des palais et au-dessus des tours une multitude d'anges joue constamment de la musique sacrée et chante des hymnes de louange au Très Saint Bouddha. Dans les jardins qui entourent les palais et les tours et les cloîtres il y a de grands étangs d'or et d'émeraude où les fidèles peuvent faire leurs ablutions, et le fond des étangs d'or est en sable d'argent, et le fond des étangs d'émeraude est en sable de cristal. Les étangs sont couverts de lotus dont les couleurs variées étincellent, et lorsqu'une brise souffle sur la surface de l'eau, d'admirables lumières se croisent dans toutes les directions. Jour et nuit, l'air est rempli de chants d'oiseaux : grues, oies, canards mandarins, paons, perroquets et Kalavinkas à la voix douce qui ont le visage de belles jeunes femmes. Tous, et d'autres oiseaux par myriades, couverts de pierres précieuses, élèvent leur chant mélodieux à la louange du Bouddha. (Si douces que soient leurs voix, une assemblée tellement immense d'oiseaux doit faire beaucoup de bruit.)

Les rives des étangs et les talus des rivières sont bordés de bosquets d'arbres-trésors. Les troncs de ces arbres sacrés sont en or, leurs branches en argent, leurs feuilles sont en corail, et leur beauté se reflète dans les eaux. L'air est rempli de cordes gemmées, où par myriades sont suspendues les cloches qui rythment à l'infini la Loi Suprême du Bouddha, et d'étranges instruments de musique, qui jouent tout seuls sans que jamais on les touche, se dispersent à perte de vue dans le ciel transparent.

Si l'on désire manger, une table aux sept gemmes apparaît aussitôt, et sur la surface brillante s'offrent des jattes sept fois gemmées, remplies des mets les plus raffinés. Mais il est inutile de prendre ces aliments pour les porter à la bouche. Il suffit d'en regarder les alléchantes couleurs et d'en apprécier l'arôme, l'estomac se remplit et le corps se nourrit cependant qu'on reste pur spirituellement et physiquement. Lorsque le repas s'est ainsi achevé, la table et les mets disparaissent à l'instant.

De même, le corps est automatiquement recouvert de vêtements, sans nul besoin de coudre, de laver, de teindre, ou de réparer.

Les lampes sont également inutiles, car le ciel est éclairé d'une lumière partout présente. En outre, le Pays Pur jouit d'une température modérée toute l'année, si bien qu'il n'est pas nécessaire de chauffer ni de rafraîchir. Cent mille odeurs subtiles parfument l'air et des pétales de lotus pleuvent sans cesse.

Dans le chapitre du Portail de l'Inspection, on nous dit que puisque les visiteurs non initiés ne peuvent espérer pénétrer au cœur du Pays Pur, il faut qu'ils se concentrent, tout d'abord, pour éveiller leur « pouvoir d'imagination extérieure », et ensuite pour augmenter régulièrement ce pouvoir. Le pouvoir de l'imagination peut offrir un raccourci pour échapper aux entraves de notre vie mondaine et pour voir le Bouddha. Si nous sommes doués d'une imagination riche et foisonnante, nous pouvons en fixant notre attention sur une seule fleur de lotus, atteindre, à partir de là, à des horizons infinis.

Vue comme au microscope, et projetée à l'échelle des astres, la fleur de lotus peut devenir le point de départ de toute une théorie de l'univers, et fournir le moyen par lequel percevoir la Vérité. Il faut d'abord savoir que chaque pétale compte quatre-vingt-quatre mille nervures et que chaque nervure répand quatre-vingt-quatre mille lumières. En outre, la plus petite de ces fleurs a deux cent cinquante yojanas de diamètre. Si l'on se souvient que le yojana dont nous parlent les Saintes Ecritures correspond à trois cents lieues, nous pouvons conclure qu'une fleur de lotus dont le diamètre couvre soixante-seize mille lieues est de petite taille. Or ces fleurs ont chacune quatre-vingt mille pétales, et entre chaque pétale un million de pierres précieuses, dont chacune étincelle de mille lumières. Du calice de chaque fleur s'élèvent quatre colonnes ornées de pierres précieuses, et chacune de ces colonnes est cent billions de fois aussi haute que le Mont Sumeru, qui domine le centre de l'univers bouddhiste. De grandes draperies sont suspendues aux colonnes, et chaque draperie est brodée de cinquante mille millions de pierres précieuses, et chaque pierre précieuse projette quatre-vingt-quatre mille couleurs dorées, dont chacune à son tour prend sans fin des couleurs d'or différentes.

Se concentrer sur ces images se dit « méditer sur le Trône de Lotus où siège le Bouddha », et le monde de concepts qui est à l'arrière-plan de notre histoire est un monde à l'échelle de cette imagination.

Le Grand Prêtre du Temple de Shiga était un homme de la plus éminente vertu. Il avait les sourcils blancs et c'est tout juste, appuyé sur son bâton, s'il pouvait traîner ses vieux os d'un coin à l'autre du temple.

Aux yeux de ce savant ascète, le monde était un simple tas d'ordures. Depuis de longues années, il en vivait éloigné, et le petit baliveau de pin qu'il avait planté de ses mains lorsqu'il s'était établi dans la cellule qu'il occupait était aujourd'hui devenu un grand arbre dont les branches se prenaient à la houle du vent. Le moine qui avait réussi à abandonner si longtemps le Monde Flottant devait être sans inquiétude pour son avenir.

Quand le Grand Prêtre voyait les nobles et les riches, il souriait de compassion et se demandait comment il était possible à ces gens de ne pas se rendre compte que leurs plaisirs n'étaient que rêves sans substance. Quand il remarquait la beauté des femmes, il n'avait pour toute réaction qu'un élan de pitié pour les hommes qui habitaient encore le monde de l'illusion et que secouaient les vagues du plaisir charnel.

De l'instant où l'homme ne réagit plus aux mobiles qui gouvernent le monde matériel, ce monde lui paraît complètement immobile. Aux yeux du Grand Prêtre, le monde n'offrait qu'immobilité, il était devenu simple image peinte sur une feuille de papier, carte de quelque terre étrangère. Lorsqu'on est parvenu à l'éclat d'esprit où toutes les funestes passions du monde présent ont été entièrement déracinées, on oublie de même la peur. C'est ainsi que le prêtre ne pouvait plus comprendre l'existence de l'Enfer. Il savait, par-delà toute conjoncture, que le monde présent n'avait plus aucun pouvoir sur lui; mais comme il était tout à fait dépourvu de vanité, il ne lui venait pas à l'esprit que c'était un effet de sa propre éminente vertu.

Pour ce qui était de son corps, on aurait pu dire que le prêtre avait été à peu près abandonné par sa propre chair. Quand il lui arrivait de le regarder – lorsqu'il se baignait par exemple – il était content de voir que les protubérances de ses os étaient recouvertes de peau desséchée et précaire. Maintenant que son corps en était parvenu à ce stade, il avait le sentiment de s'accorder avec lui, comme s'il appartenait à quelqu'un d'autre. A pareil corps, sans doute, la nourriture du Pays Pur convenait déjà mieux que les aliments et les boissons de la terre.

Toutes les nuits, il vivait en rêve au Pays Pur, et lorsqu'il se réveillait, il savait que continuer dans le monde présent était demeurer enchaîné à la passagère tristesse d'un songe.

A l'époque des arbres en fleurs, des visiteurs en grand nombre venaient de la Capitale au village de Shiga. Ce qui ne dérangeait en rien le prêtre; il avait depuis longtemps dépassé le moment où les clameurs du monde peuvent irriter l'esprit. Un soir, il quitta sa cellule, appuyé sur son bâton pour descendre jusqu'au lac. C'était l'heure où les ombres percent lentement leur sombre chemin dans la vive clarté de l'après-midi. Il n'y avait pas la plus légère ride à troubler la surface de l'eau. Seul et debout au bord du lac, le prêtre commença d'accomplir le rite sacré de la Contemplation de l'Eau.

Au même instant, une litière traînée par des bœufs, appartenant de toute évidence à quelque grand personnage, apparut au détour du lac, et s'arrêta près de l'endroit où se tenait le prêtre. C'était la litière d'une Dame de la Cour qui portait le titre éblouissant de Grande Concubine Impériale et venait de Kyogoku dans la Capitale. Cette dame était venue voir le spectacle du printemps à Shiga, et, en repartant, avait fait arrêter la litière et relever le store pour regarder le lac une dernière fois.

Machinalement, le Grand Prêtre tourna les yeux dans sa direction, et fut aussitôt anéanti par sa beauté. Leurs regards se rencontrèrent, et comme il ne fit rien pour détourner le sien, elle ne prit pas sur elle de s'écarter. Ce n'était pas qu'elle eût l'esprit assez généreux pour permettre aux hommes de la fixer si effrontément, mais elle eut le sentiment que les mobiles de ce vieil et austère ascète ne pouvaient guère être ceux des hommes ordinaires.

Au bout de quelques instants, la dame abaissa le store. Sa litière se mit en marche, et après avoir franchi la Passe de Shiga, descendit lentement la route qui mène à la Capitale. La nuit tombait et la litière progressait vers la ville sur la Route du Temple d'Argent. Jusqu'au moment où la litière ne fut plus qu'une pointe d'épingle qui disparaissait dans le lointain des arbres, le Grand Prêtre demeura enraciné sur place.

L'espace d'un clin d'œil, avec une force terrible, le monde présent avait assuré sa revanche sur le prêtre. Ce qu'il s'imaginait inattaquable s'était écroulé.

Il revint au Temple, face à la Grande Image du Bouddha, et il invoqua le Saint Nom. Mais les pensées impures répandaient autour de lui leur ombre opaque. La beauté d'une femme, se disait-il, n'est qu'une volante apparition, une temporaire manifestation de chair – de chair qui sera tôt détruite. Cependant, il avait beau essayer de s'en défendre, l'ineffable beauté qui l'avait écrasé en cet instant au bord du lac contraignait son cœur avec la force d'une puissance venue d'une distance infinie. Le Grand Prêtre n'était pas assez jeune, ni par le corps ni par l'esprit, pour croire que ce sentiment nouveau ne fût qu'un mauvais tour que lui aurait joué sa chair. La chair d'un homme, il le savait bien, ne change pas aussi vite. Plutôt, il lui paraissait avoir été plongé en quelque rapide et subtil poison, qui lui aurait brusquement métamorphosé l'esprit.

Le Grand Prêtre n'avait jamais rompu son vœu de chasteté. Le combat intérieur qu'il avait mené durant sa jeunesse contre les exigences de sa chair lui avait fait considérer les femmes comme des créatures uniquement charnelles. La seule chair véritable était la chair qui existait dans son imagination. Puisqu'il voyait dans la chair une abstraction plutôt qu'un fait physique, il avait en conséquence compté sur sa force spirituelle pour la vaincre. Il avait en effet triomphé, triomphe que personne en vérité, quand on le connaissait, ne pouvait mettre en doute.

Cependant, le visage de la femme qui avait relevé le store de la litière pour contempler le lac était trop harmonieux, trop rayonnant pour être appelé simple objet de chair, et le prêtre ne savait de quel nom le désigner. Il pouvait uniquement penser que, pour qu'ait surgi cet instant miraculeux, quelque chose s'était brusquement révélé, qui se cachait depuis longtemps en lui, et le trompait. Et ce quelque chose n'était rien d'autre que le monde présent, qui jusqu'alors était demeuré immobile, et soudain avait échappé aux ténèbres et commencé à bouger.

Comme s'il eût été debout au bord de la grande route qui conduit à la Capitale, des mains se couvrant étroitement les oreilles, et que regardant se croiser deux grands chars à bœufs, il eût tout à coup retiré ses mains, le bruit du monde extérieur l'avait envahi de partout. Percevoir le flux et le reflux des phénomènes, avoir dans les oreilles le rugissement de leur tourmente, c'est entrer dans le cercle du présent. Pour un homme comme le Grand Prêtre, qui avait tranché tout rapport avec les choses de l'extérieur, c'était se placer de nouveau en relation avec elles.

Même en lisant les Soutras, il se surprit à pousser de grands soupirs d'angoisse. La nature, se dit-il, le distrairait peut-être, et par la fenêtre de sa cellule, il contempla les montagnes qui s'élevaient au loin sous le ciel du soir. Mais ses pensées, au lieu de se concentrer sur la beauté, se défirent et se dispersèrent comme des volées de nuages. Il maintint son regard sur la lune, mais ses pensées continuèrent à errer, et lorsqu'il revint se tenir debout devant la Grande Image dans un effort désespéré pour retrouver la pureté de son esprit, le visage de Bouddha avait changé et ressemblait à celui de la dame dans la litière. Son univers avait été resserré dans la prison d'un cercle étroit : le Grand Prêtre se situait sur un point, et sur le point opposé lui faisait face la Grande Concubine Impériale.

La Grande Concubine Impériale de Kyogoku avait vite oublié le vieux prêtre qui l'avait si fixement regardée au bord du lac Shiga. Quelque temps après, toutefois, une rumeur lui vint aux oreilles qui lui rappela l'incident. Un des villageois avait vu par hasard le Grand Prêtre, debout, regarder dispraître dans le lointain la litière de la dame. Il en avait parlé à un gentilhomme de la Cour qui était venu à Shiga voir les fleurs, et il avait ajouté que depuis le prêtre s'était conduit comme quelqu'un de fou.

La Concubine Impérale fit semblant de ne pas croire la rumeur. Cependant, la vertu du prêtre en question était notoire dans la Capitale, et l'incident alimentait nécessairement la vanité de la dame.

Car elle était absolument excédée de l'amour que lui témoignaient les hommes de ce monde-ci. La Concubine Impériale avait tout à fait conscience de sa propre beauté, et elle était volontiers attirée par toute force, comme la religion, qui tenait pour chose sans valeur sa beauté et son rang. Le monde présent l'ennuyait à mourir, elle croyait au Pays Pur. Il était inévitable que le Bouddhisme Jodo, pour lequel toute la beauté et tout l'éclat du monde visible ne sont qu'ordure et souillure, fût attirant, surtout pour quelqu'un comme la Concubine Impériale. Elle avait perdu toute illusion sur l'élégancc superficielle de la vie à la Cour, élégance qui paraissait illustrer en tout point les Derniers Jours de la Loi, et leur dégénérescence.

Pour ceux qui s'intéressaient surtout à l'amour, la Grande Concubine Impériale personnifiait le suprême raffinement de la Cour. On savait qu'elle n'avait jamais accordé son amour à aucun homme, et le fait ajoutait à sa réputation. Elle s'acquittait de ses devoirs envers l'Empereur avec les manières les plus parfaites, mais personne ne pensait un seul instant quc son cœur y eût quelque part. La Grande Concubine Impériale rêvait d'une passion située aux frontières de l'impossible.

Le Grand Prêtre de Shiga était célèbre pour sa vertu et tout le monde à la Capitale savait que ce vénérable prélat avait entièrement abandonné le monde présent. D'autant plus surprenante la rumeur selon laquelle il aurait été ébloui par la beauté de la Concubine Impériale et aurait sacrifié pour elle le monde à venir. Renoncer aux joies du Pays Pur lorsqu'il est presque à portée de la main, on ne peut concevoir plus grand sacrifice, plus immense cadeau.

La Grande Concubine Impériale était absolument insensible aux charmes des jeunes roués qui s'empressaient auprès d'elle à la Cour, comme à la beauté des nobles qu'elle rencontrait. Les qualités physiques des hommes n'avaient plus de sens pour elle. Elle voulait seulement trouver un homme qui lui donnerait l'amour le plus fort et le plus profond qui pût exister. Pareille aspiration fait d'une femme une créature en vérité terrifiante. Simple courtisane, elle se contentera sans doute de la richesse selon le monde, mais la Grande Concubine Impériale jouissait déjà de tout ce que la richesse selon le monde peut procurer. L'homme qu'elle attendait devait lui offrir la richesse selon le monde à venir.

Le Grand Prêtre était amoureux : la rumeur se répandit à la Cour. On finit même, en plaisantant à moitié, par le dire à l'Empereur. Ces bavardages et plaisanteries ne faisaient aucun plaisir à la Grande Concubine, qui gardait l'air indifférent et froid. Elle s'en rendait bien compte : il y avait deux raisons pour que les gens de la Cour aient la possibilité de plaisanter sur un sujet qui, d'ordinaire, aurait été interdit, d'abord parce qu'en parlant de l'amour du Grand Prêtre, ils rendaient hommage à la beauté de la femme capable d'arracher à ses méditations même un ecclésiastique d'aussi suprême vertu; ensuite parce que tout le monde comprenait bien que jamais l'amour du vieillard pour la grande dame ne pourrait être payé de retour.

La Grande Concubine Impériale se remit en mémoire le visage du vieux prêtre qu'elle avait vu par l'ouverture de sa litière. Il ne ressemblait en rien au visage d'aucun des hommes qui l'avaient aimée. Etrange que l'amour ait jailli dans le cœur d'un homme qui n'avait pas la moindre chance d'être aimé! La dame se rappelait les expressions telles que « mon nostalgique amour sans espoir », tellement en usage chez les rimailleurs du Palais lorsqu'ils essayaient d'éveiller quelque sympathie dans le cœur de leurs indifférentes amoureuses. Comparé à la situation sans espoir où se trouvait maintenant le Grand Prêtre, le sort du moins favorisé de ces élégants amoureux apparaissait presque enviable, et elle fut frappée par l'artifice et le conventionnel de ces rimailleurs mondains, inspirés par la vanité et vides de toute émotion.

Ici, le lecteur aura compris que la Grande Concubine Impériale n'était pas, comme tout le monde le croyait, la personnification de l'élégance de Cour, mais quelqu'un qui ne trouvait de goût véritable à la vie que dans la certitude d'être aimée. Malgré la hauteur de son rang, elle était d'abord femme, et tout le pouvoir et toute l'autorité du monde lui semblaient choses vides s'il manquait cette certitude. Les hommes autour d'elle pouvaient se livrer aux luttes du pouvoir politique, elle rêvait de se soumettre le monde par des moyens différents, par des moyens purement féminins. Beaucoup de femmes qu'elle avait connues avaient pris la tonsure et s'étaient retirées du monde. Elles lui paraissaient risibles. Car une femme a beau parler d'abandonner le monde, il lui est presque impossible de renoncer aux choses qu'elle possède. Seuls les hommes sont capables de renoncer à ce qu'ils possèdent.

Le vieux prêtre au bord du lac, à un certain moment de sa vie, avait abandonné le Monde Flottant et tous ses plaisirs. Aux yeux de la Concubine Impériale, il était beaucoup plus homme que tous les nobles qu'elle connaissait à la Cour. Et tout comme il avait abandonné jadis le Monde Flottant du présent, il était prêt maintenant d'abandonner, pour l'amour d'elle, le monde à venir.

La Concubine Impériale se rappelait la conception de la fleur du lotus sacré, que sa foi profonde lui avait fortement imprimée dans l'esprit. Elle pensait au lotus gigantesque, large de deux cent cinquante yojanas. Cette plante absurde était infiniment plus conforme à ses goûts que les misérables fleurs de lotus qui flottaient sur les étangs de la Capitale. La nuit, lorsqu'elle écoutait le vent soupirer dans les arbres de son jardin, le murmure lui en paraissait insignifiant, auprès de la musique raffinée qu'on entend au Pays Pur lorsque le vent souffle dans les arbres sacrés, les arbres-trésors, lorsqu'elle pensait aux étranges instruments suspendus dans le ciel et qui jouaient sans que jamais on les touche, la musique de la harpe dont les échos remplissaient les salles du Palais lui semblait une médiocre imitation.

Le Grand Prêtre du Temple de Shiga se battait. Dans le combat qu'il avait, dans sa jeunesse, mené contre la chair, il avait toujours été encouragé par l'espoir de gagner le monde à venir. Mais le combat désespéré de sa vieillesse s'accompagnait du sentiment qu'il avait fait une perte irréparable.

L'impossibilité que son amour pour la Grande Concubine Impériale fût consommé lui était aussi claire que le soleil en plein jour. En même temps, il avait pleinement conscience de l'impossibilité de progresser vers le Pays Pur tant qu'il demeurerait dans les angoisses de cet amour. Le Grand Prêtre, après avoir vécu dans une incomparable liberté intérieure, s'était, en un clin d'œil, trouvé emprisonné dans les ténèbres; l'avenir était totalement obscur. Peut-être le courage qui l'avait aidé à vaincre pendant sa jeunesse avait-il eu pour origine la confiance en soi et la fierté de renoncer volontairement à tous les plaisirs que, pour obtenir, il lui suffisait de demander.

Le Grand Prêtre était de nouveau saisi par la peur. Avant que la noble litière eût approché du lac Shiga, il avait cru que ce qui l'attendait, à portée de la main, n'était rien de moins que l'ultime délivrance du Nirvana. Et voilà qu'il s'était réveillé dans les ténèbres du monde présent, où il est impossible de voir ce qui nous guette pas après pas.

Les diverses formes de méditation religieuse furent toutes sans effet. Il essaya la Contemplation du Chrysanthème, la Contemplation de la Totalité et la Contemplation des Parties, mais chaque fois qu'il commençait à se concentrer, le beau visage de la Concubine Impériale apparaissait devant ses yeux. Même la Contemplation de l'Eau était inutile, car, à chaque fois, son ravissant visage surgissait du fond du lac pour flotter et briller sur les légères ondulations des eaux.

C'était sans aucun doute la conséquence naturelle de son état amoureux. Se concentrer, il s'en aperçut bientôt, lui faisait plus de mal que de bien. Il essaya donc ensuite de se calmer en se dispersant. Il était stupéfait que se concentrer eût pour effet paradoxal de l'enfoncer dans ses chimères; mais il constata vite qu'essayer la méthode contraire en dispersant sa pensée signifiait qu'en fait il acceptait ces mêmes chimères. Sous la tension, le prêtre sentait son esprit céder. Il décida donc, plutôt que poursuivre un combat sans espoir, qu'il valait mieux renoncer à fuir, et délibérément concentrer sa pensée sur l'image de la Grande Concubine Impériale.

Le Grand Prêtre découvrit un plaisir nouveau à orner de diverses manières sa vision de la dame, tout à fait comme s'il ornait de diadèmes et de guirlandes une statue du Bouddha. Ce faisant, il transformait l'objet de son amour en une créature de plus en plus resplendissante, lointaine et impossible, ce qui le combla d'une joie toute spéciale. Mais pourquoi? Il aurait été sûrement plus naturel de voir dans la Grande Concubine Impériale une femme ordinaire, proche et imparfaite comme tous les humains. Elle aurait pu ainsi lui être de quelque profit, au moins en imagination.

Il réfléchit à la question, et la vérité se fit jour.

Dans l'image qu'il en traçait, la Grande Concubine Impériale n'était pas une créature de chair, non plus qu'une simple vision : elle était un symbole de la réalité, un symbole de l'essence des choses. Poursuivre cette essence dans l'image d'une femme était certainement étrange. Et cependant, la raison n'en était pas difficile à trouver. Même en tombant amoureux, le Grand Prêtre de Shiga n'avait pas abandonné l'habitude à laquelle il s'était astreint, durant ses longues années de contemplation, de tenter d'approcher de l'essence des choses par la pratique constante de l'abstraction.

La Grande Concubine Impériale se confondait désormais avec sa vision de l'immense lotus aux deux cent cinquante yojanas. Etendue sur les eaux, et soutenue par toutes les fleurs de lotus, elle était vaste plus que le Mont Sumeru, vaste beaucoup plus qu'un royaume.

Plus le Grand Prêtre transformait son amour en quelque chose d'impossible, plus il trahissait profondément le Bouddha. L'impossibilité de cet amour et l'impossibilité d'atteindre à la lumière s'étaient liées. Plus il désespérait de son amour, plus s'enracinaient les imaginations qui le nourrissaient, et plus s'enfonçaient profond ses pensées impures. Tant qu'il avait considéré son amour comme peut-être possible, fût-ce de loin, il avait pu, paradoxalement, se résigner; mais depuis que la Grande Concubine était devenue une créature fabuleuse et totalement inaccessible, l'amour du prêtre fut frappé d'immobilité, comme un grand lac stagnant qui, résolument, rigoureusement, recouvre peu à peu la surface de la Terre.

Il espérait, sans savoir pourquoi, qu'il verrait encore une fois le visage de la dame, mais il avait peur qu'en la revoyant l'image qui était devenue celle d'un lotus gigantesque ne s'écroulât sans laisser aucune trace. Si cela se produisait, il serait sans aucun doute sauvé. Oui, il était sûr d'atteindre alors à la lumière. Et cette perspective même remplissait le Grand Prêtre d'épouvante.

Le solitaire amour du prêtre s'était mis à inventer d'étranges ruses avec lesquelles il se trompait lui-même, et lorsqu'il eut enfin pris la décision d'aller voir la dame, il se crut guéri de la maladie qui ravageait son corps, tellement aveuglé par la joie que lui donna sa décision qu'il l'attribua au soulagement d'avoir échappé enfin aux filets de son amour.

Personne, parmi les gens de la Grande Concubine, ne s'étonna de voir un vieux prêtre debout et silencieux dans un coin du jardin, appuyé sur son bâton et qui, d'un air sombre, contemplait la maison. Des ascètes et des mendiants venaient souvent devant les grandes demeures de la Capitale attendre l'aumône. Une des dames d'honneur avertit sa maîtresse. La Grande Concubine Impériale jeta un coup d'œil à travers le store qui la séparait du jardin. A l'ombre du frais feuillage vert se tenait un vieux prêtre desséché, en robe noire usée, la tête inclinée. Elle le regarda quelque temps. Quand elle se rendit compte que, sans aucun doute, c'était le prêtre qu'elle avait vu au bord du lac de Shiga, son visage pâlit. Après quelques moments d'indécision, elle donna l'ordre qu'on ne fît pas attention à la présence du prêtre dans son jardin. Ses suivantes s'inclinèrent et se retirèrent.

Pour la première fois, la dame fut alors saisie d'inquiétude. Elle avait vu, durant sa vie, beaucoup de gens quitter le monde, mais elle n'avait encore jamais eu sous les yeux quelqu'un qui eût abandonné le monde à venir. Sa vue, sombre présage, suscitait une peur inexprimable. Tout le plaisir qu'elle s'était fait en imagination à l'idée de l'amour du prêtre disparut en un seul éclair. Si totalement qu'il ait pu renoncer pour l'amour d'elle au monde à venir, ce monde, elle le comprenait tout à coup, ne serait jamais remis entre ses propres mains.

La Grande Concubine Impériale considéra l'élégance de ses vêtements, la beauté de ses mains, puis vers le fond du jardin, la laideur du vieux prêtre et l'usure de sa robe. Il y avait une horrible fascination dans le fait qu'il pût exister un rapport entre eux.

Que tout était différent de sa splendide vision! Le Grand Prêtre avait maintenant l'air de quelque éclopé échappé du fond de l'Enfer. Rien ne restait de la grande allure, de l'imposante vertu de l'homme qu'environnait l'éclat du Pays Pur. Ce qui brillait en lui et qui évoquait la gloire du Pays Pur s'était entièrement dissipé. Bien que ce fût certainement l'homme qui s'était tenu au bord du lac Shiga, c'était en même temps tout à fait quelqu'un d'autre.

Comme la plupart des gens de Cour, la Grande Concubine Impériale se méfiait de ses émotions, surtout quand elle avait affaire à quelque chose susceptible de profondément l'affecter. Face à cette preuve de l'amour du Grand Prêtre, elle se sentit découragée à la pensée que la passion absolue dont elle avait rêvé pendant tant d'années pût revêtir une apparence aussi terne.

Quand le prêtre avait fini, boitillant et appuyé sur son bâton, par arriver à la Capitale, il avait presque oublié son épuisement. Il pénétra secrètement dans le parc de la maison qu'habitait la Grande Concubine Impériale, et regarda du fond du jardin. Celle qui se tenait derrière ces stores, se dit-il, était la dame qu'il aimait.

Maintenant que son adoration se révélait immaculée, le monde à venir avait recommencé d'exercer son attrait sur le Grand Prêtre. Il n'avait jamais imaginé le Pays Pur sous un aspect plus immaculé, plus poignant. Il le désirait d'un désir presque sensuel. Il ne lui restait plus que la formalité d'une rencontre avec la Grande Concubine pour déclarer son amour; ainsi se délivrerait-il une fois pour toutes des pensées impures qui l'attachaient à ce monde, et l'empêchaient encore d'atteindre le Pays Pur. Il ne restait rien d'autre à faire.

Il lui était pénible de demeurer là, debout, son vieux corps appuyé sur son bâton. Les brillants rayons du soleil de mai se répandaient à travers les feuilles et frappaient sa tête rasée. Il se sentait sans cesse perdre connaissance et sans son bâton se serait certainement écroulé. Si seulement la dame comprenait la situation et l'invitait à entrer, que la formalité puisse s'accomplir! Le Grand Prêtre attendait. Il attendait, soutenant de son bâton sa fatigue grandissante. Le soleil se couvrit à la fin des nuages du soir. L'ombre monta. La Grande Concubine Impériale ne lui faisait rien dire.

Elle n'avait bien entendu aucun moyen de savoir que le prêtre voyait à travers elle, au-delà d'elle, le Pays Pur. Cent fois, elle regarda par le store. Il était là, debout, immobile. La lumière du soir se glissait dans le jardin. Il était toujours là, debout.

La Grande Concubine Impériale s'effraya. Elle avait le sentiment que ce qu'elle voyait dans le jardin était une incarnation de « ces fausses images profondément enracinées » dont parlent les Soutras. Elle fut terrassée par la peur de basculer en Enfer. Maintenant qu'elle avait dévoyé un prêtre d'aussi grande vertu, ce n'était pas le Pays Pur qui l'attendait, mais l'Enfer même, dont elle et ceux qui l'entouraient avaient appris les terreurs en détail. L'amour suprême dont elle avait rêvé avait déjà été anéanti. Etre aimée comme elle l'était – rien que cela représentait la damnation. Cependant que le Grand Prêtre regardait au-delà d'elle le Pays Pur, elle regardait au-delà du prêtre les horribles royaumes de l'Enfer.

Néanmoins, cette grande dame hautaine de Kyogoku avait trop de fierté pour succomber sans combat à ses terreurs, et fit bientôt appel à toutes les ressources de rudesse de sa race. Le Grand Prêtre, se dit-elle, allait tôt ou tard s'écrouler. Elle regardait de temps en temps par le store pensant qu'il devait être enfin étendu sur le sol. A son grand mécontentement, la silencieuse silhouette était toujours immobile, et debout.

La nuit tombait. A la lumière de la lune, la silhouette du prêtre semblait un tas d'ossements blancs comme craie. La dame avait si peur qu'elle ne pouvait pas s'endormir. Elle ne regardait plus par le store, et tournait le dos au jardin. Pourtant elle avait sans cesse l'impression de sentir sur son dos le regard perçant du Grand Prêtre.

Ce n'était pas, elle le savait, un amour ordinaire. Par peur d'être aimée, par peur de tomber en Enfer, la Grande Concubine Impériale se mit à prier plus ardemment que jamais que lui soit accordé le Pays Pur. C'était son propre et personnel Pays Pur qu'elle désirait – un Pays Pur qu'elle avait essayé de garder invulnérable dans son cœur. Il était différent du Pays Pur du prêtre et n'avait aucun rapport avec son amour. Elle était sûre que si jamais elle venait à lui en parler il se désintégrerait aussitôt.

L'amour du prêtre, se disait-elle, n'avait rien à voir avec elle. C'était une passion unilatérale où ses sentiments à elle n'avaient aucune part, et il n'y avait aucune raison qu'elle pût en être disqualifiée et refusée au Pays Pur. Même si le Grand

Prêtre devait s'écrouler et mourir, elle demeurerait intacte. Cependant, à mesure quc la nuit avançait et que l'air refroidissait, sa confiance l'abandonnait.

Le Prêtre restait debout dans le jardin. Lorsque les nuages cachaient la lune, il avait l'air d'un étrange vieil arbre noueux.

Cette forme, là, dehors n'a rien à voir avec moi, se disait la dame presque hors d'elle d'angoisse, et les mots semblaient mugir au fond de son cœur. Au nom du Ciel, pourquoi cela était-il arrivé?

A cet instant, la Grande Concubine Impériale oublia complètement sa propre beauté. Ou plutôt serait-il plus juste de dire qu'elle fit en sorte de l'oublier.

Finalement, de légères traînées blanches commencèrent à percer le ciel sombre, et la silhouette du prêtre se dressa dans la demi-lumière de l'aube. Il était toujours debout. La Grande Concubine Impériale avait été vaincue. Elle appela une servantc ct lui dit d'inviter le prêtre à venir s'agenouiller devant son store.

Le Grand Prêtre était parvenu à cette frontière même de l'oubli où la chair est sur le point de se dissoudre. Il ne savait plus si c'était la Grande Concubine Impériale qu'il attendait, ou le monde à venir. Bien qu'il ait vu la servante traverser le jardin plein d'ombre et s'approcher, il ne lui vint pas à l'esprit que ce qu'il avait attendu allait se produire.

La servante s'acquitta du message de sa maîtresse. Quand elle eut terminé, le prêtre poussa un cri effrayant, presque inhumain. La servante essaya de le conduire par la main, mais il s'écarta et avança seul vers la maison, d'un pas extraordinairement rapide et ferme.

Il faisait sombre de l'autre côté du store, et du dehors il était impossible de voir la forme de la dame. Le prêtre se mit à genoux, et se couvrant le visage de ses mains, il pleura. Il demeura longtemps ainsi, sans un mot, le corps secoué de sanglots.

Alors, dans la ténèbre de l'aube, une main blanche se glissa doucement sous le store baissé. Le Prêtre du Temple de Shiga la prit dans ses propres mains et l'appuya contre son front et sa joue.

La Grande Concubine Impériale sentit sur sa main le toucher d'une étrange main glacée. En même temps elle perçut quelque chose de mouillé et de chaud. Sa main était arrosée des larmes de quelqu'un d'autre. Cependant, tandis que les blêmes faisceaux de la lumière matinale commençaient à l'atteindre à travers le store, la ferveur de sa foi lui inspira une conviction merveilleuse : elle se persuada que la main inconnue qui pressait les siennes n'appartenait à nul autre qu'au Bouddha.

Resurgit alors au cœur de la dame l'immense vision : la terre émeraude du Pays Pur, les millions de tours sept fois gemmées, la musique des anges, les étangs d'or semés de sable d'argent, et le lotus resplendissant, et les voix douces des Kalavinkas – tout renaissait à nouveau. Si tel était le Pays Pur dont elle devait hériter, et désormais elle le croyait, pourquoi nc pas accepter l'amour du Grand Prêtre?

Elle attendait que l'homme aux mains de Bouddha lui demande de soulever le store qui la séparait de lui. Il allait le lui demander : alors elle ôterait l'obstacle et l'incomparable beauté de son corps apparaîtrait devant lui, comme naguère au bord du lac de Shiga, et elle l'inviterait à entrer.

La Grande Concubine Impériale attendait. Mais le prêtre du Temple de Shiga ne prononça pas un seul mot. Il ne lui demanda rien. Peu à peu, ses vieilles mains relâchèrent leur prise, et blanche comme neige, la main de la dame se retrouva délaissée à la lumière de l'aube. Le prêtre partit. Le cœur de la Grande Concubine Impériale se glaça.

Quelques jours plus tard une rumeur parvint à la Cour : l'esprit du Grand Prêtre avait atteint son ultime délivrance dans sa cellule de Shiga. Lorsqu'clle apprit la nouvelle, la dame de Kyogoku se mit à copier les Soutras, rouleau après rouleau, de sa plus belle écriture.

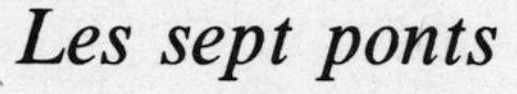

Les sept ponts

A onze heures et demie, la nuit de la pleine lune de septembre, dès que les invités de la soirée où elles jouaient leur rôle d'hôtesses se dispersèrent, Koyumi et Kanako revinrent à la Maison des Lauriers et remirent leur kimono de coton. Elles auraient bien préféré prendre un bain avant de repartir, mais ce soir-là elles n'en avaient pas le temps.

Koyumi avait quarante-deux ans, elle était ronde et petite, à peine un mètre soixante, et serrée dans un kimono blanc au dessin de feuillage noir; Kanako, l'autre geisha, bien qu'elle n'eût que vingt-deux ans et fût bonne danseuse, n'avait pas de protecteur et semblait destinée à ne jamais trouver de rôle convenable dans les représentations annuelles de danses que donnent les geishas au printemps et à l'automne. Son kimono de crépon blanc était imprimé de spirales bleu marine.

« Je me demande, dit Kanako, quel sera ce soir le dessin du kimono de Masako?

– Du trèfle, sûrement. Elle veut absolument un enfant.

– Elle a été jusqu'au bout, alors?

– Mais c'est bien le problème. Justement non, répondit Koyumi. Elle est encore loin d'y arriver. Elle ferait une bonne Vierge Marie – avoir un enfant d'un homme simplement parce qu'elle a le béguin ! »

Toutes les geishas partagent la superstition selon laquelle la femme qui porte un kimono d'été au dessin de trèfle ou de paysage sera bientôt enceinte.

Quand elles furent enfin prêtes à partir, Koyumi sentit brusquement qu'elle avait faim. C'était une chose qui lui arrivait chaque fois qu'elle partait pour sa tournée de réceptions, mais ce besoin de manger lui paraissait toujours une catastrophe inattendue qui lui tombait du ciel. La faim ne la tourmentait jamais quand elle était face aux clients, si ennuyeuse que pût être la soirée, mais avant de jouer son rôle, ou après, la faim qu'elle avait oubliée s'emparait d'elle brusquement, comme une crise de nerfs. Koyumi ne prenait jamais la précaution de manger convenablement quand il aurait fallu. Quelquefois, par exemple, quand elle allait le soir chez le coiffeur, elle voyait les autres geishas commander un repas et s'en régaler en attendant leur tour, mais Koyumi n'en était pas influencée. Elle ne se disait même pas que le risotto, ou le plat quel qu'il fût, devait avoir bon goût. Et pourtant, une heure après, la faim l'assaillait brusquement, et elle sentait la salive comme une source chaude inonder ses courtes et fortes dents.

Koyumi et Kanako payaient des mensualités à la Maison des Lauriers pour leurs repas et leur publicité. La note de repas de Koyumi avait toujours été exceptionnellement lourde. Non seulement elle mangeait beaucoup, mais elle était difficile. Mais en fait, depuis qu'elle avait pris la bizarre habitude de n'avoir faim qu'avant et après ses représentations, ses notes de repas avaient peu à peu diminué, et menaçaient de tomber au-dessous de celles de Kanako. Koyumi ne se rappelait pas quand cette habitude bizarre avait commencé, ni quand elle s'était la première fois glissée dans la cuisine avant la première réception de la soirée pour demander, trépignant presque d'impatience : « Vous n'avez pas quelque chose à manger pour moi? » Elle avait coutume maintenant de prendre son dîner dans la cuisine de la maison où se donnait la première réception, et son souper où se donnait la dernière. Son estomac s'était fait à cette régularité, et ses notes de repas à la Maison des Lauriers avaient diminué en conséquence.

Le Ginza était déjà vide lorsque les deux geishas se mirent en route en direction de la Maison Yonei au Shimbashi. Kanako montra le ciel au-dessus d'une banque où des stores métalliques barraient les fenêtres. « Nous avons de la chance, n'est-ce pas? Ce soir on voit vraiment l'homme dans la lune. »

Koyumi ne pensait qu'à son estomac. Sa première réception avait été au Yonei et sa dernière au Fuminoya. Elle se rendait compte maintenant qu'elle aurait dû souper au Fuminoya avant d'en partir, mais elle n'en avait pas eu le temps. Elle s'était précipitée à la Maison des Lauriers pour se changer. Elle serait obligée de demander à souper quand elles arriveraient au Yonei, dans la même cuisine où elle avait déjà dîné. Cette idée lui pesait.

Mais l'inquiétude de Koyumi disparut dès qu'elle eut franchi le seuil de la cuisine du Yonei. Masako, la fille très choyée du propriétaire, était debout à l'entrée pour les attendre. Elle portait, comme elles l'avaient prévu, un kimono à dessin de trèfle. Dès qu'elle vit Koyumi, elle eut le temps de s'écrier : « Je ne vous attendais pas si tôt. Nous ne sommes pas pressées – entrez manger un morceau avant de partir. »

La cuisine était parsemée de ce qui avait été desservi pendant les réceptions de la soirée. D'énormes piles d'assiettes et de bols luisaient sous la brutale lumière des ampoules nues. Masako était debout dans l'embrasure de la porte, une main appuyée au chambranle, sa silhouette arrêtait la lumière, et son visage était dans l'ombre. Le visage de Koyumi n'était pas éclairé non plus, et elle fut contente que sa brève expression de soulagement, lorsque Masako l'avait appelée, ait passé inaperçue.

Pendant que Koyumi soupait, Masako emmena Kanako dans sa chambre. De toutes les geishas qui venaient à la maison Yonei, Kanako était celle avec laquelle elle s'entendait le mieux. Elle et Masako avaient le même âge, étaient allées à l'école primaire ensemble, et étaient à peu près aussi jolies l'une que l'autre. Mais plus que toutes ces raisons, ce qui comptait c'est que Kanako lui plaisait assez.

Kanako avait l'air si sage qu'on aurait cru que le moindre souffle l'emporterait, mais elle avait emmagasiné toute l'expérience qui lui était nécessaire, et un mot d'elle, échappé à la légère, faisait quelquefois énormément de bien à Masako. D'autre part l'enthousiaste Masako était enfantine et timide dès qu'il était question d'amour. Son côté enfant était connu de tout le monde et sa mère était tellement sûre de l'innocence de sa fille qu'elle n'avait pas eu de soupçon lorsque Masako s'était commandé un kimono au dessin de trèfle. Masako était étudiante à l'Institut d'Art de l'Université Waseda. Elle avait toujours admiré R., l'acteur de cinéma, mais depuis qu'il était venu au Yonei, sa passion pour lui s'était accrue. Elle avait maintenant sa chambre encombrée de photos de lui. Elle avait fait reproduire sur un vase en porcelaine une photo où elle figurait à côté de lui et qui avait été prise l'inoubliable jour de sa venue. Plein de fleurs, il trônait sur son bureau.

Kanako dit quand elle se fut assise : « On a donné la liste des rôles aujourd'hui. » Sa mince petite bouche faisait une grimace.

« Ah oui? dit Masako, attristée, et qui faisait semblant de ne rien savoir.

– Je n'ai encore qu'un tout petit rôle. Je n'aurai jamais rien de mieux. Il y a de quoi me décourager définitivement. Je me fais l'effet d'une fille de music-hall qui voit passer les années en restant dans le chœur.

– Je suis sûre que l'an prochain tu auras un très bon rôle. »

Kanako secoua la tête. « En attendant je vieillis. Sans crier gare je serai tout d'un coup comme Koyumi.

– Ne dis pas de bêtises. Tu as encore vingt ans devant toi. »

Il n'aurait pas été convenable que pendant cette conversation aucune des deux filles ait parlé de l'objet de la prière qu'elles allaient faire ce soir-là, mais sans poser la question, chacune savait déjà quelle serait la prière de l'autre. Masako voulait l'amour de R., Kanako un bon protecteur, et toutes deux savaient que Koyumi voulait de l'argent.

Leurs prières, c'était clair, avaient des objets différents, mais tous essentiellement raisonnables. Si la lune ne les exauçait pas, ce serait la lune, et non pas elles, qui aurait tort. Leurs espérances se lisaient clairement et honnêtement sur leurs visages, et c'était les désirs d'une humanité si vraie que n'importe qui, rencontrant les trois femmes qui avançaient dans le clair de lune, serait sûrement convaincu que la lune n'aurait pas le choix : elle reconnaîtrait leur sincérité et leur accorderait leurs souhaits.

« Nous avons quelqu'un d'autre qui vient avec nous ce soir, dit Masako.

– Vraiment? Qui cela?

– Une servante. Elle s'appelle Mina, elle est arrivée il y a un mois de la campagne. J'ai dit à Mère que je ne voulais pas qu'elle vienne avec moi, mais Mère a répondu qu'elle se tourmenterait si quelqu'un ne m'accompagnait pas.

– Comment est-elle? » demanda Kanako.

Au même moment, Mina ouvrit derrière les jeunes filles les portes à glissière et, debout, avança la tête.

« Je croyais qu'on t'avait dit que pour ouvrir les glissières tu étais supposée t'agenouiller d'abord et les ouvrir ensuite, dit sèchement Masako.

– Oui, mademoiselle. » La voix rude et épaisse de Mina ne semblait en rien faire écho au ressentiment de Masako. Kanako se retint de rire à l'allure de Mina. Elle portait une robe faite de pièces et de morceaux d'étoffe de kimono. Une permanente ébouriffait ses cheveux et les bras extraordinairement vigoureux que laissaient voir ses manches étaient aussi foncés que son visage. Ses traits épais disparaissaient sous ses grosses joues, et ses yeux n'étaient que deux fentes. De quelque manière qu'elle se fermât la bouche, on voyait saillir une ou deux de ses dents mal rangées! Il était difficile de discerner sur son visage la moindre expression.

« Quel garde du corps! » murmura Kanako à l'oreille de Masako.

Masako prit un air sévère. « Tu es sûre que tu as compris? Je te l'ai déjà dit, mais je te le répète. De l'instant où nous mettons le pied hors de la maison tu n'ouvres pas la bouche, quoi qu'il arrive, avant que nous n'ayons passé chacun des sept ponts. Un seul mot et tu n'obtiendras pas ce que ta prière demande. Et si quelqu'un que tu connais te parle, tant pis pour toi, mais je ne crois pas que tu coures beaucoup de risques. Encore autre chose. Tu n'as pas le droit de revenir sur tes pas. D'ailleurs Koyumi marchera devant. Tu n'auras qu'à suivre. »

A l'Université, Masako avait donné des comptes rendus des romans de Marcel Proust, mais quand on en venait à ce qui était en question, l'éducation moderne qu'elle avait reçue en classe l'abandonnait complètement.

« Oui, mademoiselle », répondit Mina. Il n'était pas du tout évident qu'elle eût ou qu'elle n'eût pas compris.

« Il faut que tu viennes de toute façon; tu pourrais aussi bien faire un souhait. Tu as pensé à quelque chose?

– Oui, mademoiselle », dit Mina, avec un lent sourire.

Sur ce Koyumi réapparut, en se caressant joyeusement l'estomac. « Je suis prête maintenant.

– Tu nous as bien choisi les ponts? demanda Masako.

– On commence avec le pont Miyoshi. Il enjambe deux bras du fleuve, alors il compte pour deux ponts. N'est-ce pas que ça nous arrange? Je suis maligne, je peux le dire. »

Les trois femmes, qui savaient qu'une fois dehors elles ne pourraient plus prononcer un seul mot, se mirent à parler tout haut et toutes ensembles, comme pour se débarrasser d'une grande accumulation de bavardage. Elles continuèrent jusqu'à la porte de la cuisine. Les socques de vernis noir de Masako l'attendaient sur la terre battue près de la porte. Quand elle glissa ses pieds nus dans les socques, ses ongles bien taillés et polis jetèrent un faible éclat dans l'obscurité. Koyumi s'écria : « Quel chic! Du rouge à ongles et des socques noires – même la lune ne pourra pas te résister!

– Du rouge à ongles! Tu dates, Koyumi!

– Je connais le nom. C'est Mannequin, n'est-ce pas? »

Masako et Kanako se regardèrent et éclatèrent de rire.

Les quatre femmes débouchèrent avenue Showa, Koyumi en tête. Elles traversèrent un parking où beaucoup de taxis, leur journée finie, étaient garés. Le clair de lune se reflétait sur la carrosserie noire. On entendait crier les insectes. Il y avait encore beaucoup de circulation avenue Showa, mais la rue elle-même était endormie et le fracas des motocyclettes paraissait isolé et solitaire en l'absence des autres ordinaires bruits de la rue.

Quelques lambeaux de nuages glissaient dans le ciel sous la lune, et de temps en temps se fondaient à la lourde masse des nuages qui bordait l'horizon. La lune brillait sans rien qui l'obscurcît. Quand le bruit de la circulation faiblissait, le martèlement des socques paraissait rebondir du trottoir jusqu'à la dure surface bleue du ciel.

Koyumi, qui marchait en avant des autres, était contente de n'avoir devant elle qu'une large rue déserte. Koyumi se vantait de s'être toujours débrouillée toute seule, et était enchantée d'avoir l'estomac plein. Elle ne comprenait pas, toute contente qu'elle était de marcher, pourquoi elle voulait tellement avoir plus d'argent. Elle avait le sentiment que ce qu'elle désirait en réalité était de se fondre sans peine et sans raison dans le clair de lune répandu sur le trottoir devant elle. Des éclats de verre brillaient sur le bord de la chaussée. Dans le clair de lune même des éclats de verre brillaient – elle se demandait si ce qu'elle avait toujours voulu posséder ne ressemblait pas à des éclats de verre.

Masako et Kanako, se tenant par le petit doigt, marchaient sur l'ombre que Koyumi projetait derrière elle. L'air de la nuit était frais, et toutes deux sentaient qu'une légère brise se glissait dans leurs manches et glaçait et raidissait leurs seins que l'excitation du départ avait trempés de sueur. Par leurs doigts joints leurs prières se mêlaient, avec d'autant plus d'éloquence qu'aucune parole n'était prononcée.

Masako se représentait la douce voix de R., ses longs yeux bien dessinés, les boucles sur ses tempes. Elle, fille du propriétaire d'un restaurant de premier ordre dans le Shimbashi, il ne fallait pas la confondre avec ses autres adoratrices – et elle ne voyait pas pourquoi sa prière ne lui serait pas accordée. Elle se rappelait comme était léger le souffle de R., lorsqu'il lui parlait, nullement chargé d'alcool. Elle se rappelait ce souffle jeune et viril, embaumé de l'odeur du foin coupé. Lorsque ces souvenirs lui revenaient quand elle était seule, une sorte d'ondée lui parcourait la peau, des genoux jusqu'aux cuisses. Elle était aussi certaine – et cependant aussi peu certaine – de l'existence du corps de R., quelque part dans le monde, que de l'exactitude de ses souvenirs répétés. Une part de doute la torturait sans cesse.

Kanako rêvait d'un homme riche d'âge moyen, et gras. Il fallait qu'il soit gras pour avoir l'air riche. Qu'elle serait heureuse, songeait-elle, de se sentir en fermant les yeux enveloppée de sa large et généreuse protection! Kanako avait l'habitude de fermer les yeux, mais l'expérience jusqu'ici lui avait appris que lorsqu'elle les rouvrait l'homme avait disparu.

Comme d'un commun accord, les deux jeunes filles tournèrent la tête. Mina avançait en silence derrière elles. Les mains aux joues, elle avançait en trébuchant, et butait à chaque pas dans l'ourlet de sa robe. Ses yeux fixaient le vide, sans aucune expression. Masako et Kanako trouvaient à l'allure de Mina quelque chose qui insultait à leurs prières.

Elles tournèrent à droite dans l'avenue Showa, juste à l'endroit où se rencontrent deux districts de l'Est Ginza. La lumière des lampadaires faisait comme des flaques d'eau à intervalles réguliers le long des bâtiments. L'ombre privait de clair de lune les rues étroites.

Elles virent bientôt s'élever devant elles le pont Miyoshi, le premier des sept ponts qu'elles devaient franchir. Il était curieusement construit en *i* grec à cause de la fourche que faisait à cet endroit le fleuve. Les bâtiments sinistres de l'Administration centrale du District s'étalaient sur la rive opposée, et le cadran blanc de l'horloge de la tour indiquait une heure inexacte, absurde dans le noir du ciel. Le pont Miyoshi est bordé d'un parapet assez bas, et à chaque angle de la partie centrale, où se rencontrent les trois parties du pont, s'élève un lampadaire à l'ancienne mode d'où retombe un bouquet de lampes électriques. Chaque branche du bouquet porte quatre globes, mais tous n'étaient pas allumés, et ceux qui ne l'étaient pas luisaient d'une blancheur mate sous la lumière de la lune. Des essaims d'insectes voletaient autour des lampes.

L'eau du fleuve était balayée par le clair de lune.

A l'extrémité du pont, juste avant de le franchir, les jeunes femmes, conduites par Koyumi, joignirent les mains pour prier. Une faible lumière s'éteignit dans un petit bâtiment proche, d'où sortit un homme, qui venait sans doute de finir ses heures supplémentaires, et quittait son travail le dernier. Il allait fermer la porte quand il aperçut l'étrange spectacle et s'arrêta.

Les jeunes femmes commencèrent les unes après les autres à traverser le pont. Ce n'était guère que le prolongement de la chaussée qu'elles avaient suivie allègrement, mais face à leur premier pont leurs pas hésitèrent et s'alourdirent, comme si elles avaient posé le pied sur une scène. Il ne s'en fallait que de quelques mètres pour rejoindre l'autre bras du pont, mais ces quelques mètres leur apportèrent une impression de victoire et de soulagement.

Koyumi s'arrêta sous un lampadaire et, se retournant vers les autres, joignit à nouveau les mains. Les trois femmes l'imitèrent. D'après les calculs de Koyumi, traverser deux des trois parties du pont compterait comme de traverser deux ponts séparés. Ce qui impliquait qu'il leur faudrait prier quatre fois sur le pont Miyoshi, une fois avant et une fois après le parcours de chacun des deux bras.

Masako remarqua, chaque fois que passait un taxi, les visages stupéfaits des clients aux vitres des portières, mais Koyumi n'y prêtait pas la moindre attention.

Une fois arrivées devant l'Administration centrale, et lui tournant le dos, les jeunes femmes firent leur quatrième prière. Kanako et Masako, soulagées d'avoir franchi les deux ponts sans incident, et qui jusque-là n'avaient pas pris très au sérieux leurs prières, commençaient à y attacher une importance primordiale.

Masako était de plus en plus certaine qu'elle préférerait mourir que n'être pas avec R. Le seul fait de traverser deux ponts avait décuplé ses désirs. Kanako était maintenant convaincue que la vie ne vaudrait pas la peine d'être vécue si elle ne pouvait pas trouver un bon protecteur. Pendant leur prière, leur cœur s'enflait d'émotion, et Masako eut soudain les yeux brûlants.

Elle jeta un coup d'œil de côté. Mina, les yeux fermés, joignait pieusement les mains. Masako était persuadée que quelle que fût la prière de Mina, elle ne pouvait avoir autant d'importance que la sienne. Elle éprouvait pour le vide et l'insensibilité du cœur de Mina mépris et aussi envie.

Elles se dirigeaient vers le sud, en suivant le fleuve jusqu'à la ligne de tramways. Le dernier tram était naturellement rentré depuis lontemps et les rails qui dans la journée brûlaient sous le soleil de l'automne commençant figuraient maintenant deux lignes blanches et froides.

Avant même qu'elles n'aient atteint les rails Kanako fut prise de curieuses douleurs dans le ventre. Elle avait dû manger quelque chose qui ne lui avait pas réussi. Les premiers légers symptômes d'une douleur déchirante disparurent au bout de deux ou trois pas, avec le soulagement et l'oubli de la douleur, mais ce soulagement fut vite remis en question, et à peine se persuadait-elle avoir oublié la douleur, qu'elle se réaffirmait.

Le pont Tsukiji était le troisième. A l'entrée de ce morne pont au cœur de la ville elles remarquèrent un saule, planté fidèlement suivant la tradition. Un saule solitaire, qu'elles n'auraient jamais remarqué si elles étaient passées en voiture, poussait dans un petit rond de terre meuble au milieu du béton. Fidèles à la tradition, les feuilles tremblaient au vent du fleuve. Tard dans la nuit les bruyants immeubles étaient morts, et le saule était seul à vivre.

Koyumi, debout à l'ombre du saule, joignit les mains avant de traverser le pont Tsukiji. C'était peut-être le sentiment de sa responsabilité en tant que chef de l'expédition qui tenait plus droite qu'à l'accoutumée la petite silhouette dodue de Koyumi. En réalité, Koyumi avait oublié depuis longtemps l'objet de sa prière. L'important maintenant était de traverser sans incident majeur les sept ponts. Cette décision de franchir les ponts quoi qu'il arrive lui paraissait le signe que la traversée des ponts était par elle-même devenue l'objet de sa prière. C'était une vue très singulière, mais Koyumi se rendait compte que c'était là, comme ses brusques fringales, partie intégrante de sa façon de vivre, et elle finit par s'en convaincre à mesure qu'elle avançait sous le clair de lune. Elle se redressa plus encore, le regard fixé droit devant elle.

Le pont Tsukiji manque tout à fait de charme. Les quatre piliers de pierre qui en marquent les extrémités n'ont aucune beauté non plus. Mais en traversant le pont les jeunes femmes perçurent pour la première fois quelque chose qui ressemblait à l'odeur de la mer et sentirent le souffle d'un vent chargé de sel. Même l'enseigne rouge en néon d'une compagnie d'assurances, qu'on voyait au sud en aval du fleuve, leur parut un signal de feu qui annonçait l'approche régulière de la mer.

Elles traversèrent le pont et firent une nouvelle prière. La douleur, aiguë maintenant, que ressentait Kanako, lui donnait la nausée. Elles franchirent les rails du tramway pour avancer entre les vieux bâtiments jaunes des Entreprises S. et le fleuve. Peu à peu Kanako perdit du terrain. Masako, inquiète, ralentit aussi l'allure, mais elle ne pouvait pas ouvrir la bouche pour demander à Kanako si tout allait bien. Finalement, Kanako se fit comprendre par gestes, les mains sur le ventre, et faisant une grimace de douleur.

Koyumi, pour ainsi dire en état d'ivresse, continuait à marcher triomphalement à la même allure, sans voir ce qui se passait. La distance entre elle et les deux autres augmenta.

Et voilà qu'avec un superbe protecteur sous les yeux, si proche qu'il n'y avait qu'à tendre la main pour s'emparer de lui, voilà que Kanako se rendait compte que ses mains ne l'atteindraient jamais. Son visage avait pris une pâleur mortelle, et la sueur lui ruisselait du front. Il est toutefois surprenant combien le cœur humain est adaptable : à mesure qu'augmentait la douleur dans son ventre, les vœux de Kanako, dont elle désirait si fort l'accomplissement un instant plus tôt, cette prière qui semblait sur le point d'être exaucée, perdirent en quelque façon toute réalité, et elle en vint à se dire que ses désirs n'avaient été dès le départ qu'imagination sans réalité, que rêves enfantins. Elle avançait difficilement, en luttant contre d'incessantes vagues de douleur, et il lui semblait que la douleur cesserait sitôt qu'elle aurait abandonné ses absurdes illusions.

Quand enfin le quatrième pont fut en vue, Kanako posa légèrement la main sur l'épaule de Masako et, avec une mimique de danseuse, lui montra son ventre et secoua la tête. Ses cheveux défaits, collés sur ses joues par la sueur semblaient dire qu'elle ne pouvait aller plus loin. Elle tourna brusquement les talons et repartit en courant vers les rails.

Le premier mouvement de Masako fut de courir après Kanako, mais elle se souvint que l'efficacité de ses prières serait détruite si elle revenait sur ses pas, alors elle s'arrêta et se contenta de regarder courir Kanako. Koyumi ne s'aperçut que quelque chose n'allait pas seulement lorsqu'elle atteignit le pont. A ce moment-là, Kanako courait comme une folle sous le clair de lune, sans souci de sa tenue. Son kimono bleu et blanc voletait, et le fracas de ses socques était repris en écho par les murs des bâtiments voisins. On apercevait par chance un taxi isolé arrêté au coin.

Le quatrième pont était le pont Trifuna. Elles le traverseraient dans la direction opposée à celle qu'elles avaient prise pour traverser le pont Tsukiji.

Les trois jeunes femmes s'arrêtèrent à l'entrée

du pont et prièrent avec les mêmes gestes. Masako était désolée pour Kanako, mais sa pitié ne coulait pas autant de source que d'habitude. Ce qui lui traversa l'esprit assez froidement fut la réflexion que quiconque quitterait les rangs aurait désormais à suivre un autre chemin que le sien. Toute prière était pour chaque femme une affaire personnelle et même s'il se présentait un danger on ne pouvait pas exiger que Masako reprît le fardeau d'une autre. Ce ne serait pas aider quelqu'un à porter sa charge au sommet de la montagne – ce serait faire quelque chose qui ne servirait à rien ni à personne.

Le nom « pont Trifuna » était inscrit en lettres blanches sur une plaque horizontale de métal fixée à un pilier à l'entrée du pont. Le pont lui-même s'élevait dans l'ombre, et sa chaussée cimentée était prise dans l'éclat impitoyable que renvoyait de la rive opposée la station d'essence Caltex. On apercevait dans le fleuve une petite lumière à l'endroit où se projetait l'ombre du pont. L'homme qui vivait au bout de la jetée dans une cabane délabrée n'était sans doute pas encore couché, et la lumière était la sienne. Sa cabane était ornée de fleurs en pot et une inscription annonçait : « Bateaux de plaisance, bateaux de pêche, filets, halage. »

La ligne de toits des innombrables bâtiments de l'autre côté du fleuve s'abaissa peu à peu, et l'on aurait dit que le ciel nocturne s'ouvrait à mesure qu'elles avançaient. Elles remarquèrent que la lune, qui avait tant d'éclat tout à l'heure, ne se voyait plus qu'en transparence à travers de légers nuages. Les nuages s'étaient assemblés et couvraient tout le ciel.

Les jeunes femmes traversèrent le pont Trifuna sans incident.

Passé le pont Trifuna le fleuve fait presque un angle droit. Le cinquième pont était assez loin. Elles auraient à suivre le fleuve le long du large quai désert jusqu'au pont Akatsuki.

Les bâtiments sur leur droite étaient pour la plupart des restaurants. Sur leur gauche au bord même du fleuve il y avait des amoncellements de pierre, de gravier et de sable pour quelque projet de construction, et les sombres monceaux se répandaient à demi sur la chaussée. Bientôt les bâtiments imposants de l'hôpital Saint-Luc s'apercevraient sur leur gauche de l'autre côté du fleuve. L'hôpital formait une masse morne dans la brume du clair de lune. L'énorme croix dorée qui le surmontait était illuminée, et les lumières rouges des signaux pour les avions, comme faisant une cour à la croix, clignotaient çà et là sur les toits avoisinants, pour délimiter les toits et le ciel. Les lumières de la chapelle derrière l'hôpital étaient éteintes, mais les nervures de la grande rose gothique du vitrail étaient clairement visibles. Aux fenêtres de l'hôpital quelques pâles lumières étaient encore allumées.

Les trois femmes marchaient en silence. Masako, absorbée par la tâche qui l'attendait, ne pouvait guère penser à autre chose. Elles avaient si bien accéléré le pas qu'elle était maintenant moite de sueur. Puis – elle crut d'abord qu'elle se faisait des imaginations – le ciel, où l'on voyait encore la lune, devint menaçant, et elle sentit quelques gouttes de pluie sur le front. Heureusement, la pluie ne semblait quand même pas tourner à l'averse.

Maintenant se profilait le pont Akatsuki, leur cinquième. Les piliers de ciment, blanchis à la chaux on ne sait pourquoi, avaient l'air de fantômes dans l'ombre. Comme Masako joignait les mains à l'entrée du pont, elle trébucha contre un tuyau de fonte et faillit tomber. De l'autre côté du pont le tramway tournait devant l'hôpital Saint-Luc.

Le pont n'était pas long. Les jeunes femmes marchaient si vite qu'elles l'eurent presque immédiatement traversé, mais une fois sur l'autre rive Koyumi rencontra la malchance. Une femme qui venait de se laver les cheveux et portait à la main une cuvette métallique avançait à leur rencontre. Elle marchait vite, et son kimono défait, qui bâillait sur l'épaule, lui donnait l'air souillon. Masako ne fit que l'entrevoir, mais la mortelle pâleur du visage sous les cheveux mouillés lui donna le frisson.

La femme s'arrêta sur le pont et se retourna : « Mais c'est Koyumi, non? Ça fait des siècles, hein? Et tu fais semblant de ne pas me reconnaître? – Koyumi, tu te souviens bien de moi! » Elle allongeait le cou pour dévisager Koyumi, et lui barrait le passage. Koyumi baissa les yeux et ne répondit pas. La voix de la femme était aiguë et mal timbrée, on aurait dit du vent sifflant par une crevasse. Elle continuait son monologue, comme si elle ne s'était pas adressée à Koyumi, mais à quelqu'un qui n'était pas là. « Je reviens juste des bains. Ça fait des siècles! Et se rencontrer là! »

Koyumi, sentant la main de la femme sur son épaule, finit par ouvrir les yeux. Elle se rendait compte que ce n'était pas la peine de marchander à la femme une réponse – le fait que quelqu'un qu'elle connaissait lui eût adressé la parole suffisait pour anéantir sa prière.

Masako regarda le visage de la femme. Elle réfléchit un moment, puis reprit sa marche, laissant Koyumi derrière elle. Masako se rappelait le visage de la femme. C'était une vieille geisha qui avait joué quelque temps dans le Shimbashi juste après la guerre. Elle s'appelait Koen. Elle était devenue un peu bizarre, se conduisait malgré son âge comme une adolescente, et on avait fini par la rayer des listes de geishas. Il n'était pas surprenant que Koen ait reconnu Koyumi, qui était une vieille amie, mais c'était un coup de chance qu'elle eût oublié Masako.

Le sixième pont était juste devant elles, le pont Sakai, petite construction que désignait seulement une flèche de métal peinte en vert. Masako se hâta de s'acquitter de sa prière au pied du pont et le traversa presque en courant. Quand elle tourna la tête, elle constata avec soulagement qu'on ne voyait plus Koyumi. Juste derrière elle, suivait Mina, l'air toujours boudeur.

Quelques gouttes de pluie frappèrent de nouveau le visage de Masako. La route devant elle était bordée d'entrepôts, et des bâtisses lui cachaient la rivière. Il faisait très noir. Des lampadaires allumés au loin rendaient la distance qui la séparait d'eux encore plus obscure. Masako n'avait pas particulièrement peur de se promener dans les rues si tard la nuit. Elle aimait l'aventure, et le but qu'elle poursuivait, l'objet de sa prière, lui donnait du courage. Mais le bruit des socques de Mina, qui lui faisait écho derrière elle, commençait à lui peser lourdement. En réalité, le claquement des socques avait quelque chose d'irrégulier et de joyeux, mais la tranquille démarche de Mina, qui faisait contraste avec les petits pas précieux de Masako, semblait poursuivre Masako pour se moquer d'elle.

Avant que Kanako ait abandonné, la présence de Mina avait simplement inspiré un peu de mépris à Masako, mais depuis elle avait commencé à lui peser, et maintenant qu'elles n'étaient plus que deux, Masako ne pouvait pas s'empêcher d'être agacée malgré elle : ce que cette fille du fond de la campagne pouvait bien demander dans ses prières était une énigme. Il était désagréable d'avoir cette grosse bonne femme, dont on ne connaissait pas les intentions, à trotter derrière elle. Non. C'était moins désagréable que ce n'était inquiétant, et Masako sentait son malaise augmenter jusqu'à la terreur.

Masako ne s'était jamais rendu compte comme il était troublant de ne pas savoir ce qu'une autre personne voulait. Elle avait le sentiment qu'une sorte de masse obscure la suivait, pas du tout comme Kanako ou Koyumi, dont les prières avaient été si transparentes qu'elle avait pu les percer. Masako tenta désespérément de raviver sa nostalgie de R. Elle la voulait plus brûlante que jamais. Elle évoqua son visage. Elle songea à sa voix. Elle se rappela son souffle juvénile. Mais l'image se dissipa aussitôt, et elle n'essaya pas de la reformer.

Il fallait qu'elle franchît au plus vite le septième pont. Jusque-là elle ne penserait à rien.

Les lampadaires qu'elle avait vus dans le lointain se mirent à ressembler aux lumières qui éclairent l'entrée du pont. Elle voyait qu'elle approchait d'une grande voie de circulation, et le pont ne pouvait plus être loin.

Vint d'abord un petit parc, où les lumières qu'elle avait vues brillaient sur les flaques noires que la pluie marquait dans un tas de sable, puis vint le pont lui-même, dont le nom « pont Bizen » était inscrit sur un pilier de béton à l'entrée. Une seule ampoule au sommet du pilier donnait une faible lumière. Masako vit sur sa droite, de l'autre côté du fleuve, le temple Tsukiji Honganji; la courbe verte de son toit s'élevait dans le ciel nocturne. Elle reconnut l'endroit. Il lui faudrait faire attention lorsqu'elle aurait traversé le pont de ne pas rentrer par le même chemin.

Masako poussa un soupir de soulagement. Elle joignit les mains à l'entrée du pont, et pour compenser la désinvolture de ses premières prières, elle pria cette fois avec soin et avec piété. Du coin de l'œil elle voyait Mina, qui la singeait comme d'habitude, en joignant ses grosses mains. Le spectacle agaça tellement Masako qu'elle en oublia l'objet de ses prières, et que les mots qui lui venaient à la bouche furent : « J'aurais voulu ne pas l'emmener. Elle est vraiment exaspérante. Je n'aurais jamais dû l'emmener. »

A cet instant une voix d'homme interpella Masako. Elle se sentit raidir. Un agent était debout devant elle. Il avait le visage jeune et tendu, et une voix aiguë. « Qu'est-ce que vous faites ici en pleine nuit, dans un pareil endroit ? »

Masako ne pouvait pas répondre. Un seul mot serait la ruine de tout. Elle comprit immédiatement par les questions haletantes de l'agent de police qu'il se trompait : il croyait que la jeune fille qui faisait en pleine nuit ses prières sur un pont avait l'intention de se jeter à l'eau. Masako ne pouvait pas parler. Elle aurait voulu faire comprendre à Mina qu'il fallait répondre à sa place. Elle tira sur la robe de Mina pour essayer d'éveiller son intelligence. Aussi stupide qu'elle fût, il était inconcevable que Mina ne comprît pas, mais elle gardait la bouche obstinément fermée. Masako atterrée vit que Mina – soit pour obéir aux premières instructions reçues, soit pour protéger sa propre prière – était décidée à ne pas parler.

Le ton de l'agent de police devint plus rude : « Répondez. J'exige une réponse. »

Masako conclut que ce qu'elle avait de mieux à

faire était de courir jusqu'à l'autre côté du pont et de s'expliquer quand elle aurait traversé. Elle bondit, échappant aux mains de l'agent, et vit que Mina courait après elle.

A mi-chemin, au milieu du pont, l'agent rattrapa Masako. Il la prit par le bras. « On essaie de se sauver, hein?

– Me sauver! En voilà une idée! Vous me faites mal, à me serrer le bras comme ça! » Masako avait crié avant même de s'en apercevoir. Puis, comprenant que ses prières avaient été réduites à rien, elle contempla, brûlante de fureur, l'autre côté du pont où Mina, qui avait passé sans accroc, achevait sa quatorzième et dernière prière.

Masako, exaspérée, se plaignit à sa mère quand elle rentra, et sa mère, qui ne savait pas de quoi il s'agissait, réprimanda Mina. « D'ailleurs tu priais pour quoi? » demanda-t-elle à Mina.

Mina ne répondit que par un sourire grimaçant.

Quelques jours plus tard, Masako, un peu réconfortée, taquinait Mina. Elle lui demandait pour la centième fois : « Qu'est-ce que c'était ta prière? C'était pour quoi? Dis-le-moi. Sûrement maintenant tu peux bien me le dire. »

Mina se déroba par un petit sourire.

« Tu es épouvantable, Mina, vraiment épouvantable. »

De ses doigts pointus aux ongles soigneusement faits, Masako poussa Mina à l'épaule. La dure chair élastique résistait aux ongles. Un curieux engourdissement envahit le bout des doigts de Masako, qui ne sut plus que faire de sa main.

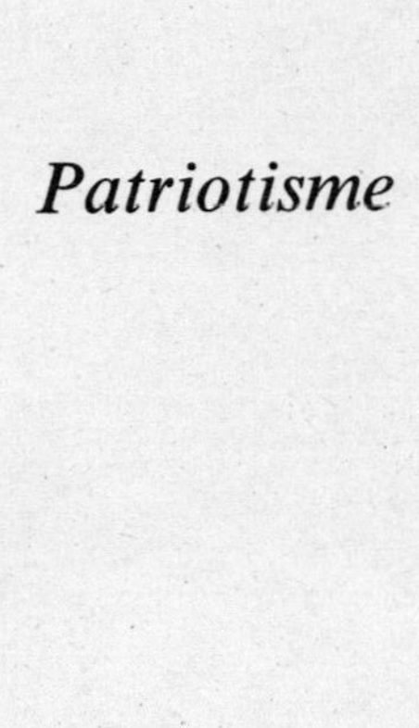

Patriotisme

1

Le 28 février 1936 (c'est-à-dire le troisième jour de l'Incident du 26 février), le lieutenant Shinji Takeyama du Bataillon des Transports de Konoe – bouleversé d'apprendre que ses plus proches camarades faisaient partie des mutins et indigné à l'idée de voir des troupes impériales attaquer des troupes impériales – prit son sabre d'ordonnance et s'éventra rituellement dans la salle aux huit nattes de sa maison particulière, Résidence Yotsuya, sixième d'Aoba-chô. Sa femme, Reiko, suivit son exemple et se poignarda. La lettre d'adieu du lieutenant tenait en une phrase : « Vive l'armée impériale. » Sa femme, après s'être excusée de précéder, en fille dénaturée, ses parents dans la tombe, terminait ainsi la sienne : « Le jour est venu qui doit nécessairement venir pour une femme de soldat... » Les derniers moments de ce couple héroïque et consacré furent à faire pleurer les dieux. Remarquons que le lieutenant avait trente et un ans et sa femme vingt-trois; la moitié d'une année ne s'était pas écoulée depuis leurs noces.

2

Ceux qui avaient vu la photo du mariage, non moins peut-être que ceux qui y assistaient, s'étaient émerveillés de l'allure et de la beauté des jeunes gens. Le lieutenant, debout, imposant sous l'uniforme, la main droite sur la poignée du sabre, le képi à la main gauche, semblait protéger la jeune femme. Il avait une expression sévère, et sous les noirs sourcils le regard de ses larges yeux rayonnait de jeunesse et de droiture. On n'imaginait rien de comparable à la beauté de la jeune femme chez qui sensualité et délicatesse se mêlaient; les lèvres pleines, le nez mince et fin, les yeux paisibles sous la douceur des sourcils. Une main glissée timidement hors la manche du kimono tenait un éventail, et l'extrémité des doigts, réunie en précieux bouquet, ressemblait à un bouton de marguerite.

Après le suicide, quand on reprenait cette photo pour l'examiner, on se disait avec tristesse qu'une malédiction pèse trop souvent sur ces unions en apparence sans faille. Ce n'était peut-être qu'imagination, mais à regarder l'image après la tragédie, il semblait presque que les deux jeunes gens immobiles devant le paravent de laque et d'or contemplaient, avec chacun la même certitude, la mort qui les attendait.

Grâce aux bons offices de leur médiateur, le lieutenant général Ozeki, ils avaient pu s'installer dans une maison neuve d'Aoba-chô à Yotsuya.

Maison neuve est sûrement trop dire. C'était, en location, une vieille maison de trois pièces qui donnait à l'arrière sur un petit jardin. Comme ni la pièce de six nattes, ni celle de quatre nattes et demie au rez-de-chaussée ne bénéficiaient du soleil, ils utilisèrent la pièce de huit nattes à l'étage à la fois comme pièce de réception et comme chambre à coucher. Ils n'avaient pas de bonne, si bien que Reiko, en l'absence de son mari, gardait seule la maison.

Ils se dispensèrent du voyage de noces sous prétexte que le pays était en état d'alerte, et passèrent la première nuit de leur mariage dans cette maison. Avant de se coucher, Shinji, assis sur la natte, le buste droit, son sabre posé devant lui, avait fait à sa femme un discours militaire. Une femme qui devient femme de soldat doit savoir que son mari peut mourir à tout moment, et résolument l'accepter. Ce pourrait être demain. Ou le jour d'après. Mais, dit-il, peu importe quand, était-elle absolument ferme dans sa résolution de l'accepter? Reiko se leva, ouvrit un tiroir du secrétaire et y prit le plus cher de ses nouveaux trésors, le poignard que lui avait donné sa mère. Revenue à sa place, elle posa sans un mot le poignard devant elle, comme son mari avait posé son sabre. Ils se comprirent en silence aussitôt, et le lieutenant ne chercha plus jamais à mettre à l'épreuve la résolution de sa femme.

Dans les tout premiers mois de son mariage, la beauté de Reiko devint de jour en jour plus éclatante, elle rayonnait avec la sérénité de la lune après la pluie.

Comme tous deux étaient jeunes et vigoureux, la passion menait leurs rapports. Et pas uniquement la nuit. Plus d'une fois, revenant tout droit des manœuvres, à peine rentré chez lui et sans même prendre le temps d'ôter son uniforme couvert de boue, le lieutenant avait renversé sa femme sur le sol. Reiko montrait la même ardeur. Un mois environ après leur nuit de noces, Reiko connut le bonheur et le lieutenant, s'en rendant compte, fut heureux comme elle.

Le corps de Reiko était chaste et blanc. Sitôt consentante, sa pudique poitrine ronde livrait généreusement sa chaleur. Même au lit, ils étaient, l'un et l'autre, sérieux à faire peur. Au sommet le plus fou de la plus enivrante passion ils gardaient le cœur sévère et pur.

Dans la journée le lieutenant pensait à sa femme durant les pauses de l'exercice, et tout au long du jour, chez elle, Reiko se représentait l'image de son mari. Même séparés ils n'avaient cependant qu'à regarder la photo de leur mariage pour que se confirmât leur bonheur. Reiko n'éprouvait pas la moindre surprise à voir qu'un homme, il y a quelques mois complètement étranger, ait pu devenir le soleil autour duquel tournait son univers tout entier.

Toutes ces choses avaient une base morale et obéissaient au Décret sur l'Education qui ordonnait au mari et à la femme de « vivre en harmonie ». Pas une fois Reiko ne contredit son mari, et le lieutenant n'eut pas une fois l'occasion de gronder sa femme. Sur l'autel de la Divinité, sous l'escalier, auprès de la tablette du Grand Sanctuaire d'Isé, étaient disposées des photos de Leurs Majestés Impériales et régulièrement tous les matins, avant de partir à son service, le lieutenant s'arrêtait avec sa femme en ce lieu consacré, et tous deux courbaient profondément la tête. L'offrande de l'eau était renouvelée tous les jours, et le rameau sacré de *sasaki* toujours frais et verdoyant. Ils menaient leur vie sous la grave protection des dieux et le bonheur qui les comblait faisait trembler toutes les fibres de leurs corps.

3

La maison du Garde des Sceaux, Saïto, était située dans le voisinage; cependant ils n'entendirent ni l'un ni l'autre la fusillade le matin du 26 février. C'est une trompette sonnant le rassemblement dans la petite aube enneigée, après les dix minutes de tragédie, qui réveilla le lieutenant de son sommeil. Sautant aussitôt du lit, sans un mot, il revêtit son uniforme, accrocha le sabre que lui tendait sa femme et sortit en hâte; les rues étaient couvertes de neige et il faisait encore noir. Il ne revint que le soir du 28.

Plus tard, par la radio, Reiko apprit toute l'étendue du brusque éclat de violence. Pendant les deux jours qui suivirent elle vécut seule, dans une tranquillité absolue, derrière les portes fermées.

Sur le visage du lieutenant, quand il s'était élancé le matin sous la neige, Reiko avait lu la résolution de mourir. Si son mari ne revenait pas, elle avait pris sa propre décision : elle mourrait aussi. Elle régla tranquillement la distribution de ce qui lui appartenait. Elle fit un choix parmi ses kimonos pour les laisser en souvenir à ses amies d'enfance et camarades de classe, les enveloppa et, sur chaque paquet, écrivit un nom et une adresse. Son mari lui ayant constamment interdit de penser au lendemain, Reiko n'avait jamais tenu de journal et se voyait privée du plaisir de lire et de relire le détail de son bonheur des derniers mois, comme d'en brûler les pages au fur et à mesure. Sur le poste de radio il y avait un petit chien de porcelaine, un lapin, un écureuil, un ours, un renard. Il y avait aussi un petit vase et un pot à eau. Reiko n'avait jamais rien collectionné d'autre. Mais il lui parut difficile de distribuer ces choses-là. Il ne serait pas davantage bien convenable de spécifier qu'il fallait les mettre dans son cercueil. Comme elle réfléchissait ainsi, l'expression des petits animaux parut à Reiko de plus en plus mélancolique et lointaine.

Reiko prit l'écureuil dans sa main pour le regarder. Puis sa pensée se tourna vers un domaine qui dépassait de beaucoup ces attachements enfantins, et contempla, dans le lointain, le grand principe solaire que son mari incarnait. Elle était prête à se précipiter à sa perte, et heureuse d'être emportée dans l'éblouissant char du soleil – mais pendant quelques instants de solitude elle s'accordait la douceur de s'abandonner à cette innocente frivolité. Le temps était loin, cependant, où elle avait vraiment aimé ces babioles. Elle n'aimait plus désormais que le souvenir de les voir aimées jadis, et la place qu'elles occupaient dans son cœur avait été comblée par des passions plus intenses et par la violence du bonheur... Car jamais Reiko, même en elle-même, n'avait considéré uniquement comme plaisir les enivrantes joies de la chair. Le froid de février, et le contact glacé de l'écureuil en porcelaine, avaient engourdi ses doigts fins; et malgré tout, à l'idée des bras puissants de son mari tendus vers elle, elle sentait dans le reste de son corps, sous le dessin régulier de son strict kimono de *meisen*, se répandre une brûlante moiteur charnelle qui défiait les neiges.

Elle n'avait pas du tout peur de la mort qui bougeait dans sa tête. Seule chez elle, à attendre, Reiko était convaincue que tout ce que son mari pouvait éprouver ou penser la conduisait – aussi sûrement que le pouvoir sur elle de sa chair – vers une mort qui serait la bienvenue. Elle avait le sentiment qu'à la moindre pensée de son mari son corps saurait aisément se transformer et se dissoudre.

En écoutant les fréquents communiqués de la radio, elle entendit citer, parmi les noms des insurgés, plusieurs collègues de son mari. Ces nouvelles-là annonçaient la mort. Elle suivit avec soin les événements, se demandant avec angoisse, à mesure que de jour en jour la situation devenait plus irréversible, pourquoi aucun décret impérial n'intervenait; si bien que ce qu'on avait tout d'abord pris comme un mouvement destiné à rétablir l'honneur de la nation se voyait peu à peu marqué d'infamie et appelé mutinerie. Aucun message ne venait du régiment. A tout moment, semblait-il, on pouvait commencer à se battre dans les rues de la ville que recouvrait toujours le restant de neige.

Le 28, vers le coucher du soleil, des coups violents sur la porte d'entrée firent sursauter Reiko. Elle descendit en hâte. En tirant maladroitement les verrous, elle aperçut derrière l'épaisseur du verre une silhouette indécise, silencieuse et sut que c'était son mari. Jamais elle n'avait trouvé si dur le verrou. Il ne cédait toujours pas. La porte ne voulait pas s'ouvrir.

Une seconde plus tard, à peine avait-elle compris qu'elle avait réussi, le lieutenant était debout près d'elle sur le ciment du vestibule, engoncé dans sa capote kaki, les bottes alourdies par la boue de la rue. Il referma la porte derrière lui et repoussa le verrou. Quel sens avait ce geste? Reiko ne le comprit pas.

« Soyez le bienvenu. »

Reiko s'inclina profondément, mais son mari ne répondit pas. Comme il avait détaché son sabre et qu'il allait enlever sa capote, Reiko passa derrière lui pour l'aider. Le manteau, qui était humide et froid et avait perdu l'odeur de crottin qu'au soleil il dégageait normalement, pesait lourd sur son bras. Elle le suspendit à un portemanteau et, serrant dans ses grandes manches le ceinturon de cuir et le sabre, elle attendit que son mari eût ôté ses bottes pour le suivre dans le living-room. C'était, au rez-de-chaussée, la pièce à six nattes.

A la lumière de la lampe le visage de son mari, couvert d'une épaisse barbe de deux jours, amaigri, ravagé, était presque méconnaissable. Les joues étaient creuses, elles avaient perdu leur éclat, leur fermeté. Normalement il se serait tout de suite changé et aurait réclamé son dîner, mais il s'assit devant la table, toujours en uniforme, accablé, tête baissée. Reiko n'osa pas lui demander s'il fallait préparer le dîner.

Au bout d'un moment il parla.

« Je ne savais rien. Ils ne m'avaient pas demandé d'être avec eux. Peut-être parce que je venais de me marier. Kano, Homma aussi, et Yamaguchi. »

Reiko revit un instant les visages de jeunes officiers enthousiastes, des amis de son mari qu'il avait invités quelquefois.

« Il y aura peut-être demain un décret impérial. Ils seront déclarés rebelles, j'imagine. J'aurai le commandement d'une unité et ordre de les attaquer... Je ne peux pas. C'est impossible de faire une chose pareille. »

Il reprit :

« On m'a libéré de mon tour de garde et j'ai la permission de rentrer chez moi cette nuit. Demain matin, sans faute, il faudra que je reparte pour l'attaque. Je ne peux pas, Reiko. »

Reiko était assise bien droite, les yeux baissés. Elle avait clairement compris que son mari parlait de sa mort. Le lieutenant était résolu. Chacune de ses paroles, enracinée dans la mort, libérait puissamment son plein sens et s'inscrivait en clair sur l'immobile et sombre arrière-plan. Bien que le lieutenant eût posé le dilemme, il n'y avait déjà plus place en lui pour l'hésitation.

Toutefois, il y avait quelque chose de limpide, comme l'eau d'un torrent nourri de la fonte des neiges, dans le silence qui s'établissait entre eux. Assis dans sa propre demeure, après deux longues journées d'épreuve, le lieutenant pour la première fois éprouvait une paix véritable. Car il avait su tout de suite, bien qu'elle n'eût rien dit, que sa femme avait deviné la résolution cachée derrière ses paroles.

« Eh bien... » Les yeux du lieutenant s'ouvrirent tout grands. Malgré son épuisement son regard était vigoureux et clair, et pour la première fois se planta droit dans les yeux de sa femme. « Ce soir je m'ouvrirai le ventre. »

Reiko ne broncha pas.

Son paisible regard se tendit comme une corde frappée à l'aigu.

« Je suis prête, dit-elle. Je demande la permission de vous accompagner. »

Le lieutenant se sentit presque hypnotisé par la force de son regard. Il répondit vite et facilement, comme on parle dans le délire et sans comprendre lui-même comment une permission de si lourde conséquence pouvait être accordée si légèrement.

« Bien. Nous partirons ensemble. Mais j'ai besoin de vous comme témoin, d'abord, à mon propre suicide. D'accord? »

Une fois cela dit, brusquement, un violent bonheur les submergea tous deux. Reiko était touchée au cœur par la grandiose confiance de son mari. Il était essentiel pour le lieutenant, quoi qu'il arrivât par ailleurs, qu'il n'y eût aucune irrégularité dans sa mort. Pour cela il fallait un témoin. Le fait d'avoir choisi sa femme était une première marque de sa confiance. La seconde, plus grande encore, était qu'après s'être engagés à ce qu'ils meurent ensemble, il n'ait pas eu l'intention de tuer d'abord sa femme – qu'il ait différé sa mort jusqu'à l'instant où lui-même ne serait plus là pour la vérifier. Si le lieutenant avait été un mari soupçonneux il aurait, sans aucun doute, comme il en est coutume dans les doubles suicides, préféré tuer d'abord sa femme.

Lorsque Reiko dit : « Je demande la permission de vous accompagner », le lieutenant eut le sentiment que ces paroles étaient le fruit de l'enseignement qu'il avait lui-même dispensé à sa femme dès le premier soir de leur mariage, enseignement qui l'avait dressée à dire sans hésiter, le moment venu, ce qui devait être dit. Il se sentait flatté dans l'idée qu'il se faisait de sa propre conduite. Car il n'était ni vaniteux ni romantique et n'imaginait pas que les paroles de Reiko aient pu lui venir spontanément par amour pour son mari.

Le cœur presque débordant de bonheur ils ne purent s'empêcher de se sourire. Reiko se crut revenue à la nuit de ses noces.

Elle n'avait devant les yeux ni la douleur ni la mort. Elle croyait ne voir qu'un libre paysage sans limites ouvert sur des horizons infinis.

« L'eau est chaude. Voulez-vous prendre votre bain maintenant?

– Ah oui, bien sûr.

– Et dîner?... »

Les mots étaient prononcés sur un ton si tranquille et si familier que le lieutenant, une fraction de seconde, faillit croire que tout ce qui s'était passé n'était qu'hallucination.

« Je crois que nous n'aurons pas besoin de dîner. Mais faites peut-être tiédir du saké?

– Comme vous voudrez. »

En se levant pour prendre un peignoir de bain, Reiko fit en sorte d'attirer l'attention de son mari sur le contenu du tiroir. Il se leva, s'avança jusqu'au secrétaire et regarda. Il lut une à une les adresses écrites sur chaque souvenir soigneusement enveloppé et rangé. Cette preuve d'héroïsme et de résolution ne lui fit pas de chagrin mais lui remplit le cœur de tendresse. Comme un mari à qui sa jeune femme montre d'enfantins cadeaux, le lieutenant, derrière elle, bouleversé, la saisit dans ses bras et l'embrassa sur la nuque.

Reiko perçut contre sa nuque la rudesse du menton non rasé de son mari. Cette sensation, pour elle, au lieu d'être simplement une des choses de ce monde, non seulement lui parut le contenir tout entier, mais encore – puisqu'elle savait qu'elle allait le perdre à jamais – la saisit avec une acuité qu'elle n'avait jamais éprouvée. Chacun des instants qui passaient apportait sa nouveauté et sa force particulière et réveillait ses sens dans toutes les parties de son corps. Acceptant sans bouger la caresse de son mari, Reiko se dressa sur la pointe des pieds pour permettre au plaisir de se répandre dans toutes ses fibres.

Le lieutenant murmura à l'oreille de sa femme :

« Le bain d'abord, et puis un peu de saké... ensuite, dépliez le lit là-haut, voulez-vous? »

Reiko acquiesça en silence.

Le lieutenant ôta son uniforme puis alla se baigner. Reiko, tout en prêtant l'oreille aux bruits d'eau remuée, ranima le brasero du living-room et commença à chauffer le saké; puis, prenant le peignoir, une ceinture et des sous-vêtements, alla voir dans la salle de bains si l'eau était assez chaude. Au milieu des nuages de vapeur le lieutenant, assis par terre en tailleur, se rasait et l'on apercevait vaguement, sur son dos puissant, le mouvement des muscles qui répondaient aux mouvements de ses bras.

Il y avait rien là qui donnât à l'instant une signification particulière. Reiko, attentive à sa tâche, remplissait, de réserves prises ici et là, de petites jattes. Ses mains ne tremblaient pas. Elle aurait plutôt travaillé avec plus de facilité et de précision que d'habitude. De temps en temps, il est vrai, une étrange angoisse lui faisait battre le cœur. Comme un éclair lointain, quelque chose d'intense la poignait, qui disparaissait aussitôt, sans laisser de traces. A part cela rien ne sortait de l'ordinaire.

Le lieutenant, en se rasant dans la salle de bains, réchauffé, se sentait enfin miraculeusement guéri de la fatigue désespérée de son corps et des tourments de l'indécision, et soulevé, en dépit de la mort qui l'attendait, d'une attente enchantée. Il entendait faiblement sa femme bouger dans l'autre pièce. Un puissant et sain désir, oublié deux jours durant, se réaffirmait.

Le lieutenant était certain qu'il n'y avait rien d'impur dans la joie qu'ils avaient tous les deux éprouvée en décidant de mourir. Ils avaient tous les deux senti à ce moment-là – bien entendu sans que ce fût clair ni conscient – que les plaisirs permis qu'ils partageaient en privé se trouvaient une fois encore sous la protection de la Puissance Divine et que le Bien et la Morale étaient leurs garants. A se regarder l'un l'autre dans les yeux pour y découvrir une honorable mort, ils s'étaient, une fois de plus, sentis à l'abri derrière des murs d'acier que personne ne pourrait abattre, défendus par l'armure impénétrable du Beau et du Vrai. Si bien que loin de voir une source de contradiction ou de conflit entre les exigences de sa chair et la sincérité de son patriotisme, le lieutenant finissait même pas y voir les deux aspects d'une même chose.

Le visage très proche du miroir sombre et craquelé fixé au long du mur, le lieutenant se rasa avec le plus grand soin. Ce serait son visage de mort. Il ne fallait pas y laisser d'ombres déplaisantes. La figure bien rasée avait retrouvé l'éclat de la jeunesse et paraissait éclairer le miroir terni. Il y avait même, se dit-il, une certaine élégance au rapprochement entre ce visage de radieuse santé et la mort.

Tel qu'il apparaissait là, tel serait son visage de mort. Déjà, en réalité, il avait à demi échappé au lieutenant, ne lui appartenait plus tout à fait : c'était un buste sur la tombe d'un soldat. Il fit une expérience : ferma les yeux. Tout était enveloppé de ténèbres, il cessait d'être une créature qui vit et qui voit.

Revenu de la salle de bains, et le feu du rasoir encore visible sur ses joues lisses, il s'assit près du brasero ranimé. Il remarqua que Reiko, tout occupée qu'elle fût, avait trouvé le temps de se farder légèrement. Ses joues étaient avivées et ses lèvres humides. On ne voyait en elle aucune ombre de tristesse. En vérité, se dit le lieutenant devant la preuve du tempérament de sa jeune femme, il avait choisi la femme qu'il devait choisir.

Aussitôt qu'il eut bu dans la coupe de saké, il la tendit à Reiko. Reiko n'avait jamais bu de saké, mais elle accepta sans hésiter et trempa timidement ses lèvres.

« Venez », dit le lieutenant.

Reiko s'approcha de son mari, qui la saisit dans ses bras et la renversa sur ses genoux. Sa poitrine la brûlait comme si la tristesse, la joie et le puissant alcool s'étaient mêlés et combattus en elle. Le lieutenant pencha la tête pour regarder le visage de sa femme. C'était le dernier visage qu'il verrait en ce monde, le dernier visage qu'il verrait de sa femme. Le lieutenant l'examina minutieusement avec les yeux du voyageur qui dit adieu aux admirables paysages qu'il ne revisitera jamais. C'était un visage qu'il ne se lassait pas de regarder – les traits réguliers sans froideur, les lèvres douces et fortes légèrement fermées. Le lieutenant baisa les lèvres sans y penser. Et soudain, bien que le visage n'eût pas été un seul instant déformé par la honte d'un sanglot, il aperçut les larmes brillantes qui sous les longs cils s'échappaient lentement des yeux fermés, ruisselaient et débordaient.

Lorsque, un peu plus tard, le lieutenant proposa de gagner leur chambre, sa femme répondit qu'elle le suivrait après avoir pris un bain. Il monta seul l'escalier et, dans la chambre où l'air était déjà réchauffé par le radiateur à gaz, il s'étendit sur le lit déplié en étirant les bras et les jambes. Même l'heure d'attendre ainsi sa femme était l'heure ordinaire, ni plus tard, ni plus tôt que d'habitude.

Les mains croisées sous la nuque il contemplait les noires voliges du plafond que n'éclairait pas la veilleuse. Etait-ce la mort qu'il attendait? Ou bien une furieuse ivresse sensuelle? L'une et l'autre paraissaient s'entrelacer comme si l'objet de ce charnel désir eût été la mort elle-même. Mais il est de toute façon certain que le lieutenant n'avait jamais éprouvé le sentiment d'une aussi totale liberté.

Il y eut un ronflement de moteur dans la rue et le crissement de pneus de voiture sur la neige accumulée le long du trottoir. Les murs renvoyaient le bruit du klaxon. Le lieutenant avait l'impression que sa maison était une île solitaire dans l'océan d'une société qui s'agitait comme à l'habitude. Tout autour de lui, dans l'immensité et le désordre, s'étendait le pays pour lequel il souffrait. Il allait lui donner sa vie. Mais ce grand pays, qu'il était prêt à contester au point de se détruire lui-même, ferait-il seulement attention à sa mort? Il n'en savait rien; et tant pis. Il mourait sur un champ de bataille sans gloire, un champ de bataille où ne pouvait s'accomplir aucun fait d'armes : le lieu d'un combat spirituel.

Les pas de Reiko résonnèrent sur l'escalier. Les marches raides de la vieille maison grinçaient. Ces craquements de bois évoquaient de tendres souvenirs et, bien souvent, de son lit il les avait attendus avec joie. A l'idée qu'il ne les écoutereait plus il redoubla d'attention pour que chaque minute, chaque seconde de son temps précieux soit occupée par la douceur de ces pas sur l'escalier grinçant. Chaque instant devenait un joyau d'où rayonnait la lumière.

Reiko portait une écharpe rouge pour serrer à la taille son *yukata,* mais la faible lumière en atténuait l'éclat, et lorsque le lieutenant avança la main, Reiko l'aida à la dénouer et l'écharpe glissa sur le sol. Reiko était debout devant lui, toujours vêtue de son *yukata*. Son mari passa les mains dans les fentes sous les manches pour la serrer contre lui; mais le bout de ses doigts eut à peine touché la brûlante chair nue, à peine se furent resserrées sur ses mains les aisselles, que tout son corps prit feu.

Un instant plus tard tous deux étaient couchés nus devant la rouge incandescence du gaz.

Ni l'un ni l'autre ne l'exprimèrent, mais la pensée que c'était la toute dernière fois faisait battre leur cœur, dilatait leur poitrine. On aurait dit que ces mots : « La dernière fois », s'étaient inscrits en lettres invisibles sur chaque pouce de leur corps.

Le lieutenant attira sa femme contre lui pour l'embrasser violemment. Leurs langues se mêlaient dans l'humide et lisse caverne de leurs bouches; les douleurs de la mort, encore inconnues, avivaient leurs sens comme le feu trempe l'acier. Ces douleurs qu'ils n'éprouvaient pas encore, ces lointaines affres de l'agonie, rendaient plus aiguë leur perception du plaisir.

« C'est la dernière fois que je verrai votre corps, dit le lieutenant. Laissez-moi le regarder. » Et il inclina l'abat-jour pour que la lampe éclairât tout au long le corps étendu de Reiko.

Reiko reposait les yeux clos. La lumière basse de la lampe révélait la courbe majestueuse de sa blanche chair. Le lieutenant, non sans quelque égoïsme, se réjouit de ce qu'il ne verrait jamais : tant de beauté défaite par la mort.

A loisir il laissa l'inoubliable spectacle se graver dans son esprit. D'une main il lissait les cheveux, de l'autre caressait tendrement l'admirable visage, posant des baisers partout où son regard s'attardait. La tranquille froideur du grand front étroit, les yeux clos aux longs cils sous les légers sourcils, la finesse du nez, l'éclat des dents entre les lèvres régulières et pleines, les douces joues et le sage petit menton... tout cela évoquait dans l'esprit du lieutenant la vision d'un visage de morte vraiment rayonnant, et sans fin il appuyait les lèvres au creux de la gorge blanche – où bientôt la main de Reiko frapperait – et la gorge, sous ses baisers, faiblement rougissait. Puis il revenait à la bouche et la douce caresse de ses lèvres de droite à gauche, de gauche à droite, était comme le roulis d'une barque. Fermait-il les yeux, le monde entier les berçait.

Partout où passait le regard du lieutenant ses lèvres fidèlement suivaient. Les seins gonflés se dressaient lorsque le lieutenant en saisissait entre ses lèvres les pointes, roses comme les boutons de fleurs de merisier. De part et d'autre de la poitrine, les bras lisses s'étiraient pour s'amincir vers les poignets, sans rien perdre de leur ronde symétrie et à leur extrémité se refermaient les doigts délicats qui le jour du mariage tenaient l'éventail. A mesure que le lieutenant posait un baiser chaque doigt se repliait pudiquement derrière le doigt suivant... La cuvette qui se creuse entre le ventre et le giron avait, dans la douceur de ses courbes, non seulement force et souplesse, mais comme une sorte de retenue volontaire, et pourtant laissait s'épanouir les hanches. Le ventre et les hanches luisaient avec la blancheur et l'éclat du lait à ras bord dans une large coupe, et l'ombre brusque du nombril ressemblait à la trace d'une goutte de pluie au même instant tombée. Les ombres s'accentuaient où fleurissait une tendre toison et lorsque le corps cessa d'être passif il s'en échappa, à chaque instant plus émouvant, un brûlant parfum de fleurs.

Finalement, d'une voix tremblante, Reiko parla :

« Montrez-moi... Moi aussi je veux voir, pour la dernière fois. »

Jamais il n'avait entendu de la bouche de sa femme aussi violente et claire requête. On aurait dit que quelque chose, que la pudeur de Reiko avait voulu cacher jusqu'à la fin, rompait ses digues. Le lieutenant s'étendit docilement pour s'abandonner à sa femme. En tremblant elle se souleva, blanche et souple, et brûlant de l'innocent désir de rendre à son mari ses caresses, posa deux doigts sur les yeux qui la regardaient et doucement les ferma d'un geste.

Soudain bouleversée de tendresse, les joues enflammées par une émotion qui lui donnait le vertige, Reiko lui entoura la tête de ses bras. Les cheveux du lieutenant, taillés en brosse, lui piquaient la poitrine. Elle sentit sur sa peau le froid du nez en même temps que la chaleur du souffle. Elle se dégagea pour regarder le viril visage de son mari. Les sourcils sévères, les yeux clos, l'arc superbe du nez, le ferme dessin des lèvres serrées... l'éclat des joues, bleues où le rasoir avait passé. Reiko y posa ses lèvres. Elle les posa sur le large cou, sur les fortes et droites épaules, sur la puissante poitrine où les aréoles étaient comme deux boucliers, et rougeâtres les pointes. Des aisselles et de leur toison, cachées profond par les amples muscles des épaules et de la poitrine, s'élevait une odeur mélancolique et douce; et cette douceur exsudait en quelque manière l'essence de la jeune mort. La peau nue du lieutenant brillait comme un champ d'orge mûre, les muscles s'y marquaient partout en dur relief et convergeaient sur le ventre autour du nombril petit et discret. A voir ce ventre jeune et ferme, pudiquement couvert d'une toison vigoureuse, à se dire qu'il allait tout à l'heure être cruellement troué par le sabre, Reiko, saisie de compassion, le couvrit de sanglots et de baisers.

Lorsqu'il sentit les larmes de sa femme, le lieutenant sut qu'il était prêt à supporter avec courage les pires souffrances de son suicide.

Après ces tendresses on peut imaginer quels enivrements les emportèrent. Le lieutenant se souleva pour saisir dans une étreinte puissante sa femme épuisée de douleur et de larmes. Joue contre joue ils se tenaient passionnément serrés. Reiko tremblait. Leurs poitrines, moites de sueur, se touchaient étroitement et chaque pouce de chacun de ces deux corps jeunes et beaux s'intégrait si parfaitement au corps de l'autre qu'il semblait impossible qu'ils fussent jamais séparés. Reiko criait. Des sommets ils plongeaient aux abîmes et des abîmes reprenaient essor pour s'élever aux hauteurs du vertige. Le lieutenant haletait comme un porte-drapeau au bout d'une longue marche en campagne. A peine un cycle prenait-il fin qu'une nouvelle vague s'élevait et, ensemble – sans la moindre trace de fatigue –, d'un seul souffle et d'un seul mouvement ils remontaient vers les sommets.

4

Lorsque enfin le lieutenant se détacha de Reiko, ce ne fut pas par épuisement. D'une part il tenait à ne pas affaiblir l'énergie considérable dont il allait avoir besoin pour accomplir son suicide. D'autre part, il aurait été fâché de gâter par la satiété la douceur de ces dernières étreintes.

Puisque le lieutenant renonçait, Reiko, avec sa docilité coutumière, suivit son exemple. Tous deux nus, étendus sur le dos, les doigts enlacés, regardaient fixement les ombres du plafond. Le radiateur chauffait bien la pièce et même lorsque la sueur eut cessé de ruisseler de leurs corps ils ne sentirent pas le froid. Dehors, dans le calme de la nuit, les bruits de la circulation s'étaient tus. Le vacarme des trains et des tramways autour de la gare de Yotsuya n'arrivait pas jusqu'à eux. Après avoir été réfléchis par les fortifications et les douves ils se perdaient dans le terrain boisé que longeait la grande avenue devant le palais d'Akasaka. Il était difficile de croire à la tension qui enserrait tout le quartier, où les deux factions ennemies de l'Armée Impériale, amèrement divisée contre elle-même, attendaient le moment de s'affronter.

Savourant la chaleur qui les habitait, ils reposaient et revivaient le détail de leurs moments de bonheur. Ils se rappelaient le goût de leurs baisers, le contact de leur chair nue et chacun des épisodes de leurs vertiges bienheureux. Rien ne les avait lassés. Mais déjà du sombre boisage du plafond le visage de la mort les regardait. Leurs joies avaient été leurs dernières joies et leurs corps ne les connaîtraient plus jamais. Mais des joies aussi intenses – et tous deux y avaient pensé en même temps – il est probable qu'ils ne les auraient jamais retrouvées, même s'ils avaient dû vivre très vieux.

La douceur de leurs doigts enlacés elle aussi serait perdue. Même le dessin des veines et des nœuds sur le bois sombre du plafond qu'ils regardaient ensemble allait leur être enlevé. Ils sentaient la mort s'approcher pas à pas. Il ne fallait plus hésiter. Il fallait avoir le courage d'aller au-devant d'elle, de s'emparer d'elle.

« Eh bien, préparons-nous », dit le lieutenant. La résolution dans la voix de son mari était indiscutable, mais jamais Reiko n'avait perçu chez lui autant de chaleur et de tendresse.

Aussitôt relevés, toutes sortes de tâches les requirent.

Le lieutenant, qui n'avait jamais aidé à faire le lit, fit joyeusement glisser la porte du placard, roula, emporta et rangea lui-même le matelas.

Reiko éteignit le radiateur à gaz et recula la veilleuse. Pendant l'absence du lieutenant elle avait soigneusement préparé la pièce, l'avait balayée, époussetée, et si l'on négligeait la table en bois de rose qui occupait l'un des angles, la pièce de huit nattes donnait l'impression d'une salle de réception disposée pour accueillir un invité important.

« On a pas mal bu ici, n'est-ce pas? Avec Kanô et Homma et Noguchi...

– Oui, ils buvaient tous beaucoup.

– On va les retrouver bientôt, dans l'autre monde. Ils vont nous taquiner, sûrement, quand ils verront que je vous ai amenée avec moi. »

En descendant l'escalier, le lieutenant se retourna pour regarder la pièce calme et nette, maintenant vivement éclairée par la lumière au plafond. Les visages des jeunes officiers qui y avaient bu et ri et innocemment plaisanté lui traversèrent l'esprit. Il n'avait alors jamais rêvé qu'un jour il s'ouvrirait le ventre dans cette pièce.

Dans les deux pièces du rez-de-chaussée le mari et la femme se livrèrent paisiblement à leurs préparatifs. Le lieutenant alla aux toilettes, puis à la salle de bains se laver. Pendant ce temps-là

Reiko rangea le peignoir molletonné de son mari, prépara dans la salle de bains sa tunique d'uniforme, son pantalon, un large pagne neuf en coton blanc et disposa sur la table du living-room du papier pour les lettres d'adieu. Puis elle ôta le couvercle de l'écritoire et se mit à frotter la pierre pour obtenir l'encre. Elle savait déjà comment rédiger sa propre lettre.

Ses doigts faisaient grincer les froides lettres dorées de l'encre en tablette et l'eau dans la mince coupelle noircit tout de suite comme si quelque nuage s'y était répandu. Elle cessa de se dire que le mouvement que faisaient ses doigts, ce frottement, ce léger grincement, tout cela ne préparait qu'à la mort. Il fallait y voir une occupation domestique, une tâche ordinaire où s'usait simplement le temps au bout duquel la mort serait là. Et pourtant le frottement de plus en plus facile sur la pierre, et l'odeur qui montait de l'encre de plus en plus noire, faisaient étrangement naître d'indicibles ténèbres.

Bien net dans son uniforme qu'il portait à même la peau, le lieutenant sortit de la salle de bains. Sans un mot il s'assit à la table, le buste droit, prit un pinceau et contempla avec hésitation la feuille blanche devant lui.

Reiko avait emporté dans la salle de bains un kimono de soie blanche. Lorsqu'elle revint dans le living-room, vêtue du kimono blanc et légèrement fardée, la lettre d'adieu terminée était sur la table sous la lumière de la lampe. Les épais caractères au pinceau disaient simplement :

« Vive l'Armée Impériale. Lieutenant Takeyama Shinji. »

Durant le temps que Reiko mit à écrire sa propre lettre, le lieutenant contempla en silence, avec une intense gravité, les pâles doigts de sa femme qui maniaient à leur tour, avec sûreté, le pinceau.

Chacun sa lettre à la main, le lieutenant le sabre à son ceinturon, Reiko son petit poignard glissé dans la ceinture de son kimono – tous deux s'immobilisèrent devant l'autel pour prier en silence. Puis ils éteignirent toutes les lumières du rez-de-chaussée. En montant l'escalier le lieutenant tourna la tête pour regarder la saisissante silhouette vêtue de blanc de sa femme qui montait derrière lui, les yeux baissés, et se détachait sur l'obscurité du vide.

Les lettres d'adieu furent posées côte à côte dans l'alcôve de la pièce d'en haut. Ils se demandèrent s'il ne fallait pas ôter le rouleau déplié qui y était suspendu, mais puisqu'il avait été calligraphié par leur médiateur, le lieutenant général Ozeki, et qu'en outre les caractères chinois qu'il portait signifiaient « Sincérité », ils le laissèrent. Même s'il devait être éclaboussé de sang ils avaient le sentiment que le lieutenant général comprendrait.

Le lieutenant, assis bien droit, le dos contre un pilier de l'alcôve, posa son sabre sur le sol devant lui.

Reiko s'assit en face, à la distance d'une natte. Le rouge de ses lèvres alors que tout sur elle était rigoureusement blanc semblait particulièrement séduisant.

De part et d'autre de la natte qui les séparait ils se regardèrent longuement dans les yeux. Le sabre du lieutenant posé devant ses genoux rappela à Reiko leur première nuit, et la tristesse l'envahit. D'une voix rauque le lieutenant parla :

« Comme je n'aurai pas de second pour m'aider, il me faudra entailler profond. Ce sera peut-être déplaisant, mais je vous en prie, n'ayez pas peur. La mort est toujours pénible à voir. Il ne faut pas vous laisser décourager par ce que vous allez voir. C'est bien entendu?

– Oui. »

Reiko s'inclina profondément.

La vue de sa femme, mince et blanche silhouette, éveillait une bizarre excitation chez le lieutenant. Ce qu'il allait accomplir appartenait à sa vie publique, à sa vie de soldat dont sa femme n'avait jamais été témoin. Cet acte exigeait autant de volonté que se battre exige de courage; c'était une mort dont la dignité et la qualité n'étaient pas moindres que celles de la mort en première ligne. Ce dont il allait maintenant faire montre, c'était de sa conduite sur le champ de bataille.

Cette réflexion conduisit le lieutenant à d'étranges imaginations. Mourir solitaire sur le champ de bataille, mourir sous le beau regard de sa femme... n'allait-il pas mourir à la fois de ces deux morts, réaliser leur impossible unité, douceur pour laquelle il n'est pas de mots? Tous les instants de sa mort seront observés par ces yeux admirables –

un souffle de fleurs et de printemps l'emportera vers la mort. C'était une faveur très rare. Il ne comprenait pas tout à fait, mais c'était un domaine que les autres ne connaissaient pas, une bénédiction qui n'avait été accordée à personne et lui était dévolue. La rayonnante image de sa femme, dans sa robe blanche de jeune épousée, lui paraissait incarner tout ce qu'il avait aimé, tout ce à quoi il allait sacrifier sa vie – la Maison Impériale, la Nation, le Drapeau. Et tout autant que sa femme assise devant lui, ces hautes présences le suivaient de leur regard immobile et clair.

Elle aussi, Reiko, considérait passionnément son mari, qui si vite allait mourir, et se disait qu'elle n'avait jamais vu rien au monde d'aussi beau. Le lieutenant avait toujours bien porté l'uniforme, mais aujourd'hui, regardant la mort en face, les sourcils droits et les lèvres bien serrées, il offrait peut-être le plus superbe exemple possible de beauté masculine.

« Allons-y », dit enfin le lieutenant.

Reiko s'inclina pour saluer très bas. Elle n'osait pas lever la tête. Elle avait peur que ses larmes abîment son maquillage, mais ne pouvait pas les retenir.

Lorsque enfin elle releva les yeux elle vit à travers la brume de ses larmes que le lieutenant avait sorti son sabre du fourreau et enroulé autour de la lame un bandage blanc qui laissait libres à la pointe cinq ou six pouces d'acier nu.

Il reposa le sabre ainsi enveloppé sur la natte

devant lui, puis se souleva sur les genoux, se réinstalla les jambes croisées et défit les agrafes de son col d'uniforme. Ses yeux ne voyaient plus sa femme. Lentement, un à un, il défit les minces boutons de cuivre. Sa brune poitrine apparut, puis le ventre. Il déboucla son ceinturon et défit les boutons de son pantalon. On vit l'éclat pur et blanc du pagne qui serrait les reins. Le lieutenant le rabattit à deux mains pour dégager davantage le ventre, puis saisit la lame de son sabre. De la main gauche il se massa le ventre, les yeux baissés.

Pour s'assurer que le fil de la lame était bien aiguisé le lieutenant replia la jambe gauche de son pantalon, dégagea un peu la cuisse et coupa légèrement la peau. Le sang remplit aussitôt la blessure et de petits ruisseaux rouges s'écoulèrent qui brillaient dans la lumière.

C'était la première fois que Reiko voyait le sang de son mari et son cœur bondit violemment dans sa poitrine. Elle regarda le visage de son mari. Lui regardait le sang couler avec une tranquille satisfaction. Un instant – mais elle savait en même temps que c'était une fausse consolation – Reiko se sentit soulagée.

Les yeux du lieutenant fixaient sur sa femme l'intense regard immobile d'un oiseau de proie. Tournant vers lui-même son sabre il se souleva légèrement pour incliner le haut de son corps sur la pointe de son arme. L'étoffe de son uniforme tendue sur ses épaules trahissait l'effort qui mobilisait toutes ses forces. Il visait à gauche au plus profond de son ventre. Son cri aigu perça le silence de la pièce.

En dépit de la force qu'il avait lui-même déployée pour se frapper, le lieutenant eut l'impression que quelqu'un d'autre lui avait porté un atroce coup de barre de fer au côté. Une seconde ou deux la tête lui tourna. Il ne savait plus ce qui lui arrivait. Les cinq ou six pouces d'acier nu avaient disparu complètement à l'intérieur de la chair et le bandage blanc qu'il serrait de sa main crispée appuyait directement sur le ventre.

Il reprit conscience. La lame avait certainement percé la paroi du ventre, se dit-il. Il respirait avec difficulté, son cœur battait à grands coups et dans quelque profond lointain dont il pouvait à peine croire qu'il fût une part de lui-même, surgissait une effrayante, une abominable douleur, comme si le sol s'était ouvert pour laisser échapper une lave brûlante de roches en fusion. La douleur se rapprochait à une vitesse terrifiante. Le lieutenant se mordit la lèvre pour éviter un involontaire gémissement.

Le *seppuku*, se dit-il, est-ce cela? On aurait dit le chaos absolu, comme si le ciel lui était tombé sur la tête, comme si l'univers, ivre, titubait. Sa volonté et son courage, qui avaient semblé si fermes avant qu'il ne fît l'entaille, s'étaient réduits à l'épaisseur d'un seul fil d'acier aussi fin qu'un cheveu, et il éprouva comme un affreux malaise le soupçon qu'il lui fallait avancer le long de ce fil et s'y attacher désespérément. Son poing crispé était tout humide. Il baissa les yeux. Il vit que sa main et l'étoffe qui enveloppait la lame du sabre étaient trempées de sang. Son pagne aussi était profondément teint de rouge. Il fut frappé, comme d'une chose incroyable, qu'au milieu d'une aussi terrible souffrance, ce qui pouvait être regardé pût encore être regardé et que ce qui existait pût exister encore.

Au moment où elle vit le lieutenant s'enfoncer le sabre dans le côté gauche et la pâleur de la mort descendre sur son visage comme un rideau descend sur une scène, Reiko dut se contraindre pour ne pas se précipiter vers lui. Quoi qu'il dût arriver il lui fallait veiller. Il lui fallait être témoin. C'était le devoir que son mari lui avait imposé. En face d'elle, à une natte de distance, elle le voyait se mordre la lèvre pour étouffer la douleur. La douleur était là, absolue et certaine, sous ses yeux. Et Reiko n'avait aucun moyen de l'en délivrer.

La sueur brillait sur le front de son mari. Il fermait les yeux puis les rouvrait comme pour se rendre compte. Ils avaient perdu leur éclat et semblaient innocents et vides comme les yeux d'un petit animal.

La souffrance que contemplait Reiko flambait aussi fort que le soleil d'été, entièrement étrangère à la peine qui semblait lui déchirer l'âme. La souffrance augmentait sans fin, montait. Reiko voyait son mari accéder à un autre univers où l'être se dissout dans la douleur, est emprisonné dans une cellule de douleur et nulle main ne peut l'approcher. Mais elle, Reiko, n'en éprouvait aucune. Sa peine n'était pas cette douleur. Si bien qu'elle eut l'impression qu'on avait élevé une haute et cruelle paroi de verre entre elle et son mari.

Depuis son mariage la vie de son mari avait été sa vie et le souffle de son mari son souffle. Et maintenant, alors que la souffrance de son mari était la réalité de sa vie, Reiko dans sa propre peine ne trouvait aucune preuve de sa propre existence.

La main droite sur le sabre le lieutenant commença de s'entailler le ventre par le travers. Mais la lame rencontrait l'obstacle des intestins qui s'y emmêlaient et dont l'élasticité la repoussait constamment; et le lieutenant comprit qu'il lui faudrait les deux mains pour maintenir la lame enfoncée; il appuya pour couper par le travers. Mais ce n'était pas aussi facile qu'il l'avait cru. Il mobilisa toute sa force dans sa seule main droite et tira vers la droite. L'entaille s'agrandit de trois ou quatre pouces.

Lentement, des profondeurs internes, la douleur irradiait le ventre entier. Des cloches en folie sonnaient, mille cloches ensemble à chaque souffle, à chaque battement du pouls, ébranlant tout son être. Le lieutenant ne pouvait plus s'empêcher de gémir. Mais la lame était arrivée à l'aplomb du nombril et, lorsqu'il le constata, il fut content et reprit courage.

Le volume du sang répandu avait régulièrement augmenté et commençait à jaillir de la blessure au rythme même du pouls. La natte devant le lieutenant était trempée de rouge par les éclaboussures du sang qui continuait à s'écouler des flaques que retenait dans ses plis le pantalon d'uniforme. Une goutte unique s'envola comme un oiseau jusqu'à Reiko pour se poser sur ses genoux et tacher sa robe blanche.

Lorsque le lieutenant se fut enfin complètement éventré, la lame n'enfonçait presque plus et la pointe en était visible, luisante de graisse et de sang. Mais, saisi soudain d'une violente nausée, le lieutenant laissa échapper un cri rauque. Vomir rendait l'affreuse douleur plus affreuse encore, et le ventre qui jusque-là était demeuré ferme, se souleva brusquement, la blessure s'ouvrit en grand et les intestins jaillirent comme si la blessure vomissait à son tour. Apparemment inconscients de la souffrance de leur maître, glissant sans obstacle pour se répandre dans l'entrejambe, ils donnaient une impression de santé robuste et de vitalité presque déplaisante. La tête du lieutenant s'affaissait, ses épaules se soulevaient, ses yeux s'entrouvraient et un mince filet de salive s'échappait de sa bouche. L'or de ses épaulettes brillait dans la lumière.

Il y avait du sang partout. Le lieutenant y baignait jusqu'aux genoux et demeurait écrasé et sans forces, une main sur le sol. Une odeur âcre emplissait la pièce. Le lieutenant, tête ballottante, hoquetait sans fin et chaque hoquet ébranlait ses épaules. Il tenait toujours dans sa main droite la lame de son sabre, que repoussaient les intestins et dont on voyait la pointe.

Il est difficile d'imaginer spectacle plus héroïque que le sursaut du lieutenant qui brusquement rassembla ses forces et releva la tête. Son mouvement fut si violent qu'il se cogna l'arrière du crâne contre le pilier de l'alcôve. Reiko, qui était restée jusque-là tête baissée, fascinée par la marée de sang qui s'avançait vers ses genoux, releva les yeux, surprise par le bruit.

Le visage du lieutenant n'était plus un visage de vivant. Les yeux étaient enfoncés, la peau parcheminée, les joues jadis si fraîches, et les lèvres, couleur de boue séchée. Seule bougeait la main droite. Serrant laborieusement le sabre elle s'élevait en tremblant comme une main de marionnette pour essayer d'en diriger la pointe vers la naissance de la gorge. Reiko regardait son mari faire ce dernier effort, inutile, déchirant. Luisante de sang et de graisse, la pointe, une fois, deux fois, dix fois, se dirigeait vers la gorge. Chaque fois elle manquait le but. La force qui aurait dû la guider était épuisée. La pointe frappait le col de l'uniforme et les insignes brodés sur le col. Les agrafes étaient défaites mais le raide col militaire se refermait de lui-même et protégeait la gorge.

Reiko ne put supporter le spectacle plus longtemps. Elle voulut aller aider son mari mais ne put se lever. Elle avança sur les genoux, à travers le sang, et son blanc kimono se teignit de rouge. Elle se glissa derrière son mari et ne fit rien d'autre qu'écarter le col. La pointe tremblante fut enfin au contact de la gorge nue. Reiko eut alors l'impression qu'elle avait poussé son mari en avant; mais ce n'était pas vrai. C'était le dernier mouvement délibéré du lieutenant, son dernier effort de volonté. Il se jeta brusquement sur la lame qui lui transperça la gorge. Il y eut un effroyable jet de sang et le lieutenant bascula et s'immobilisa; une lame d'acier froide et bleue dépassait de sa nuque.

5

Lentement, car le sang qui trempait ses socquettes les rendait glissantes, Reiko descendit l'escalier. Il n'y avait plus aucun bruit dans la pièce d'en haut.

Au rez-de-chaussée elle ouvrit les lumières, vérifia les robinets et le compteur du gaz et répandit de l'eau sur les braises encore rougeoyantes du brasero. Devant le grand miroir de la pièce à quatre nattes et demie elle se regarda. Les taches de sang formaient, sur la moitié inférieure de son kimono blanc, un dessin hardi et violent. Lorsqu'elle s'assit devant le miroir elle sentit sur ses cuisses quelque chose de froid et d'humide; c'était le sang de son mari. Elle frissonna. Puis elle prit à loisir le temps de s'apprêter. Elle se farda : beaucoup de rouge aux joues, beaucoup sur les lèvres. Ce n'était plus se maquiller pour plaire à son mari. C'était se maquiller pour le monde qu'elle allait laisser derrière elle; il y avait dans son application quelque chose de somptueux et de théâtral. Lorsqu'elle se leva, la natte devant le miroir était trempée de sang. Elle n'allait pas s'en soucier.

Revenue des toilettes, Reiko se retrouva debout sur le sol de ciment du vestibule. Lorsque son mari la veille au soir avait fermé la porte au verrou, c'était pour se préparer à mourir. Elle demeura un instant perplexe. Fallait-il tirer le verrou? Si elle fermait la porte, les voisins ne s'apercevraient pas tout de suite de leur suicide. L'idée que leurs deux corps allaient dans quelques jours pourrir avant d'avoir été découverts ne plaisait pas à Reiko. Après tout, il semble qu'il vaudrait mieux laisser la porte ouverte... Elle repoussa le verrou et entrouvrit légèrement la porte de verre dépoli... Un vent glacé s'engouffra. On ne voyait personne dans la rue, à minuit passé, et les étoiles glacées brillaient à travers les arbres de la grande maison d'en face.

Elle laissa la porte entrouverte et monta l'escalier. Elle avait un peu marché ici et là, ses socquettes ne glissaient plus. Au milieu de l'escalier elle perçut déjà une odeur très spéciale.

Le lieutenant était étendu dans un océan de sang. La pointe qui sortait de sa nuque paraissait saillir davantage. Reiko marcha droit dans le sang, s'assit à côté du cadavre et contempla longuement le visage du lieutenant, dont un côté reposait sur la natte. Les yeux étaient grands ouverts, comme si quelque chose avait attiré son attention. Elle lui souleva la tête, l'enveloppa dans sa manche, essuya le sang sur les lèvres et y déposa un baiser.

Puis elle se leva et prit dans le placard une couverture blanche, neuve, et une cordelière. Pour que son kimono ne s'ouvre pas, elle enroula la couverture autour d'elle et la serra à la taille avec la cordelière.

Reiko s'assit à un demi-mètre environ du corps du lieutenant. Elle ôta le poignard de sa ceinture, regarda longuement l'acier poli de la lame qu'elle porta à sa bouche. L'acier lui sembla légèrement sucré.

Reiko ne s'attarda pas. Elle se disait qu'elle allait connaître la souffrance qui tout à l'heure avait ouvert un tel gouffre entre elle et son mari, que cette souffrance deviendrait une part d'elle-même, et elle ne voyait là que le bonheur de pénétrer à son tour dans un domaine que son mari avait déjà fait sien. Dans le visage martyrisé de son mari il y avait quelque chose d'inexplicable qu'elle voyait pour la première fois. Elle allait résoudre l'énigme. Reiko sentait qu'elle était capable de goûter enfin, dans leur vérité, l'amertume et la douceur du grand principe moral auquel croyait son mari. Ce qu'elle n'avait jusqu'ici perçu qu'à travers l'exemple de son mari, elle allait le goûter de sa proche bouche.

Reiko ajusta la pointe du poignard contre la naissance de sa gorge et brusquement l'enfonça. La blessure était légère. La tête en feu, les mains tremblantes, elle tira vers la droite. Un flot tiède emplit sa bouche et devant ses yeux tout devint rouge, à travers le jaillissement du sang. Elle rassembla ses forces et s'enfonça le poignard au fond de la gorge.

Dojoji

LES PERSONNAGES

KIYOKO, *danseuse*
L'ANTIQUAIRE
UN GÉRANT D'IMMEUBLES
LES HOMMES A, C, E
LES FEMMES B, D

Une grande pièce dans ce qui est en réalité une boutique de meubles d'occasion, mais elle contient tant d'objets d'époque – d'Orient et d'Occident – qu'on pourrait à juste titre y voir un musée. Au centre de la pièce, la masse d'une immense armoire semble une apparition d'un autre monde – et capable à ce qu'il semble, d'engloutir le nôtre. Le dessin d'une cloche est sculpté dans l'épaisseur des énormes portes, et l'armoire elle-même est recouverte d'une profusion de motifs baroques. Il va de soi que tout ce que la boutique contient d'autres objets est entièrement éclipsé par un tel prodige; aussi peuvent-ils être représentés simplement par une toile de fond.

Il y a cinq chaises sur la scène. Y sont assis des hommes et des femmes visiblement aisés qui écoutent l'antiquaire décrire l'armoire, à laquelle il fait face. Ces cinq clients privilégiés sont venus sur invitation pour les enchères d'aujourd'hui.

L'ANTIQUAIRE : Ayez la bonté de regarder par ici. Nous avons ici quelque chose d'absolument unique, tant en Orient qu'en Occident, aux temps anciens ou aux temps modernes, une armoire dont le caractère transcende tout usage ordinaire. Les objets que nous vous proposons ont tous été, sans exception, créés par des artistes qui n'avaient que mépris pour les basses idées d'utilité, mais ces créations trouvent leur raison d'être dans l'usage, mesdames et messieurs, que vous leur découvrez. Les gens ordinaires se contentent de produits standard. On achète un meuble comme on achète un animal domestique – parce qu'il convient à la situation et qu'on le voit partout. Ce qui explique l'engouement pour tables et chaises de fabrication industrielle, pour les postes de télévision, et les machines à laver.

Mais vous, en revanche, mesdames et messieurs, vous avez le goût trop raffiné et trop éloigné de ce qui plaît aux masses, pour même daigner jeter un coup d'œil à un animal domestique – je suis sûr que vous préféreriez infiniment un animal sauvage. Ce que vous avez aujourd'hui devant vous dépasse tout à fait l'entendement d'un homme ordinaire, et n'était l'élégance et la hardiesse de vos goûts, personne n'y ferait attention. Voici, exactement, l'animal sauvage dont je vous parlais.

L'HOMME A : C'est en quoi?

L'ANTIQUAIRE : Pardon?

L'HOMME A : En quelle sorte de bois?

L'ANTIQUAIRE, *il cogne du doigt l'armoire* : Authentique et indiscutable acajou – la sonorité le prouve, acajou authentique et indiscutable. Et pardonnez-moi ma liberté, mais auriez-vous la bonté de me dire, simplement pour information, combien à peu près vous avez de complets?

L'HOMME A : Cent cinquante.

LA FEMME B : Trois cents... oh peut-être trois cent soixante-dix.

L'HOMME C : Je n'ai jamais compté.

LA FEMME D : Trois cent soixante et onze.

L'HOMME E : Sept cents.

L'ANTIQUAIRE : Ça ne m'étonne pas. Même de pareils chiffres ne m'étonnent pas. Mais que vous possédiez sept cents complets ou un millier, tous tiendront sans la moindre difficulté dans cette armoire. Si vous voulez vous donner la peine de regarder à l'intérieur *(lui-même y jette un bref coup d'œil)*, vous verrez quel extraordinaire espace. Ce n'est pas tout à fait un court de tennis, mais il y a bien assez de place pour des exercices. Les quatre parois sont entièrement tapissées de miroirs et il y a aussi un éclairage électrique. On peut entrer, choisir le costume qu'on désire, et s'habiller, sans sortir de l'armoire. Entrez, je vous en prie, n'hésitez pas. Oui, regardez bien. Tout le monde aura son tour, ne vous bousculez pas. Faites la queue, s'il vous plaît.

Les cinq clients font la queue pour regarder l'un après l'autre l'intérieur de l'armoire.

L'HOMME A, *rien ne l'étonne; il se tourne vers l'antiquaire après avoir regardé* : Elle est à qui?

L'ANTIQUAIRE : Pardon?

L'HOMME A : Je veux dire, à qui l'avez-vous achetée?

L'ANTIQUAIRE : A une collection particulière connue. Je ne peux pas en dire plus. Très grande famille d'avant-guerre, comme on en compte sur les doigts d'une main. Depuis, bien sûr – il y en a beaucoup d'exemples, n'est-ce pas, nous en connaissons tous, beaucoup de cas semblables, et c'est très scandaleux – cette famille a subi des revers, et ils ont été obligés...

L'HOMME A : Je comprends. Inutile d'en dire plus. *(Il retourne s'asseoir.)*

LA FEMME B, *regarde à l'intérieur et pousse un cri* : Grand Dieu! On pourrait y mettre un lit à deux places!

L'ANTIQUAIRE : Oui, vous avez tout à fait raison. Un lit à deux places. Très juste.

L'HOMME C : On dirait mon tombeau de famille. Il y a la place pour cent et même deux cents urnes là-dedans.

L'ANTIQUAIRE, *l'air dégoûté* : Bonne plaisanterie.

LA FEMME D, *elle regarde à l'intérieur* : A quoi sert la clé?

L'ANTIQUAIRE : La clé? L'armoire se ferme de dehors ou de dedans, comme on veut.

LA FEMME D : De l'intérieur?

L'ANTIQUAIRE, *gêné* : Je ne sais pas pourquoi, mais c'est commc ça.

LA FEMME D : Mais pourquoi voudrait-on la fermer de l'intérieur?

L'ANTIQUAIRE : Vous savez... *(il a un sourire entendu)* je suis sûr qu'il y a une raison. Après tout, c'est assez grand pour y mettre un lit.

L'HOMME E, *il regarde à l'intérieur* : Hum... Etonnamment petit, non?

L'ANTIQUAIRE : Petit?

L'HOMME E : Etonnamment.

L'ANTIQUAIRE : Vous trouvez? Chacun son point de vue, monsieur, bien sûr. *(Ils se réinstallent sur leurs chaises avec beaucoup de mouvements et presque de bousculade.)* Bon. Alors, mesdames et messieurs, vous l'avez bien vue maintenant. Je ne voudrais pas vous presser, mais je me propose de commencer maintenant les enchères. Quelle est la première offre? Je vous en prie, parlez. N'importe lequel d'entre vous. *(Tous se taisent.)* Allons, voyons, est-ce que personne ne veut dire un prix?

L'HOMME A : Cinquante mille yens.

L'ANTIQUAIRE : J'ai cinquante mille yens.

LA FEMME B : Cinquante et un mille yens.

L'ANTIQUAIRE : Cette dame enchérit à cinquante et un mille yens.

L'HOMME C : Cent mille yens.

L'ANTIQUAIRE : J'ai ici cent mille yens.

LA FEMME D : Cent cinquante mille yens.

L'ANTIQUAIRE : Enchère de cent cinquante mille yens.

L'HOMME E : Cent quatre-vingt mille yens.

L'ANTIQUAIRE : Oui, cent quatre-vingt mille yens.

UNE VOIX, *voix de femme, à droite de la scène* : Trois mille yens. *(Ils se retournent tous.)*

L'HOMME A : Trois mille cinq cents yens.

L'ANTIQUAIRE : Enchère à trois mille cinq cents yens. Comment? Qu'est-ce qui se passe? Je crois que vous avez mal entendu, monsieur. L'enchère était de cent quatre-vingt mille yens. La dernière enchère : cent quatre-vingt mille yens.

L'HOMME A : Très bien. Cent quatre-vingt-dix mille yens.

L'ANTIQUAIRE : J'ai cent quatre-vingt-dix mille yens.

L'HOMME C : Deux cent cinquante mille yens.

L'ANTIQUAIRE : L'enchère est à deux cent cinquante mille yens.

L'HOMME E : Trois cent mille yens.

L'ANTIQUAIRE : Nous sommes à trois cent mille yens.

LA FEMME B : Trois cent cinquante mille yens.

LA FEMME D : Trois cent soixante mille yens.

LA FEMME B, *exaspérée* : Enfin! Cinq cent mille yens.

LA FEMME D : Cinq cent dix mille yens.

LA FEMME B : Encore! Un million de yens.

LA FEMME D : Un million dix mille yens.

LA FEMME B : C'est trop fort! Deux millions de yens.

LA FEMME D : Deux millions dix mille yens.

LA FEMME B : Mais quel culot! Trois millions de yens.

LA FEMME D : Trois millions dix mille yens.

LA FEMME B : Oh...

LA VOIX, *la même voix de femme, venant de la droite de la scène* : Trois mille yens. Trois mille yens.

Tous regardent vers la droite avec diverses exclamations de surprise. Une belle jeune femme entre tranquillement. C'est Kiyoko, une danseuse.

L'ANTIQUAIRE : Qui êtes-vous? J'en ai assez de vos bizarres plaisanteries. C'est bien le moment! Vraiment, vous exagérez dans la bêtise. Et d'abord qui êtes-vous?

KIYOKO : Vous voulez savoir mon nom? Je m'appelle Kiyoko. Je suis danseuse.

Les hommes A, C et E la regardent avec énormément d'intérêt.

L'ANTIQUAIRE : Danseuse! Je ne me rappelle pas vous avoir demandé de venir. C'est une vente réservée aux invités. Vous n'avez pas vu la pancarte à la porte : « Sur invitation seulement »?

KIYOKO : Le vent avait retourné la pancarte. D'ailleurs, j'ai toutes les bonnes raisons d'être ici, même si je ne suis pas invitée.

L'ANTIQUAIRE : Vous l'entendez! Allez, allez-vous-en tout de suite. Je vous laisse partir, je n'appelle pas la police.

L'HOMME A : Pourquoi ne resterait-elle pas? Elle a sans doute de vraies raisons de rester. Ne lui criez pas dessus comme ça.

L'ANTIQUAIRE : Peut-être, monsieur, mais...

L'HOMME A : Qu'est-ce que vous venez faire ici, jeune fille?

KIYOKO : Je ne suis pas une jeune fille. Je ne suis qu'une danseuse.

L'HOMME C : Bravo. Elle dit danseuse.

L'HOMME E : Danseuse. Admirable métier. Nous réconforte tous. Bénédiction sans prix.

LA FEMME B : Qu'est-ce que ça veut dire d'offrir trois mille yens?

LA FEMME D : Trois mille et un yens.

LA FEMME B : Ce qu'elle peut être exaspérante! *(A Kiyoko, doucereuse :)* Vous avez dit que vous vous appelez Kiyoko, n'est-ce pas? Pourquoi offrir trois mille yens? Venez nous expliquer ça.

KIYOKO : Trois mille yens... *(Elle s'avance au milieu de la scène.)* Trois mille yens, c'est tout ce que vaut cette armoire.

L'ANTIQUAIRE, *consterné* : Ecoutez un peu. Vous continuez vos imbécillités et vous filez à la police.

L'HOMME A, *à l'antiquaire* : Ecoutez tranquillement ce qu'elle a à dire.

L'antiquaire se tait.

KIYOKO : Quand vous connaîtrez l'histoire de

cette énorme et bizarre armoire, je ne crois pas que personne ici ait envie de l'acheter.

L'HOMME C : Il y a une histoire?

L'ANTIQUAIRE, *il glisse vivement de l'argent dans une enveloppe* : Tenez, prenez ça et filez. Ça suffit, allez, tout de suite.

L'HOMME A : Laissez-la parler. Si vous ne la laissez pas parler, on se dira que vous connaissez l'histoire. Est-ce que vous essayez de nous vendre une marchandise douteuse?

KIYOKO, *qui refuse l'argent* : Je vais vous raconter. Cette armoire appartenait à la famille Sakurayama. *(Tout le monde s'agite.)* Mme Sakurayama y cachait son jeune amant. L'amant s'appelait Yasushi. Un jour le mari jaloux – c'était un homme effrayant – entendit du bruit dans l'armoire. Il sortit son revolver, et tira, de dehors, sans un mot. Il tira et tira jusqu'à ce que s'arrêtent les cris épouvantables. Le sang ruisselait à grands flots sous la porte. Regardez. *(Elle montre la porte.)* On ne voit pas très bien à cause des sculptures, mais les trous faits par les balles sont là. On les a très habilement bouchés avec du bois de la même teinte, mais on les voit quand même. On a lavé à l'intérieur toutes les traces de sang, on a raboté et repeint la porte... Vous avez tous lu dans le journal ce qui s'est passé, n'est-ce pas? *(Ils sont tous absolument silencieux.)* Vous avez encore envie de l'acheter aussi cher? Non, je suis sûre que même si on vous faisait cadeau de l'armoire vous n'en voudriez pas. Trois mille yens est un bon prix. Même à trois mille yens il ne doit pas y avoir beaucoup de gens à part moi qui voudraient l'acheter.

LA FEMME B : Hou! Quelle horreur! Je vous remercie vraiment de nous en avoir parlé. Autrement, j'aurais dépensé une fortune pour quelque chose d'atroce. Vous dites que vous vous appelez Hisako?

KIYOKO : Non, Ki-yo-ko.

LA FEMME B : Parfaitement. Hisako, c'est le nom de ma fille. Kiyoko, je vous remercie vraiment beaucoup. Je pense que maintenant ce qu'il y a de mieux à faire est de partir le plus vite possible. Je me demande si mon chauffeur m'attend. Je le lui avais dit. *(Elle s'aperçoit tout à coup que la femme D a déjà disparu.)* Oh, vous connaissez des gens aussi mal élevés? S'en aller comme ça sans un mot. Elle essaie toujours d'en faire plus que moi, même quand il s'agit de s'en aller. L'impossible bonne femme! *(En parlant, elle sort par la droite.)*

Les hommes A, C et E s'approchent tous de Kiyoko et lui tendent leurs cartes.

L'HOMME A : Vous m'avez économisé pas mal d'argent. Merci beaucoup. Je voudrais vous inviter à dîner – rien de spécial, naturellement – simplement pour vous prouver que j'apprécie.

L'HOMME C : Mademoiselle, je vous invite dans un très bon restaurant français.

L'HOMME E : Et si l'on allait danser? Hein? Après avoir dîné ensemble?

KIYOKO : Je vous remercie bien tous, mais j'ai quelque chose à discuter avec le propriétaire.

L'HOMME A, *avec les mouvements brusques d'un homme à la décision prompte, sort de l'argent de son portefeuille et le tend à l'antiquaire* : Compris? Vous n'allez pas faire d'histoires. Vous allez écouter tranquillement, comme un père, ce que cette jeune fille veut vous dire. Plus d'idioties d'appel à la police. Compris? *(Il sort un crayon de sa poche et s'adresse à Kiyoko :)* Jeune fille, faites-moi savoir tout de suite si cet homme vous insulte ou vous menace de la police. Voulez-vous me montrer les cartes que nous vous avons données? *(Kiyoko lui montre les cartes.)* Voilà. *(Il en prend une.)* C'est la mienne. J'y fais une croix pour que vous ne vous trompiez pas. *(Il fait une marque au crayon.)* J'attendrai votre appel quand vous en aurez fini. Vous pourrez me joindre à ce numéro pendant encore deux heures. *(Il rend la carte. C et E, désarçonnés par la tournure des événements, font la tête.)* Vous viendrez, n'est-ce pas? Je tiens beaucoup à vous emmener dîner, pour montrer combien j'apprécie.

KIYOKO : En admettant que je vous appelle...

L'HOMME A : Oui?

KIYOKO : En admettant que je vous appelle... vous auriez encore envie de me voir si j'avais la figure tout à fait changée?

L'HOMME A : Beaucoup d'esprit, jeune fille, beaucoup d'esprit, bien sûr. Je ne vois pas tout à fait, mais enfin...

KIYOKO : Même si j'étais devenue une horrible sorcière?

L'HOMME A : Toutes les femmes ont plusieurs visages. A mon âge il en faut davantage pour me surprendre. Bon. A tout à l'heure.

A disparaît avec bonne humeur. C et E le suivent à contrecœur.

L'ANTIQUAIRE : Vous êtes une vraie petite terreur, hein? *(Kiyoko fait demi-tour pour rejoindre A. L'antiquaire, effrayé, l'arrête.)* Ne vous énervez pas. Moi-même je suis un peu tendu... Vous avez dit que vous étiez danseuse. *(En aparté :)* Danseuse, tu parles. J'imagine bien le genre de danseuse qu'elle doit être.

KIYOKO : S'il vous plaît, écoutez ce que j'ai à vous dire sans m'interrompre.

L'ANTIQUAIRE, *il s'assoit sur une des chaises* : Très bien. Je vous écoute. Je n'interromprai pas. Mais se dire que quelqu'un d'aussi jeune, au visage aussi beau, aussi doux...

KIYOKO : Oui. C'est de ça que je veux vous parler, de mon beau et doux visage.

L'ANTIQUAIRE, *en aparté* : Elles ne manquent pas de toupet, les filles, aujourd'hui!

KIYOKO : Yasushi était mon amant.

L'ANTIQUAIRE : Le jeune homme qui a été tué dans l'armoire?

KIYOKO : Oui. Il était mon amant, mais il m'a laissée tomber pour devenir l'amant de Mme Sakurayama, qui avait dix ans de plus que lui. C'était – oui, c'est bien ça – c'était le genre d'homme qui préfère toujours être aimé.

L'ANTIQUAIRE : Mauvaise affaire pour vous.

KIYOKO : Je croyais que vous aviez dit que vous n'alliez pas m'interrompre. Peut-être, je n'en suis pas sûre, mais peut-être est-ce mon amour qui l'a fait fuir. Oui, cela se pourrait bien. A une liaison franche, heureuse, facile, il a préféré le secret, le malaise, la peur – tout cet aspect-là de l'amour. C'était un garçon si beau. Quand nous nous promenions ensemble, tout le monde disait que nous formions un couple parfaitement assorti. Quand nous nous promenions ensemble, le ciel bleu, les arbres du parc, les oiseaux – tout était heureux de nous accueillir. Le ciel bleu et le ciel étoilé de la nuit, on aurait dit qu'ils nous appartenaient. Et pourtant il a préféré l'intérieur d'une armoire.

L'ANTIQUAIRE : L'armoire est tellement énorme. Peut-être y a-t-il à l'intérieur un ciel étoilé, et une lune qui se lève dans un coin et se couche dans un autre.

KIYOKO : Oui, il dormait dans l'armoire, s'y réveillait, et parfois y prenait ses repas. Dans cette étrange pièce sans fenêtre, dans cette pièce où jamais ne soufflait le vent, où jamais ne murmuraient les arbres, une pièce comme un cercueil, comme une tombe où il était enterré vivant. Pièce de plaisir et de mort, où l'enveloppaient constamment le parfum dont se servait la femme, et l'odeur de son propre corps... Il avait une odeur de jasmin.

L'ANTIQUAIRE, *que le récit échauffe un peu* : Enseveli non parmi les fleurs, mais parmi les vêtements, suspendus sous les cintres innombrables.

KIYOKO : Fleurs de dentelle, fleurs de satin, fleurs froides et mortes, et violemment parfumées.

L'ANTIQUAIRE, *en aparté* : Diablement intéressant. J'aimerais bien mourir comme ça.

KIYOKO : Il est mort exactement comme il espérait mourir. Maintenant je l'ai bien compris. Et pourtant, pourquoi l'a-t-il fait? Qu'est-ce qu'il voulait fuir? A quoi essayait-il d'échapper, si désespérément qu'il préférait mourir?

L'ANTIQUAIRE : J'ai bien peur de ne pouvoir vous aider à répondre.

KIYOKO : Je suis sûre que c'est à moi qu'il voulait échapper. *(Tous deux se taisent.)* Dites-moi, qu'est-ce qui a pu l'y pousser? A me fuir, à fuir un si beau et doux visage? Peut-être que sa propre beauté lui apportait tout ce qu'il en pouvait supporter.

L'ANTIQUAIRE : Vous n'avez pas à vous plaindre. Il y a des femmes qui passent leur vie à se fâcher contre leur propre laideur. Et toutes celles qui regrettent leur jeunesse. Vous avez la beauté et la jeunesse, et vous vous plaignez. C'est trop demander.

KIYOKO : Personne d'autre n'a jamais fui ma jeunesse et ma beauté. Il a dédaigné mes deux seuls trésors.

L'ANTIQUAIRE : Il n'y a pas que Yasushi au monde, vous savez. En tout cas, il devait avoir des goûts anormaux. Voyez, quelqu'un comme moi, qui ai des goûts parfaitement sains... *(Il avance la main vers elle.)*

KIYOKO, *elle lui frappe vivement la main* : Arrêtez. Le désir sur un autre visage que le sien me soulève le cœur. J'ai l'impression de voir un crapaud... Regardez-moi bien. Je suis devenue vieille, n'est-ce pas?

L'ANTIQUAIRE : Vous me faites rire. Votre jeunesse...

KIYOKO : Mais je suis laide?

L'ANTIQUAIRE : Si vous êtes laide, c'est que la beauté des femmes a disparu de la terre.

KIYOKO : Vous avez échoué aux deux questions. Si vous aviez répondu que j'étais vieille et laide, qui sait, je me serais peut-être donnée à vous.

L'ANTIQUAIRE : Moi aussi je connais un peu la psychologie des femmes. Maintenant je suis supposé répondre : « Qu'est-ce que vous racontez? Même en péril de mort je ne pourrais prononcer pareil mensonge, dire que vous êtes vieille et laide. » Je n'ai pas raison?

KIYOKO : Vous êtes bien ennuyeux. Qu'est-ce qu'il y a dans mon visage qui plaît aux hommes, que je ne peux pas souffrir? Je voudrais m'arracher la peau de mes propres mains – c'est le seul rêve, la seule idée qui me reste maintenant. Je me demande quelquefois s'il ne m'aurait pas mieux aimée si ma figure était devenue abominablement hideuse et repoussante.

L'ANTIQUAIRE : Ces rêves cinglés des êtres jeunes et beaux! Il y a bien longtemps que je suis immunisé contre ces imaginations sans bon sens.

Le ressentiment, jeune fille, est un poison qui détruit tous les principes raisonnables, et vous gâche votre bonheur.

KIYOKO : Le ressentiment! Vous croyez me résumer avec ce seul mot. Ce n'est pas dans ce monde-là que je vis. Quelque chose manquait quelque part – un engrenage – qui aurait permis à la machine de marcher sans accroc, à lui et à moi de nous aimer pour toujours. J'ai découvert l'engrenage qui manquait. C'était mon visage devenu hideux.

L'ANTIQUAIRE : Le monde est plein d'engrenages qui manquent. Pour votre machine je ne sais pas, mais il me semble à moi, au moins pour ce qui en est de notre globe, que la seule chose qui le fasse tourner sans accroc, c'est le fait qu'ici et là manquent des engrenages.

KIYOKO : Pourtant, si mon rêve se réalisait...

L'ANTIQUAIRE : Ça ne le ferait sûrement pas revenir à la vie.

KIYOKO : Vous vous trompez. Je crois que si.

L'ANTIQUAIRE : Vous réclamez des choses de plus en plus impossibles. Vous venez d'inventer quelque chose de véritablement horrible. La négation de la nature, voilà ce que vous cherchez.

KIYOKO : De temps en temps même un misérable vieil avare comme vous est capable de dire quelque chose d'intelligent. Vous avez parfaitement raison. Mon ennemie, ma rivale, n'était pas Mme Sakurayama. C'était la nature elle-même, mon beau visage, le murmure des bois autour de nous, la gracieuse forme des pins, le bleu du ciel lavé par la pluie. Oui, tout ce qui était sans artifice était l'ennemi de notre amour. Alors il m'a quittée pour se réfugier dans cette armoire, dans un monde recouvert de vernis, privé de fenêtres, éclairé seulement par une ampoule électrique.

L'ANTIQUAIRE : Je suppose que c'est pour cela que vous tenez tellement à acheter l'armoire – vous voulez essayer d'y retrouver votre amant disparu.

KIYOKO : Oui. Et je vais dire les choses. Je vais raconter l'histoire de cette armoire à tous les gens qui pourraient vouloir l'acheter. Je leur enlèverai leurs illusions. Il me faut cette armoire, et à mon prix, trois mille yens.

Comme elle achevait ces mots, on entendit, venant de la gauche, d'étranges cris inarticulés, semblables à ceux que poussent les batteurs dans les pièces nô, ainsi que des sons ressemblant aux tambours et aux flûtes du nô. Ce tumulte accompagne le dialogue de la scène qui suit, où les deux interlocuteurs discutent le prix de l'armoire, et lui communique le rythme du nô.

L'ANTIQUAIRE : Bon Dieu! Voilà que ces cris de cinglés et ces pilonnements recommencent dans l'usine. Ça se passe quelquefois quand j'ai des clients, et ça me rend enragé. Un de ces jours il va falloir que j'achète la bâtisse pour me débarrasser de l'usine. Le bruit de la production – c'est comme ça que nos industriels l'appellent. Les malheureux imbéciles, ils vivront toute leur vie sans jamais comprendre une chose toute simple, qu'un objet n'acquiert une valeur qu'à mesure qu'il vieillit, qu'il se démode et ne sert plus à rien. Ils fabriquent aussi vite qu'ils peuvent leur camelote bon marché, et après une existence accablée par la pauvreté, ils meurent, et on n'en parle plus.

KIYOKO : Je vous l'ai répété cent fois. Je l'achète trois mille yens.

L'ANTIQUAIRE : Trois millions de yens.

KIYOKO : Non, non, trois mille yens.

L'ANTIQUAIRE : Deux millions de yens.

KIYOKO, *elle tape du pied en mesure avec le rythme nô* : Non, non, trois mille yens.

L'ANTIQUAIRE : Cinq cent mille yens.

KIYOKO : Trois mille yens, trois mille yens.

L'ANTIQUAIRE : Cinq cent mille yens.

KIYOKO : Trois mille yens, trois mille yens, trois mille yens.

L'ANTIQUAIRE : Quatre cent mille yens.

KIYOKO : Quand je dis trois mille yens, c'est trois mille yens que je veux dire.

L'ANTIQUAIRE : Trois cent mille yens.

KIYOKO : Faites un effort, un seul grand effort. Descendez à mon niveau, descendez tout à fait. Quand vous aurez fait le plongeon jusqu'à trois mille yens, vous vous sentirez tellement mieux. Allez-y, il ne vous faut qu'un mot. Trois mille yens.

L'ANTIQUAIRE : Deux cent mille yens.

KIYOKO : Non, non, trois mille yens.

L'ANTIQUAIRE : Cent mille yens.

KIYOKO : Non, non, trois mille yens.

L'ANTIQUAIRE : Cinquante mille yens.

KIYOKO : Non, trois mille yens, trois mille yens, trois mille yens.

L'ANTIQUAIRE : Cinquante mille yens. Je ne rabattrai pas d'un sou.

KIYOKO : Trois mille yens.

L'ANTIQUAIRE : Cinquante mille yens, cinquante mille yens, cinquante mille yens.

KIYOKO, *qui faiblit un peu* : Trois mille yens.

L'ANTIQUAIRE : Cinquante mille yens est mon tout dernier prix. Je ne rabattrai plus d'un sou.

KIYOKO : Vous êtes sûr?

L'ANTIQUAIRE : J'ai dit cinquante mille yens, et c'est cinquante mille yens.

KIYOKO, *faiblissant* : Je n'ai pas assez d'argent.

L'ANTIQUAIRE : Je vous l'offre au prix qu'elle m'a coûté. Si vous n'avez pas l'argent ce n'est pas ma faute.

Le tumulte cesse tout à fait.

KIYOKO : Rien ne vous fera changer d'avis?

L'ANTIQUAIRE : Cinquante mille yens. C'est ma dernière offre. Cinquante mille yens.

KIYOKO : Je n'en ai pas les moyens. Je voulais l'acheter pour l'installer dans mon minuscule appartement, et m'y asseoir pour penser à lui jusqu'à ce que mon visage soit devenu hideux – voilà ce que j'avais rêvé. Mais si je ne peux pas l'acheter, c'est bien quand même. *(Elle recule lentement vers l'armoire.)* Oui, si je ne peux pas l'avoir, c'est parfait. Ce n'est vraiment pas indispensable de rapporter l'armoire de si loin à mon appartement pour que ma jalousie, mes rêves et mes douleurs et mes angoisses y détruisent mon visage. Je peux le faire ici, sans rien bouger...

L'ANTIQUAIRE : Qu'est-ce que vous faites?

KIYOKO : Tout va bien. Quand vous me reverrez, vous serez mort de peur!

Kiyoko se retourne et se glisse dans l'armoire. Les portes se referment avec un bruit terrifiant. L'antiquaire épouvanté essaie de les rouvrir, en vain.

L'ANTIQUAIRE : Bon Dieu. Elle a fermé de l'intérieur. *(Il cogne en fureur sur la porte. Aucune réponse. Calme absolu.)* La sale garce. Elle m'a glissé entre les mains et maintenant elle est arrivée à... Ça ne lui suffisait pas de se mêler de mes affaires et de me faire perdre une fortune. Maintenant par-dessus le marché elle essaie d'abîmer l'armoire, qui n'est déjà pas en bon état. Qu'est-ce que j'ai bien pu faire pour mériter ça. Bon Dieu. On ne peut pas savoir ce qu'elle va inventer à l'intérieur de cette armoire. *(Il colle une oreille à la porte.)* Qu'est-ce qu'elle peut bien faire là-dedans? C'est un jour maudit pour moi... Je n'entends rien. Pas un bruit. C'est comme de poser l'oreille sur une cloche. Les épaisses parois de fer sont absolument silencieuses, et pourtant la réverbération peut vous rendre sourd. Il n'y a pas un bruit... Elle ne pourrait pas être en train de se défigurer... Non, ce n'était qu'une menace, un chantage pour profiter de ma faiblesse. *(Il colle à nouveau son oreille contre la porte.)* Pourtant, qu'est-ce qu'elle peut bien faire? J'en ai de bizarres frissons. Oh – elle a allumé. Son visage se reflète dans les miroirs tout autour d'elle, qui est silencieuse, ne dit pas un mot. Brr – il y a là quelque sorcellerie... Non, ce n'était qu'une menace. *(Comme s'il avait un pressentiment :)* Ce n'était qu'une menace. Il n'y a pas de raison de penser qu'elle ferait vraiment une chose pareille.

De la droite de la scène se précipite le gérant de l'immeuble où habite Kiyoko.

LE GÉRANT : Est-ce qu'une danseuse qui s'appelle Kiyoko est venue ici? Une belle jeune fille. Elle s'appelle Kiyoko.

L'ANTIQUAIRE : Kiyoko? Qui êtes-vous?

LE GÉRANT : Je suis le gérant de l'immeuble où elle habite. Vous êtes sûr qu'elle n'est pas venue ici? Si elle vient...

L'ANTIQUAIRE : Doucement, doucement, ne vous énervez pas comme ça. Et alors, si elle vient?

LE GÉRANT : Son ami me dit qu'elle vient de voler dans une boutique une bouteille d'acide sulfurique. Il est pharmacien.

L'ANTIQUAIRE : D'acide sulfurique?

LE GÉRANT : Il dit qu'elle s'est sauvée en courant la bouteille à la main. Je la cherche partout. Un homme que j'ai croisé m'a dit qu'il l'avait vue entrer dans votre boutique?

L'ANTIQUAIRE : De l'a... acide?

LE GÉRANT : Son amant a été tué il n'y a pas longtemps. Une fille aussi exaltée, on ne sait pas de quoi elle est capable. C'est ça qui m'inquiète.

Imaginez qu'elle le jette à la figure de quelqu'un.

L'ANTIQUAIRE : Vous croyez qu'elle ferait ça? *(Il a un mouvement de recul épouvanté et se prend le visage dans les mains...)* Non, ce n'est pas ce qu'elle veut faire. Elle veut le jeter à son propre visage.

LE GÉRANT : Quoi!

L'ANTIQUAIRE : Oui, elle veut se défigurer. Quelle horrible chose! Ce si beau visage. Elle veut le suicide de son visage.

LE GÉRANT : Mais pourquoi faire une chose pareille?

L'ANTIQUAIRE : Vous ne comprenez pas ce que je dis? *(Il montre du doigt l'armoire.)* Kiyoko est là-dedans. Elle a fermé de l'intérieur.

LE GÉRANT : C'est épouvantable. Il faut la faire sortir de là.

L'ANTIQUAIRE : La porte est solide comme un roc.

LE GÉRANT : Quand même, il faut faire quelque chose. *(Il cogne sur la porte.)* Kiyoko! Kiyoko!

L'ANTIQUAIRE : Pareil visage devenir un visage de sorcière! C'est vraiment un jour maudit! *(Il cogne lui aussi sur la porte.)* Sortez de là! Ne nous faites pas d'ennuis. Sortez de là!

LE GÉRANT : Kiyoko! Mademoiselle Kiyoko!

On entend venant de l'intérieur de l'armoire un hurlement atroce. Les deux hommes se décomposent. Silence terrible. L'antiquaire au bout de quelque temps joint les mains en un geste incons-

cient de prière. Il s'arrache les mots de la bouche.

L'ANTIQUAIRE : Sortez, je vous en conjure. L'armoire ne me sert plus à rien. Je vous la cède pour trois mille yens. Trois mille yens, pas plus. Je vous la laisse. Je vous en supplie sortez. *(La porte finit par s'ouvrir avec un grincement déchirant. L'antiquaire et le gérant font un bond en arrière. Kiyoko apparaît, le flacon à la main. Son visage est intact.)* Votre visage – il ne s'est rien passé!

LE GÉRANT : Dieu merci.

L'ANTIQUAIRE : Dieu merci, mon œil. Je n'ai pas prévu ça. Vous trichez. Faire peur aux gens comme ça – j'aurais pu avoir une attaque. Il n'y a pas de quoi rire.

KIYOKO, *calmement* : Je n'ai pas triché avec vous. J'avais vraiment l'intention de me jeter l'acide au visage.

L'ANTIQUAIRE : Alors pourquoi ce hurlement?

KIYOKO : J'ai allumé à l'intérieur de l'armoire. J'ai vu mon visage reflété dans les miroirs tout autour de moi, et les reflets des reflets de mon visage dans le miroir reflétés par le miroir suivant, et ces reflets reflétés encore. Miroirs qui reflétaient des miroirs, qui reflétaient mon profil, et les miroirs se reflétaient encore. Mon visage infiniment répété, et qui n'en finissait pas d'être partout... Il faisait si froid à l'intérieur de l'armoire. J'attendais. Je me demandais si parmi tous ces visages qui étaient le mien, le sien n'allait pas tout à coup apparaître.

L'ANTIQUAIRE, *avec un frisson* : Et il est apparu?

KIYOKO : Il n'est pas apparu. Sur toute l'étendue de la terre. Sur toute la mer, et jusqu'au bout du monde, mon visage, et seulement mon visage. J'ai débouché la bouteille et je me suis dévisagée dans le miroir. Je me suis dit, et si mon visage défiguré par l'acide se reflétait sans fin jusqu'aux extrémités du monde? Je me suis vue tout à coup telle que je serais, une fois défigurée par l'acide, horrible visage de sorcière, ravagé et purulent.

L'ANTIQUAIRE : Alors vous avez crié?

KIYOKO : Oui.

L'ANTIQUAIRE : Parce que vous n'aviez plus le courage de vous jeter de l'acide au visage, n'est-ce pas?

KIYOKO : Non. Je suis revenue à moi et j'ai revissé le bouchon sur la bouteille, pas du tout parce que j'avais perdu courage, mais parce que je m'étais rendu compte que même une abominable douleur – telle que je l'avais subie – jalousie, colère, inquiétude – ne suffisait pas à changer un visage humain, et que quoi qu'il puisse arriver, mon visage était mon visage.

L'ANTIQUAIRE : Vous voyez, on ne gagne rien à combattre la nature.

KIYOKO : Ce n'est pas une défaite. C'est une réconciliation avec la nature.

L'ANTIQUAIRE : Façon commode de voir les choses.

KIYOKO : Mais c'est vrai que je suis réconciliée. *(Elle laisse tomber la bouteille. L'antiquaire se hâte de la repousser sur le côté.)* Nous sommes au printemps, n'est-ce pas? Je m'en rends compte maintenant. Pendant tellement, tellement longtemps, depuis qu'il avait disparu dans cette armoire, les saisons pour moi n'avaient plus eu de sens. *(Elle renifle l'air autour d'elle.)* C'est l'apogée du printemps. Même dans cette vieille boutique poussiéreuse on sent l'odeur – d'où vient-elle? – de la terre au printemps, des plantes et des arbres et des fleurs. Les fleurs des cerisiers doivent être en pleine gloire. Des nuages de fleurs, et les pins, rien d'autre. Le vert vigoureux des branches dans le brouillard des fleurs, le dessin net parce qu'elles n'ont jamais rêvé. Les oiseaux chantent. *(On entend un gazouillis d'oiseaux.)* Le chant des oiseaux est un rayon de soleil qui traverse les murs les plus épais. Même ici où nous sommes le printemps s'impose à nous sans relâche, avec ses fleurs de cerisier innombrables, et ses innombrables chants d'oiseaux. Les plus petites branches en portent autant qu'elles peuvent et se laissent fléchir avec délices sous le poids enchanteur. Et le vent – je sens dans le vent le parfum de son corps vivant. J'avais oublié. C'était le printemps!

L'ANTIQUAIRE : Voulez-vous avoir l'amabilité d'acheter l'armoire et de partir?

KIYOKO : Vous avez dit tout à l'heure que vous me la laissiez à trois mille yens, n'est-ce pas?

L'ANTIQUAIRE : Ne dites pas de bêtises. C'était

seulement au cas où vous vous seriez défigurée. Le prix est toujours cinq cent mille yens. Non, six cent mille yens.

KIYOKO : Je n'en veux pas.

L'ANTIQUAIRE : Vous n'en voulez pas!

KIYOKO : Exactement. Je n'en veux réellement plus. Vendez-la à un riche imbécile. Ne vous inquiétez pas. Je ne vous ferai plus d'histoires.

L'ANTIQUAIRE : Eh bien, Dieu merci!

LE GÉRANT : Revenez avec moi à l'appartement. Il va falloir voir votre ami le pharmacien pour vous excuser de l'avoir inquiété. Puis vous devriez aller dormir. Vous devez être épuisée.

KIYOKO, *elle sort de son sac une carte qu'elle examine* : Non, tout de suite j'ai un rendez-vous.

L'ANTIQUAIRE : Oui, avec ce monsieur-là, maintenant.

KIYOKO : Oui, avec ce monsieur-là, maintenant.

L'ANTIQUAIRE : Si vous y allez, il va vous en faire voir.

KIYOKO : Ça ne m'inquiète pas. Rien ne peut m'ennuyer, maintenant, quoi qu'il arrive. Qui voulez-vous qui puisse m'atteindre, maintenant?

LE GÉRANT : Le printemps est une saison dangereuse.

L'ANTIQUAIRE : Vous allez vous détruire. Vous allez vous déchirer le cœur. Vous finirez par ne plus rien pouvoir éprouver.

KIYOKO : Mais rien de ce qui peut m'arriver ne pourra jamais me changer le visage.

Kiyoko prend dans son sac un bâton de rouge, qu'elle se passe sur les lèvres, puis tourne le dos aux deux hommes, qui la regardent sans un geste, et brusquement elle se précipite vers la droite, rapide comme le vent.

RIDEAU

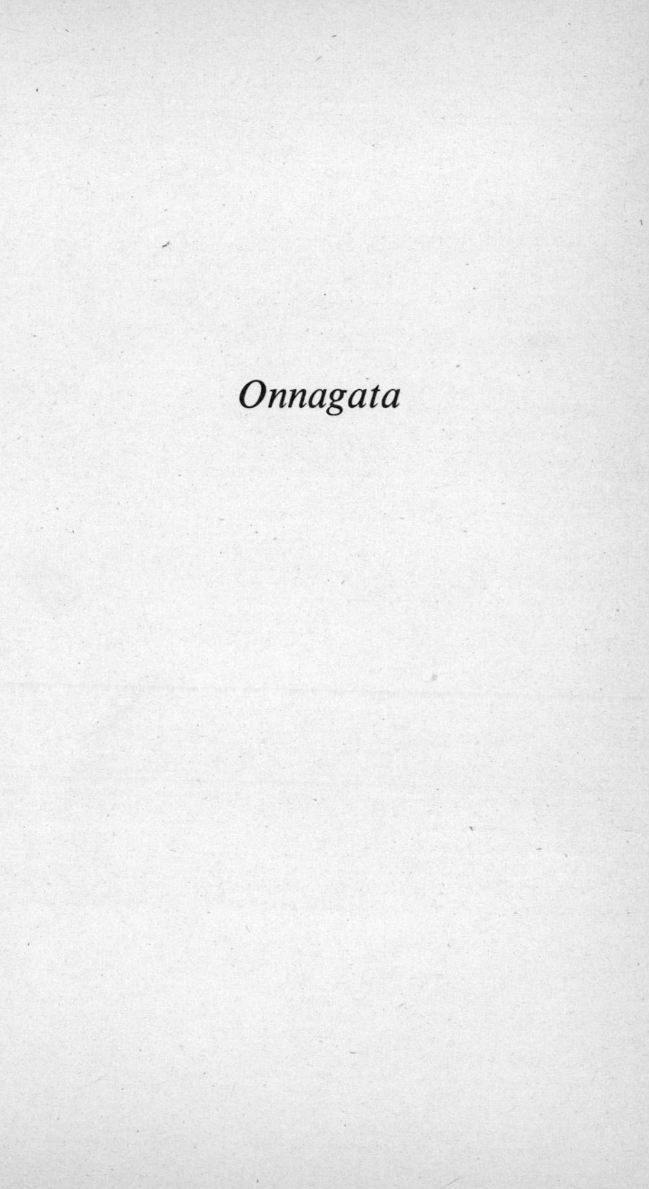

Onnagata

1

Masuyama avait été bouleversé par le jeu, et l'art, de Mangiku, et c'est pourquoi, après avoir obtenu ses diplômes de littérature classique japonaise, il avait décidé d'entrer dans une compagnie de théâtre kabuki. Voir jouer Mangiku Sanokawa l'avait ensorcelé.

La passion de Masuyama pour le kabuki avait commencé lorsqu'il était encore à l'école secondaire. A l'époque, Mangiku, *onnagata* en herbe, jouait de petits rôles, le fantôme du papillon dans *Kagami Jishi,* par exemple, ou, au mieux, la soubrette Chidori dans *Le Reniement de Genta.* Le jeu de Mangiku était discret et classique; personne n'imaginait qu'il atteindrait à la célébrité d'aujourd'hui. Cependant même alors Masuyama avait perçu les flammes dont rayonnait à travers la glace la hautaine beauté de l'acteur. Inutile de dire que le grand public n'avait rien remarqué. D'ailleurs, aucun des critiques dramatiques n'avait attiré l'attention sur la particularité propre à Mangiku, brusques éclats de feu dans la neige, qui depuis le tout début de sa carrière avaient illuminé ses rôles. Maintenant chacun se vantait d'avoir découvert Mangiku.

Mangiku Sanokawa était un *onnagata* authentique, ce que l'on rencontre rarement aujourd'hui. À la différence de la plupart des *onnagata* contemporains, il était absolument incapable de bien jouer des rôles masculins. En scène, la couleur qu'il dégageait était soulignée de teintes plus sombres; pas un de ses gestes qui ne fût la délicatesse par excellence. Mangiku n'exprimait jamais rien – même la force, l'autorité, l'endurance, le courage – autrement que par le seul moyen dont il disposait : une expression féminine. Mais par cet unique moyen il savait amener au jour toute la variété des émotions humaines. Ainsi fait l'authentique *onnagata,* mais c'est une race qui est vraiment devenue très rare. Le son qu'ils rendent est produit par un instrument de musique très particulier, extrêmement raffiné, et il ne peut pas être obtenu par un instrument normal joué en mineur, ni davantage d'ailleurs par la servile imitation des femmes véritables.

Yukihime, la Princesse de Neige, dans *Kinkajuki,* était un des rôles les plus accomplis de Mangiku. Masuyama se rappelait avoir vu Mangiku jouer Yukihime dix fois en un seul mois mais la multiplication des expériences ne changeait rien, et son ivresse ne faiblissait pas. Tout ce qui symbolise Mangiku Sanokawa, on en trouve les éléments confondus dans cette pièce, qui s'ouvre avec les paroles d'un narrateur : « Le Pavillon d'Or, retraite à la montagne du Seigneur Yoshimitsu, Premier ministre et Prieur du Parc aux Cerfs, s'élève sur trois niveaux, et le jardin offre des vues ravissantes : la pierre où loge la nuit, l'eau qui suinte des rochers, la cascade dont le printemps grossit le flot, les saules et les cerisiers plantés ensemble, tout cela forme un vaste brocart aux nombreuses couleurs. » L'éclat éblouissant du décor, où l'on voyait cerisiers en fleur, chute d'eau, et l'étincelant Pavillon d'Or; les tambours, qui évoquaient le sourd murmure de la cascade et contribuaient à l'incessante agitation sur la scène; le visage sadique et blême de Daizen Matsunaga, général débauché et rebelle; le miracle de l'épée magique qui fait briller au soleil du matin la sainte image de Fudo, mais prend l'apparence d'un dragon lorsqu'on la pointe vers le soleil couchant; les lueurs du couchant qui irradient la chute d'eau et les cerisiers; les fleurs de cerisier qui s'éparpillent pétale après pétale – tout existe dans cette pièce en fonction d'une seule femme, l'aristocratique et belle Yukihime. Il n'y a rien d'inhabituel dans le costume de Yukihime, elle porte la robe de soie cramoisie de toutes les jeunes princesses. Mais la présence fantôme de la neige, conforme à son nom, erre autour de cette petite-fille du grand peintre Sesshu, et les paysages imprégnés de neige de Sesshu sont perceptibles sur toute l'étendue de la scène; la neige fantôme donne à la robe cramoisie de Yukihime un éclat éblouissant.

Masuyama aimait particulièrement la scène où

la princesse, liée de cordes à un cerisier, se rappelle une légende que lui racontait son grand-père, et de la pointe du pied fait glisser au milieu des fleurs tombées un rat, qui reprend vie et ronge les cordes dont elle est attachée. Inutile de dire que Mangiku Sanokawa ne se permettait pas les mouvements de marionnettes qu'adoptent pour cette scène certains *onnagata.* Les cordes qui l'attachaient à l'arbre rendaient Mangiku plus adorable que jamais; toutes ces artificielles arabesques propres à l'*onnagata* – délicats mouvements du corps, courbure de la main, gestes de doigts –, qui pouvaient sembler bien voulues dans la vie de tous les jours, prenaient une étrange force de vie lorsque, attachée à l'arbre, y recourait Yukihime. Les attitudes compliquées et contraintes qu'imposaient les cordes faisaient de chaque instant un exquis débat, suivi d'un autre, d'un autre encore, vague après vague, que poussait une force irrésistible.

Il est hors de doute qu'il y avait dans le jeu de Mangiku des moments de pouvoir diabolique. Il se servait de ses beaux yeux avec tant d'efficacité qu'il pouvait souvent d'un seul regard donner au public entier de la salle l'illusion que le caractère d'une scène était complètement changé; lorsque son regard allait du plateau à l'*hanamichi,* ou de l'*hanamichi* au plateau, ou lorsqu'il lançait un coup d'œil vers la cloche dans *Dojoji.* Dans la scène du palais d'*Imoseyama,* Mangiku jouait le rôle d'Omiwa, à qui la princesse Tachibana vole son amant, et que les dames de la Cour accablent de cruelles moqueries. A la fin Omiwa se jette vers le *hanamichi,* presque affolée de rage et de jalousie; et c'est juste à ce moment qu'elle entend parler les dames de la Cour au fond du plateau; elles disent : « On a trouvé pour notre princesse un époux sans égal. Quelle joie pour nous toutes! » Le narrateur, qui est assis sur un côté de la scène, clame à très haute voix : « Omiwa, ayant entendu, tourne aussitôt la tête. » A l'instant même se transforme complètement la personnalité d'Omiwa, et son visage révèle sa passion possessive.

Masuyama éprouvait une sorte de terreur à chaque fois qu'il en était témoin. Une ombre diabolique avait en un seul instant balayé à la fois la scène éclatante de splendides décors et de magnifiques costumes et les milliers de spectateurs attentifs. Cette force émanait sans conteste du corps de Mangiku, mais transcendait aussi sa chair. A ces moments-là, Masuyama sentait jaillir de cette silhouette sur la scène quelque chose comme une source sombre, de cette silhouette tellement empreinte de douceur, de charme féminin, de grâce, de délicatesse, de fragilité. Il ne pouvait pas l'identifier, mais il lui semblait qu'une étrange présence néfaste, dernier résidu de ce qui fascine chez l'acteur, séduisant maléfice qui détourne les hommes et les fait s'abîmer dans un éclair de beauté, émanait de la source sombre qu'il avait décelée. Mais simplement nommer une chose n'explique rien.

Omiwa secoue la tête et ses cheveux retombent

en désordre. Sur la scène, vers laquelle elle revient du *hanamachi*, le poignard de Funashichi l'attend pour la tuer.

« La maison est pleine de musique, où résonne la tristesse de l'automne », clame le narrateur.

Il y a quelque chose de terrifiant dans la manière dont les pas d'Omiwa la pressent vers son destin. Les blancs pieds nus, qui la précipitent vers le désastre et la mort, et dérangent la tombée de son kimono, semblent savoir exactement où et quand sur la scène vont prendre fin les violentes émotions qui la jettent en avant, et la pressent et la bousculent, joyeuse et triomphante au milieu même des tortures de la jalousie. La douleur qu'elle avoue a pour autre face la joie, comme sa robe : l'étoffe qu'on voit est sombre et brochée d'or, mais des soies de toutes les couleurs lui font une doublure éclatante.

2

Masuyama avait au départ décidé de travailler au théâtre parce qu'il s'intéressait au kabuki, et particulièrement à Mangiku. Il se rendait compte qu'il n'échapperait jamais à son esclavage s'il ne se familiarisait pas complètement avec l'univers qui est derrière la scène. Il savait, d'autres le lui avaient dit, quelles déceptions on trouve dans les coulisses, et il voulait y plonger pour goûter lui-même l'authenticité de la désillusion.

Mais en quelque manière le désenchantement auquel il s'attendait ne vint jamais. Mangiku, par lui-même, le rendit impossible. Mangiku observait fidèlement les prescriptions du manuel du XVIIIᵉ siècle de l'*onnagata*, l'*Ayagemusa*. « *L'onnagata,* même dans sa loge, doit conserver les façons de l'*onnagata*. Il doit prendre soin de se détourner quand il mange, pour qu'on ne le voie pas. » Chaque fois que Mangiku était obligé de manger quand il y avait des visites, sans qu'il eût le temps de quitter sa loge, il se retournait vers sa table en s'excusant pour avaler à toute vitesse son repas, si adroitement que les visiteurs ne pouvaient même pas deviner qu'il mangeait.

Sans aucun doute, c'est en tant qu'homme que Masuyama avait été captivé par la beauté féminine que Mangiku faisait admirer sur la scène. Toutefois, chose étrange, le charme ne fut pas rompu à voir de près Mangiku dans sa loge. Le corps de Mangiku, une fois dévêtu, se révéla délicat, mais entièrement celui d'un homme. Et somme toute Masuyama se sentit assez troublé à voir Mangiku, assis devant sa coiffeuse, trop légèrement habillé pour qu'on pût douter qu'il fût homme, saluer quelque visiteur avec une politesse toute féminine, tout en recouvrant ses épaules d'une épaisse couche de poudre. Si Masuyama lui-même, depuis longtemps passionné de kabuki, en vint à ressentir de bizarres sensations à ses premières visites dans la loge, quelles auraient donc été les réactions de gens à qui le kabuki déplaît parce que l'*onnagata* les met mal à l'aise, si on leur avait montré pareil spectacle?

Masuyama, toutefois, fut plutôt soulagé que désenchanté, lorsque, après une représentation, il vit Mangiku nu sous les gazes qu'il portait en sous-vêtement pour absorber la sueur. Le spectacle était peut-être en lui-même ridicule, mais la fascination dont Masuyama était possédé ne reposait pas sur une illusion superficielle – c'était par nature sa qualité essentielle, pourrait-on dire – si bien qu'il n'y avait aucun risque qu'elle fût détruite par une révélation de cet ordre. Même après que Mangiku se fut dévêtu, il était visible qu'il portait encore, sous la peau, plusieurs splendides vêtements superposés; sa nudité était une manifestation passagère. Quelque chose se cachait sûrement en lui, qui expliquait l'exquise apparence qu'il offrait sur la scène.

Masuyama aimait voir Mangiku lorsqu'il revenait dans sa loge après avoir joué un rôle important. Quelque rougeur des émotions propres au rôle qu'il venait de jouer flottait encore au-dessus de son corps tout entier, comme dans le ciel la lueur du soleil couchant, ou de la lune quand vient l'aube. Les somptueuses émotions de la tragédie classique – sans rapport avec nos vies ordinaires – ont peut-être l'air de suivre, au moins dans leurs termes, les événements historiques (querelles d'héritage, campagnes de pacification, guerres civiles, et ainsi de suite), mais en réalité elles n'appartiennent à aucune époque. Ce sont les émotions qui conviennent à un univers stylisé, tragique et grotesque, peint de couleurs violentes comme les tardives gravures sur bois. La douleur qui dépasse les limites humaines, les passions surhumaines, l'amour déchirant, la joie terrifiante, les cris éphémères de ceux qu'ont pris au piège des événements si tragiques que nul être humain ne peut les supporter : voilà les émotions qui habitaient un instant plus tôt le corps de Mangiku. Il était stupéfiant que sa mince armature ait pu les contenir, et qu'elles n'aient pas débordé ce frêle vaisseau.

Quoi qu'il en fût, un instant plus tôt Mangiku vivait au milieu de ces sentiments grandioses, et en faisait rayonner la lumière sur la scène justement parce que les émotions qu'il représentait transcendaient toutes celles que son public connaissait. Peut-être est-ce vrai de tous les personnages au théâtre, mais parmi les acteurs d'aujourd'hui on n'en voit aucun qui paraisse vivre aussi authentiquement des émotions de théâtre pareillement éloignées de la vie quotidienne.

Un passage de l'*Ayagemusa* déclare : « Le charme est l'essence même de l'*onnagata*. Mais l'*onnagata* dont la beauté est la plus naturelle perdra ce charme s'il fait effort pour qu'on remarque ses gestes. S'il essaie délibérément d'avoir l'air gracieux, il aura l'air tout à fait corrompu. Voilà pourquoi, à moins de vivre sa vie quotidienne comme une femme, l'*onnagata* a peu de chance d'être jamais reconnu *onnagata* accompli. Quand il apparaîtra sur la scène, plus il s'efforcera de jouer en femme telle ou telle action féminine, plus il aura l'air masculin. Je suis convaincu que la chose essentielle est la façon dont se conduit l'acteur dans la vie réelle. »

Dont se conduit l'acteur dans la vie réelle... oui, Mangiku était entièrement féminin aussi bien en paroles qu'en gestes dans sa vie réelle. Si Mangiku avait été plus masculin dans sa vie quotidienne, les instants où le rayonnement du rôle d'*onnagata* qu'il venait de jouer s'effaçait lentement (comme sur la plage la laisse de pleine mer) pour se fondre dans la féminité de sa vie quotidienne – qui était un aspect du même faire-semblant –, ces instants auraient figuré une absolue séparation entre la mer et la terre, la fermeture d'une impitoyable porte entre le rêve et la réalité. Le faire-semblant de sa vie quotidienne était le support du faire-semblant de ses représentations sur la scène. Voilà, Masuyama en était convaincu, ce qui faisait le véritable *onnagata*. L'*onnagata* naît de l'union illégitime du rêve et de la réalité.

3

Lorsque les célèbres acteurs chevronnés de la génération précédente eurent tous disparu, se suivant l'un l'autre, Mangiku prit dans les coulisses une autorité absolue. Ses disciples *onnagata* le servaient comme des domestiques; et la hiérarchie en fonction de leur âge à laquelle ils se conformaient sur la scène, figurant les servantes de la suite de la princesse ou de la grande dame que jouait Mangiku, ils y obéissaient aussi exactement dans sa loge.

Si l'on écartait les rideaux imprimés aux armes des Sanokawa pour entrer dans la loge de Mangiku, on était certain d'être frappé par une étrange impression : dans ce charmant refuge il n'y avait pas d'homme. Même les acteurs de la troupe avaient le sentiment d'être à l'intérieur de cette pièce en présence du sexe opposé. Chaque fois que Masuyama allait porter quelque message à la loge de Mangiku, il lui suffisait d'entrouvrir les rideaux pour éprouver – avant même de faire un pas pour entrer – le sentiment, étrangement vif et charnel, d'être un mâle.

Quelquefois Masuyama, pour affaires concernant le théâtre, était passé dans les coulisses des revues, et entré dans les loges des filles. L'espace était presque étouffant de féminité, et les filles à la peau rugueuse, étalées partout comme des bêtes de zoo, lui avaient lancé de mornes coups d'œil, mais il ne s'était jamais senti aussi nettement étranger que dans la loge de Mangiku; rien dans ces femmes réelles ne l'avait fait se sentir particulièrement masculin.

L'entourage de Mangiku ne montrait pas la moindre amitié à Masuyama. Au contraire, il savait qu'on déblatérait en secret à son propos, l'accusant de manquer de respect, ou d'avoir l'air prétentieux simplement parce qu'il était passé par l'université. Il savait aussi qu'on trouvait agaçante et pédante son attention à l'exactitude historique. Dans l'univers du kabuki, la culture universitaire, si elle ne s'accompagne d'aucun talent artistique, est estimée sans valeur.

Le travail de Masuyama avait aussi quelques compensations. Il arrivait que lorsque Mangiku avait un service à demander à quelqu'un – uniquement bien sûr, lorsqu'il était de bonne humeur –, il se tournât de biais par rapport à sa coiffeuse avec un sourire et un petit signe de tête; son regard à ce moment-là avait un tel charme, impossible à décrire, que Masuyama se disait qu'il avait pour seul désir de travailler pour cet homme comme un esclave, comme un chien. Mangiku, lui, ne perdait jamais sa dignité : il gardait toujours ses distances, bien qu'il eût clairement conscience de son charme. S'il avait été une femme véritable, c'est tout son corps qui aurait contenu ce qu'on voyait dans ses yeux. Ce n'est chez un *onnagata* qu'une lueur d'un instant, mais elle suffit pour exister à part soi, et amener au jour l'éternel féminin.

Mangiku était assis devant son miroir après la représentation du *Château du Seigneur protecteur de Hachigin,* première partie du programme. Il avait enlevé le costume et la perruque qu'il portait pour jouer Lady Hinaginu, et mis une robe de chambre, parce qu'il n'apparaissait pas dans la seconde partie du programme. Masuyama, à qui l'on avait dit que Mangiku voulait le voir, attendait dans la loge le rideau de *Hachigin*. Le miroir éclata de rouges flammes lorsque Mangiku rentra dans sa loge, qu'il emplit du froissement de ses robes en franchissant la porte. Ses disciples et les habilleuses s'empressèrent à retirer ce qui était à retirer puis à le ranger. Ceux qui devaient s'en aller partirent, et il ne resta plus que quelques disciples autour du hibachi dans la pièce voisine. Dans la loge tout était brusquement devenu immobile. Un haut-parleur dans le corridor répercutait les coups de marteau des machinistes; ils démontaient les décors de la pièce qui venait de s'achever. On était fin novembre, et la buée du chauffage embrumait les carreaux des fenêtres, tristes comme dans une cellule d'hôpital. De blancs chrysanthèmes, dans un vase en cloisonné, s'inclinaient avec grâce près de la coiffeuse de Mangiku. Mangiku, peut-être parce que son nom professionnel signifiait à la lettre « dix mille chrysanthèmes », aimait beaucoup ces fleurs.

Mangiku était assis sur un épais coussin de soie violet foncé, devant sa coiffeuse. « Je me demande si cela vous ennuierait de parler au monsieur de la rue Sakuragi? » (Mangiku désignait, selon les anciennes coutumes, ses professeurs de danse et de chant par le nom de la rue où ils habitaient.) « Ce serait difficile pour moi. » Il regardait droit dans le miroir en parlant. D'où Masuyama était assis, près du mur, il voyait le cou et la nuque de Mangiku, et reflété dans le miroir son visage encore maquillé pour le rôle de Hinaginu. Les yeux de Mangiku ne regardaient pas Masuyama, mais directement son propre visage. La rougeur provoquée par l'excitation de son jeu sur la scène, visible à travers la poudre, rosissait encore ses joues, comme une atteinte de soleil matinal qui transperce une mince couche de glace. Il regardait Hinaginu.

Et de fait, c'est bien elle qu'il voyait dans le miroir – Hinaginu, qu'il venait juste d'incarner. Hinaginu, fille de Mori Sanzalmon Yoshinari, et l'épouse du jeune Sato Kazuenosuke. Son mariage ayant été rompu par le loyalisme de son mari envers son suzerain, Hinaginu se tua pour rester fidèle à cette union « dont les liens avaient été si faibles que nous n'avions jamais partagé le même lit ». Hinaginu était morte de désespoir sur la scène, désespoir si extrême qu'elle ne pouvait plus supporter de vivre. L'Hinaginu du miroir était un fantôme. Même ce fantôme, Mangiku le savait, échappait à l'instant même à son corps. Son regard poursuivait Hinaginu. Mais à mesure que faiblissait le rayonnement nourri par l'ardeur et les passions du rôle, le visage d'Hinaginu s'effaçait. Il lui dit adieu. Demain sans aucun doute les traits d'Hinaginu reviendraient se fondre au docile masque du visage de Mangiku.

Masuyama, tout au plaisir de voir Mangiku ainsi enlevé à lui-même, se permit presque un affectueux sourire. Mangiku se retourna soudain vers lui. Il avait très bien vu tout le temps que Masuyama le regardait, mais avec l'indifférence des acteurs habitués à l'attention du public, il reprit son propos. « Ce sont les passages avec les seuls instruments. Ils ne sont absolument pas assez étendus. Je ne veux pas dire que je ne peux pas arriver au bout du rôle en me pressant, mais le résultat est affreux. » Mangiku parlait de la musique d'une nouvelle pièce dansée qui devait être représentée le mois suivant. « Qu'en pensez-*vous,* monsieur Masuyama?

– Je suis tout à fait de votre avis. J'imagine que vous voulez parler du passage juste après " que le jour finit lentement à Seta sur le pont chinois ".

– Oui, c'est là. " Que le jou.our fi..ni..it len..ente..ment... " » Mangiku se mit à chanter le passage, en battant la mesure de ses doigts fins.

« Je vais le lui dire. Je suis sûr que le monsieur de la rue Sakuragi comprendra.

– Vraiment cela ne vous ennuie pas? Cela me gêne tellement de toujours déranger les gens. »

Mangiku avait l'habitude de se mettre debout pour terminer la conversation, une fois les questions réglées. « Je crois qu'il faut que j'aille prendre un bain », dit-il. Masuyama s'écarta de l'étroite entrée de la loge pour laisser passer Mangiku. Avec un léger signe de tête Mangiku sortit dans le couloir, accompagné d'un disciple. Il se retourna de biais vers Masuyama, et souriant, s'inclina de nouveau. Le fard rouge à l'angle des yeux lui donnait un charme indéfinissable. Masuyama eut le sentiment que Mangiku se rendait très bien compte de l'affection qu'il lui portait.

4

La troupe à laquelle appartenait Masuyama devait rester dans le même théâtre en novembre, décembre et janvier, et l'on discutait déjà le programme de janvier. On devait mettre en scène la nouvelle œuvre d'un auteur dramatique de théâtre moderne. L'homme se donnait une importance qui ne convenait guère à sa jeunesse, et avait d'innombrables exigences. Masuyama n'en finissait pas d'organiser des négociations compliquées pour faire s'accorder non seulement l'auteur et les acteurs, mais aussi la direction. On avait confié la mission à Masuyama parce que les autres le considéraient comme un intellectuel.

L'une des conditions imposées par l'auteur était que la mise en scène fût confiée à un jeune homme de talent en qui il avait confiance. La direction accepta. Mangiku accepta aussi, mais sans enthousiasme. Il exprima ses doutes : « Bien sûr, je ne sais pas, mais si ce jeune homme ne connaît pas très bien le kabuki, on aura beaucoup de mal à s'expliquer. » Mangiku avait espéré un metteur en scène plus âgé, plus mûr – il voulait dire par là plus souple.

La nouvelle pièce était une adaptation pour la scène, en langage moderne, du célèbre roman du douzième siècle *Si seulement je pouvais les changer!* Le directeur de la troupe décida qu'il ne laisserait pas la production de cette œuvre nouvelle à son équipe habituelle, et qu'elle serait confiée à Masuyama. Masuyama, inquiet à l'idée du travail qui l'attendait, mais convaincu que la pièce était de premier ordre, eut le sentiment que cela vaudrait la peine.

Dès que les brochures furent prêtes et les rôles distribués, une réunion préliminaire se tint un matin de la mi-décembre dans la salle de réception qui avoisinait le bureau du propriétaire du théâtre. Assistaient à la réunion le responsable de la production, l'auteur dramatique, le metteur en scène, le décorateur, les acteurs, et Masuyama. La salle était très chauffée et inondée de soleil. Masuyama était toujours enchanté par les réunions préliminaires. C'était comme déplier une carte pour discuter un projet de sortie. Où allons-nous prendre le car, et où commencer à marcher? Est-ce qu'il y aura de l'eau potable là où nous allons? Où allons-nous déjeuner? Où y a-t-il la plus belle vue? Est-ce qu'on prendra le train pour rentrer? Ou ne vaudrait-il pas mieux se donner le temps de revenir en bateau?

Kawasaki, le metteur en scène, était en retard. Masuyama n'avait jamais vu de mise en scène de Kawasaki, mais il avait entendu parler de lui. On avait choisi Kawasaki, malgré sa jeunesse, pour mettre en scène Ibsen et des pièces américaines modernes, avec une troupe du répertoire, et en l'espace d'une seule année il avait si

modernité

bien réussi, surtout avec les pièces américaines, qu'il s'était vu attribuer un prix par un grand journal.

Les autres, excepté Kawasaki, étaient tous là. Le décorateur, qui ne pouvait pas supporter d'être une minute sans se précipiter dans son travail, prenait déjà des notes dans un grand cahier apporté exprès : les suggestions faites par les autres. Et il tapotait du bout de son crayon la page blanche, comme s'il débordait d'idées. Finalement, le responsable se mit à commenter l'absence du metteur en scène. « Il a peut-être tout le talent qu'on dit, mais après tout il est jeune. Il faudra que les acteurs aident. »

Ce fut à cet instant qu'on frappa à la porte, et qu'un secrétaire fit entrer Kawasaki. Il pénétra dans la salle avec un air effaré, comme ébloui par la trop vive lumière, et sans un seul mot, s'inclina. Il était assez grand, presque un mètre quatre-vingts, le visage profondément creusé, très mâle, mais extrêmement sensible. Le jour d'hiver était froid, mais Kawasaki portait un mince pardessus tout froissé. En dessous, comme on put voir ensuite, une veste de velours côtelé couleur brique. Ses cheveux raides étaient si longs – tombant jusqu'au bout du nez – qu'il était souvent obligé de les écarter. Masuyama fut assez déçu de cette première impression. Il avait supposé qu'un homme que ses capacités avaient distingué aurait essayé de se démarquer un peu des stéréotypes sociaux, mais celui-là s'habillait et se comportait exactement comme on s'y attendait : typique jeune homme du théâtre moderne.

Kawasaki prit la place qu'on lui offrit en haut de la table. Il n'eut aucune des protestations d'usage quant à l'honneur qu'on lui faisait. Il avait les yeux fixés sur l'auteur dramatique, son ami intime, et quand on le présenta à chacun des acteurs, il salua d'un mot, puis retourna immédiatement vers l'auteur. Masuyama avait déjà vu ce genre de réaction. Ce n'est pas facile pour un homme qui travaille dans le théâtre moderne, où la plupart des acteurs sont jeunes, de se trouver aussitôt à l'aise avec des acteurs de kabuki; on a toutes les chances, lorsqu'on les rencontre en dehors de la scène, de s'apercevoir que ce sont de vieux messieurs imposants.

Les acteurs qui assistaient à cette réunion préliminaire s'arrangèrent d'ailleurs pour faire comprendre à Kawasaki leur mépris, avec l'étalage de la plus parfaite politesse, et sans le moindre mot inamical. Masuyama regarda par hasard Mangiku. Il se tenait modestement, prenait soin de ne pas se donner de l'importance, et ne montrait pas l'ombre du mépris que manifestaient les autres, Masuyama en conçut encore plus d'admiration et d'affection pour Mangiku.

Tout le monde étant là, l'auteur exposa les grandes lignes de la pièce. Mangiku, pour la première fois dans sa carrière – mis à part de petits rôles lorsqu'il était enfant –, devait jouer un rôle masculin. D'après l'intrigue, certain

Grand Ministre a deux enfants, un garçon et une fille. Ni l'un ni l'autre par nature ne convient à son sexe, et ils sont donc élevés en conséquence : le garçon (en réalité une fille) se retrouve un jour général de la Gauche, et la fille (en réalité un garçon) devient dame d'honneur au Senyoden, palais des concubines impériales. Plus tard, lorsque la vérité se révèle, ils retrouvent des existences mieux en rapport avec leur sexe : le frère épouse la quatrième fille du ministre de la Droite, la sœur un conseiller du Milieu, et tout finit bien.

Le rôle de Mangiku était celui de la fille qui en fait est un homme. Bien que ce soit un rôle masculin, Mangiku n'apparaît en homme que dans les courts instants de la scène finale. Jusque-là il devait assumer d'un bout à l'autre, en véritable *onnagata,* le rôle d'une dame d'honneur au Senyoden. L'auteur et le metteur en scène étaient d'accord pour convaincre Mangiku de ne pas essayer, même au cours de la dernière scène, de faire entendre qu'il était en réalité un homme.

Un des aspects amusants de la pièce, c'est qu'elle avait pour inévitable conséquence d'offrir une satire de la convention de l'*onnagata* dans le kabuki. La dame d'honneur était en réalité un homme; de même, et précisément de façon identique, Mangiku dans le rôle. Ce n'était pas tout. Pour que Mangiku, à la fois homme et *onnagata,* puisse jouer son rôle, il lui faudrait, dans la vie réelle, se conduire sur deux niveaux, ce qui est à mille lieues du simple cas de l'acteur qui s'habille en femme pour faire illusion le temps d'une représentation. Les complexités du rôle fascinèrent Mangiku.

Kawasaki s'adressa à Mangiku : « Je serais heureux que vous vouliez bien jouer le rôle en femme, de bout en bout. Cela ne fera pas la moindre différence si vous jouez en femme même la dernière scène. »

Ce furent ses premiers mots, d'une voix claire et plaisante.

« Vraiment? dit Mangiku, si cela ne vous ennuie pas que je joue mon rôle ainsi, cela me facilitera beaucoup les choses.

– De toute façon, ce ne sera pas facile. Absolument pas », répondit Kawasaki. Ce langage décidé et violent le faisait rougir; on aurait dit qu'une lampe s'allumait à l'intérieur de ses joues. Son ton coupant ne fut pas sans assombrir un peu la réunion. Masuyama tourna les yeux vers Mangiku. Il pouffait avec bonne humeur, en s'abritant la bouche du revers de la main. Les autres se détendirent quand ils virent que Mangiku ne s'était pas vexé.

« Alors bon, dit l'auteur. Je vous lis le texte. » Il baissa ses gros yeux, que les épaisses lunettes faisaient deux fois plus gros, et se mit à lire la brochure qui était sur la table.

5

Deux ou trois jours après commencèrent les répétitions des différents rôles, chaque fois que les acteurs pouvaient disposer de leur temps. Les répétitions complètes ne seraient possibles que durant les quelques jours qui allaient séparer les programmes de la fin du mois et ceux du commencement du mois suivant. Si tout ce qui exigeait d'être resserré ne l'était pas à ce moment-là, il n'y aurait ensuite plus le temps de boucler la représentation.

Une fois commencée la répétition des rôles, tous s'aperçurent que Kawasaki était comme un étranger égaré au milieu d'eux. Il n'avait pas la moindre notion de kabuki, et Masuyama se vit obligé de rester près de lui pour lui expliquer mot à mot les termes techniques du théâtre kabuki, si bien que Kawasaki dépendait beaucoup de lui. Dès la fin de la première répétition Masuyama invita Kawasaki à prendre un verre.

Masuyama savait bien que quelqu'un dans sa situation faisait erreur en prenant le parti du metteur en scène, mais il avait le sentiment de comprendre tout à fait ce qui arrivait à Kawasaki. Le jeune homme avait des projets précis, une attitude mentale très saine, et se lançait dans son entreprise avec un enthousiasme juvénile. Masuyama comprenait pourquoi le caractère de Kawasaki avait tellement plu à l'auteur; il avait le sentiment que l'authentique jeunesse de Kawasaki constituait en quelque sorte un élément purificateur, que l'univers du kabuki ignorait.

Les répétitions au grand complet commencèrent enfin le jour qui suivit les dernières représentations du programme de décembre. C'était deux jours après Noël. On percevait le remue-ménage de fin d'année dans les rues même par les fenêtres du théâtre et des loges. Un vieux bureau usagé avait été placé près d'une fenêtre dans la grande salle des répétitions. Kawasaki et l'un des aînés de Masuyama dans l'équipe – le régisseur – étaient installés le dos à la fenêtre. Masuyama était derrière Kawasaki. Les acteurs étaient assis sur le *tatami* le long du mur. Chacun venait se placer au centre quand son tour arrivait de réciter son rôle. Le régisscur servait de souffleur.

Il y avait constamment des accrochages entre Kawasaki et les acteurs. « A cet endroit, disait Kawasaki, il faudrait que vous vous leviez pour dire : " Je voudrais aller trouver Kawasaki pour en finir. " Puis vous marchez jusqu'au pilier sur la droite de la scène.

– C'est juste à ce moment-là que je ne peux pas me lever.

– Je vous en prie, essayez de faire les choses comme je les vois. » Kawasaki se forçait à sourire, mais pâlissait d'orgueil blessé.

« Vous me le demanderiez jusqu'à la fin des temps que je ne pourrais toujours pas le faire. A ce moment-là je suis censé tourner quelque chose dans ma tête. Comment pourrais-je traverser la scène quand je réfléchis? »

Kawasaki ne répondait pas, mais il était exaspéré qu'on lui parle sur ce ton, et ne s'en cachait pas.

Tout changea lorsque vint le tour de Mangiku. Si Kawasaki disait : « Assis! », Mangiku s'asseyait, et s'il disait : « Debout! », Mangiku se levait. Il obéissait sans la moindre résistance à toutes les injonctions de Kawasaki. Masuyama n'avait pas l'impression que le fait que Mangiku aimât beaucoup son rôle ait entièrement suffi pour expliquer une si grande bonne volonté; il n'avait pas tellement l'habitude d'en faire preuve aux répétitions.

Masuyama dut quitter un instant la répétition juste au moment où Mangiku, qui avait fini la scène qu'il jouait au premier acte, retournait s'asseoir à sa place le long du mur. Quand Masuyama revint, voici le spectacle qui lui fut offert : Kawasaki, à peu près étalé sur le bureau, suivait avec passion la répétition, sans même écarter les longs cheveux qui lui balayaient les yeux. Il était appuyé sur ses bras croisés, et une rage contenue faisait trembler ses épaules, sous la veste de velours côtelé. A la droite de Masuyama, le mur blanc était percé d'une fenêtre par laquelle on voyait osciller au vent du nord un ballon, qui traînait une banderole annonçant des soldes de fin d'année. De durs nuages glacés avaient l'air dessinés à la craie sur le bleu pâle du ciel. Il aperçut un autel dédié à Inari, et un minuscule portique vermillon sur le toit d'un vieux bâtiment proche. Plus à droite, contre le mur, Mangiku était assis, immobile et droit, à la japonaise, et les plis de son kimono gris-vert étaient parfaitement réguliers. De la porte où se tenait Masuyama il ne pouvait pas voir Mangiku de face; mais ses yeux, vus de profil, étaient absolument calmes, et son doux regard contemplait Kawasaki.

Masuyama ressentit un bref frisson de crainte. Il avait posé le pied dans la salle des répétitions, mais y entrer était désormais presque impossible.

6

Plus tard dans la journée, Masuyama fut convoqué à la loge de Mangiku. Une émotion dont il n'avait pas l'habitude le saisit au moment de baisser la tête, comme il l'avait fait si souvent, pour franchir les rideaux de l'entrée. Mangiku l'accueillit, perché sur son coussin violet, tout sourire, et lui offrit des gâteaux qu'un visiteur avait apportés.

« Qu'est-ce que vous pensez de la répétition d'aujourd'hui?

– Pardon? » Masuyama fut stupéfait. Mangiku n'avait pas l'habitude de lui demander son avis sur ces choses-là.

« Cela vous a paru comment?

– Si tout continue à marcher aussi bien qu'aujourd'hui, je crois que la pièce aura du succès.

– Vous croyez vraiment? M. Kawasaki me fait beaucoup de peine. Tout est si dur pour lui. Les autres le traitent avec tant de désinvolture que je m'inquiète beaucoup. Je pense que la répétition vous a montré que j'ai décidé de jouer le rôle exactement comme le demande M. Kawasaki. De toute façon c'est comme cela que de moi-même je voudrais le jouer, et je me suis dit que cela pourrait un peu faciliter les choses pour M. Kawasaki, même si personne d'autre ne l'aide. Je ne peux guère en parler aux autres, mais je suis sûr qu'ils s'apercevront que je fais exactement ce qu'on me dit. Ils savent que d'habitude je ne suis pas facile. C'est le moins que je puisse faire pour protéger M. Kawasaki. Ce serait une honte, quand il se donne tant de mal, que personne ne l'aide. »

Masuyama ne se sentit soulevé d'aucune émotion en écoutant Mangiku. Il est probable, se dit-il, que Mangiku lui-même ne se rend pas compte qu'il est amoureux : il a tellement l'habitude de situer l'amour sur un plan autrement héroïque. Masuyama, quant à lui, estimait que les sentiments – de quelque nom qu'on les désigne – qui s'étaient formés dans le cœur de Mangiku ne lui convenaient absolument pas. Il attendait de Mangiku un déploiement d'émotion beaucoup plus artificiel, plus esthétique, plus transparent.

Mangiku, et ce n'était pas sa coutume, était assis sans raideur, ce qui baignait d'une sorte de langueur sa délicate silhouette. Le miroir reflétait le bouquet d'asters cramoisis disposé dans le vase de cloisonné, et la nuque fraîchement rasée de Mangiku.

La veille du jour où commencèrent les répétitions sur scène l'exaspération de Kawasaki était devenue pathétique. Aussitôt finie la dernière répétition privée, il invita Masuyama à prendre un verre, l'air absolument à bout. Masuyama était occupé, et ne le rejoignit que deux heures plus tard, dans le bar où ils étaient convenus de se retrouver : Kawasaki l'attendait encore. Il y avait foule, bien que ce fût le soir précédant la veille du Nouvel An, où généralement les bars sont vides. Le visage de Kawasaki était très pâle. Il était seul et buvait. Il était de ceux que boire rend encore plus pâles. Masuyama aperçut en entrant dans le bar le visage cendreux de Kawasaki; le jeune homme le chargeait injustement d'un bien lourd fardeau moral. Ils vivaient dans des univers différents; il n'y avait aucune raison que la courtoisie pût exiger de faire retomber si rudement sur ses épaules les incertitudes et les angoisses de Kawasaki.

Kawasaki, comme il s'y attendait un peu, l'attaqua immédiatement par une plaisanterie sans méchanceté, en le traitant d'agent double. Masuyama répondit à l'accusation par un sourire. Il n'avait que cinq ou six ans de plus que Kawasaki, mais il possédait l'assurance de celui qui vit avec les gens qui « connaissent le truc ».

En même temps il éprouvait une sorte d'envie pour cet homme qui n'avait jamais eu la vie dure, ou du moins vraiment dure. Ce n'était pas exactement un manque d'intégrité morale qui avait rendu Masuyama indifférent à la plupart des ragots de coulisses qui cherchaient à le démolir, maintenant qu'il avait acquis une situation stable dans la hiérarchie du kabuki; son indifférence prouvait qu'il n'avait rien à voir avec le genre de sincérité qui aurait pu le détruire.

Kawasaki parla. « J'en ai marre de toute cette histoire. Quand le rideau se lèvera le soir de la première, je ne serai que trop content de disparaître du tableau. Les répétitions sur scène commencent demain! C'est plus que je n'en peux supporter, tellement je suis dégoûté. C'est le pire boulot que j'aie jamais eu. J'en ai jusque-là. Jamais on ne m'y reprendra à me fourrer dans un monde qui n'est pas le mien.

– Mais est-ce que vous ne vous y attendiez pas plus ou moins dès le début? Après tout, le kabuki n'est pas du tout la même chose que le théâtre moderne. » La voix de Masuyama manquait de chaleur.

Mais Kawasaki fit ensuite une remarque surprenante. « C'est Mangiku le plus dur à encaisser. Il me déplaît sérieusement. Je ne ferai plus jamais appel à lui pour une autre pièce. » Kawasaki suivait les arabesques des fumées sous le plafond bas comme pour y chercher le visage d'un invisible ennemi.

« Je ne m'en serais pas douté. Moi j'ai l'impression qu'il fait de son mieux pour coopérer.

– Qu'est-ce qui vous fait croire ça? Qu'est-ce qu'il a de si remarquable? Ça ne me trouble pas tellement que les autres acteurs ne m'écoutent pas pendant les répétitions ou essaient de m'intimider, ou même quand ils font du sabotage en grand, mais Mangiku, c'est quelque chose que je ne peux pas comprendre. Tout ce qu'il fait, c'est me regarder fixement avec cette espèce de sourire de mépris sur la figure. Au fond il est absolument irréductible et il me traite en petit crétin ignorant. C'est pour cela qu'il fait exactement tout ce que je lui dis. Il est le seul qui obéisse à mes indications, et ça me rend encore plus enragé. Je peux vous dire exactement ce qu'il pense : " Si vous voulez ça comme ça, je vais le faire comme ça, mais n'allez pas croire que j'accepte la moindre responsabilité de ce qui se passera à la représentation. " Voilà ce qu'il me fait comprendre tout le temps, sans jamais dire un mot. C'est le pire sabotage que je connaisse. Il est le plus salaud de la bande. »

Masuyama avait écouté avec stupeur, mais n'osait plus révéler la vérité à Kawasaki. Il hésitait même à lui apprendre que Mangiku voulait être amical, et bien davantage, à lui dire la vérité tout entière. Kawasaki, dérouté, ne savait comment réagir aux émotions de ce monde où il avait soudainement plongé, et qui lui étaient tout à fait étrangères; si on lui parlait des sentiments de Mangiku, il pourrait très bien s'imaginer qu'on lui tendait un piège de plus. Il avait le regard trop clair : il avait beau connaître les principes du théâtre, il ne pourrait pas déceler la part sinistre qui se cachait derrière l'esthétisme des textes.

7

Vint la Nouvelle Année, et avec elle la première du nouveau programme.

Mangiku était amoureux. Ses disciples aux yeux perçants furent les premiers à bavarder. Masuyama, qui venait souvent dans la loge de Mangiku, saisit presque immédiatement l'atmosphère. Mangiku s'enveloppait dans l'amour comme un ver à soie dans son cocon, prêt à se transformer en papillon. Sa loge était le cocon de son amour. Mangiku n'avait jamais été très liant, mais par contraste avec l'agitation du Nouvel An partout ailleurs, le calme de sa loge prenait un caractère de gravité bien curieux.

Le soir de la première, Masuyama, remarquant au passage que la porte de Mangiku était grande ouverte, se décida à jeter un coup d'œil. Il vit Mangiku de dos, assis devant son miroir, entièrement costumé, et qui attendait le signal de son entrée. Son regard engloba le pâle bleu lavande de la robe, la courbe douce des épaules demi-nues et poudrées, la brillante perruque noire laquée. En de pareils instants, dans sa loge vide, Mangiku ressemblait à une femme attentive à sa quenouille;

elle filait le fil de son amour, et allait à jamais continuer de filer, l'esprit d'ailleurs.

Masuyama le comprit par intuition : cet amour d'*onnagata* se modelait sur une forme que le théâtre seul avait fournie. Le théâtre était présent tout au long du jour, le théâtre où l'amour ne cessait de crier, de pleurer, de répandre le sang. La musique qui célèbre les sublimes exaltations de l'amour, Mangiku l'entendait sans fin, et les mouvements exquis de son corps étaient constamment déployés sur la scène pour les besoins de l'amour. Rien en Mangiku n'était étranger à l'amour. Orteils glissés dans les *tabi* blancs, séduisantes couleurs de son kimono de dessous qu'on apercevait par l'ouverture des manches, fine nuque et long cou de cygne, tout en Mangiku, jusqu'au bout des ongles, était au service de l'amour.

Masuyama était sûr que Mangiku trouverait une ligne de conduite pour vivre son amour dans les somptueuses émotions de ses rôles. Les acteurs ordinaires enrichissent souvent leur jeu en le nourrissant de ce qu'ils éprouvent dans leur vie réelle, mais non pas Mangiku. A l'instant où Mangiku tomba amoureux, ce sont les amours vécues par Yukihime, Omiwa, Hinaginu, qui vinrent le soutenir.

L'idée que Mangiku était amoureux secoua toutefois Masuyama. Ces tragiques émotions qu'il avait désirées avec une telle ferveur depuis ses années d'écolier, ces sublimes émotions que la présence physique de Mangiku sur scène évoquait, présence enserrée dans une sensualité de flammes et de glaces, voilà ce que, dans la vie réelle, et visiblement, Mangiku cultivait aujourd'hui. Mais l'objet de ces sentiments – certes il ne manquait pas de talent – ignorait tout du kabuki; n'était rien d'autre qu'un jeune metteur en scène, d'aspect ordinaire, et le seul point par lequel il pouvait être un objet d'amour pour Mangiku était le fait d'être un étranger au pays, un jeune voyageur qui bientôt quitterait le monde du kabuki, et ne reviendrait jamais.

8

Si seulement je pouvais les changer! eut du succès. Kawasaki, malgré l'intention qu'il avait exprimée de disparaître après la première, venait tous les jours au théâtre se plaindre de la représentation, se précipiter à tout moment par les passages souterrain qui mènent à la scène, tripoter les mécanismes de la trappe et du *hanamichi*. Masuyama le trouvait un peu enfant.

La critique des journaux était pleine d'éloges de Mangiku. Masuyama prit soin de les montrer à Kawasaki, mais il fit la grimace, comme un gosse entêté, il répondit avec mépris : « Ils savent tous bien jouer. Mais tout cela sans *direction*. » Dures paroles que naturellement Masuyama ne répéta pas à Mangiku. Kawasaki se tenait très bien lorsqu'il rencontrait Mangiku. Que Mangiku, qui était parfaitement aveugle à ce qu'éprouvaient les autres, ne mît pas en doute que Kawasaki eût compris sa bonne volonté, irritait tout de même Masuyama. Mais Kawasaki, lui aussi, était absolument insensible aux sentiments des autres. C'était le seul trait commun à Kawasaki et à Mangiku.

Une semaine après la première représentation Masuyama fut appelé dans la loge de Mangiku. Mangiku avait disposé sur sa table les amulettes et les charmes provenant du sanctuaire où il allait régulièrement se recueillir, et quelques petits gâteaux de Nouvel An. Les gâteaux seraient certainement plus tard distribués à ses disciples. Mangiku offrit des bonbons à Masuyama, signe qu'il était de bonne humeur. « M. Kawasaki est venu tout à l'heure, dit-il.

– Oui, je l'ai vu sur le devant.

– Je me demande s'il est toujours dans le théâtre.

– J'imagine qu'il va rester jusqu'à la fin de *Si seulement*.

– Est-ce qu'il a dit qu'il était pris ensuite?

– Non, il n'a rien dit de spécial.

– Alors, je voudrais vous demander une petite grâce. »

Masuyama prit l'air aussi compétent qu'il put. « Et quoi donc?

– Ce soir, n'est-ce pas, quand la représentation sera finie... Je veux dire, ce soir... » Une rougeur commençait d'envahir les joues de Mangiku. Il avait la voix plus claire et plus haute que d'habitude. « Ce soir, quand la représentation sera finie, je me suis dit que je voudrais dîner avec lui. Cela ne vous ennuierait pas de lui demander s'il est libre?

– Je le lui demanderai.

– C'est affreux de ma part, n'est-ce pas, de vous demander une chose pareille.

– Mais ça va très bien. » Masuyama devina que Mangiku ne regardait plus dans le vague, mais cherchait à saisir son expression. Il avait l'air de s'attendre à ce que Masuyama fût troublé – et même de le désirer. « Très bien, dit Masuyama en se levant. Je vais le lui dire. »

Masuyama arrivait tout juste dans le foyer, quand il se heurta à Kawasaki, qui venait de la direction opposée; se rencontrer ainsi par hasard au milieu de la foule qui remplissait le foyer pendant l'entracte avait l'air d'un coup du sort. La façon d'être de Kawasaki n'était guère au diapason de l'air de fête qui régnait dans le foyer. Les allures un peu hautaines que prenait toujours le jeune homme semblaient plutôt comiques au milieu d'une foule bourdonnante de notables, habillés de couleurs vives, qui n'étaient là que pour le plaisir de voir une pièce de théâtre.

Masuyama tira Kawasaki dans un coin pour lui faire part de l'invitation de Mangiku.

« Je me demande ce qu'il peut me vouloir maintenant? Dîner ensemble – drôle d'idée. Je n'ai rien à faire ce soir, et je n'ai pas de raison de refuser, mais je ne vois pas pourquoi j'irais.

– Je suppose qu'il veut discuter quelque chose à propos de la pièce.

– La pièce! C'est un sujet sur quoi j'ai dit tout ce que j'avais à dire. »

A cet instant, le désir gratuit de faire le mal, ce qui sur scène est le propre des méchants sans envergure, naquit dans le cœur de Masuyama, sans qu'il s'en rendît compte; il ne s'apercevait pas qu'il se conduisait comme un personnage de théâtre. « Mais voyons – cette invitation à dîner est une occasion merveilleuse; vous allez pouvoir lui dire tout ce que vous avez sur le cœur, et cette fois sans mâcher les mots.

– Tout de même...

– J'imagine que vous n'aurez pas le culot de le faire. »

La réflexion blessa l'orgueil du jeune homme. « Bon. J'y vais. J'ai toujours su que tôt ou tard je pourrais mettre carrément les choses au point avec lui. S'il vous plaît, dites-lui que j'accepte volontiers son invitation. »

Mangiku jouait dans la dernière pièce au programme et n'était libre qu'une fois la dernière représentation finie. Lorsque le spectacle est terminé, les acteurs, normalement, se changent rapidement et se précipitent dehors, mais Mangiku achevait de se rhabiller sans se presser, en revêtant une cape et une écharpe de teinte neutre sur son kimono de sortie. Il attendait Kawasaki. Lorsque Kawasaki arriva enfin, il salua raidement Mangiku, sans prendre la peine de sortir les mains des poches de son pardessus.

Le disciple qui servait de « femme de chambre » à Mangiku se précipita, comme pour avertir de quelque calamité. « Il commence à neiger, dit-il en s'inclinant.

– Il neige beaucoup? » Mangiku posa la joue sur sa cape.

« Non, quelques flocons.

– Il nous faut un parapluie pour aller à la voiture. » Le disciple se précipita pour chercher un parapluie.

Masuyama les accompagna jusqu'à l'entrée. Le portier avait poliment rangé côte à côte les socques de Mangiku et celles de Kawasaki. Le disciple de Mangiku était debout dans la neige légère, un parapluie ouvert à la main. La neige tombait si peu qu'on n'était pas sûr de la distinguer sur le fond sombre du mur d'en face. Deux ou trois flocons voltigèrent jusqu'au seuil de l'entrée.

Mangiku s'inclina devant Masuyama. « Nous partons », dit-il. On voyait sourire à demi ses lèvres derrière l'écharpe. Il se tourna vers le disciple. « C'est parfait. Je vais prendre le parapluie. Je voudrais que vous alliez plutôt dire au chauffeur que nous sommes prêts. » Mangiku abritait Kawasaki avec le parapluie. Kawasaki en pardessus et Mangiku sous sa cape partirent côte à côte sous le parapluie, et quelques flocons brusquement s'envolèrent, rebondirent sur le parapluie.

Masuyama les regarda partir. Il avait le sentiment qu'un énorme parapluie noir et mouillé s'ouvrait à grand bruit dans son cœur. Il sut que l'illusion, née lorsqu'il était enfant à voir jouer Mangiku, qu'il avait gardée intacte même après être entré dans l'équipe du kabuki, il sut qu'elle venait de se briser à l'instant même, dispersée dans toutes les directions, comme un délicat cristal qui tombe de très haut. Enfin, je sais ce que c'est que la désillusion, se dit-il. Je ferais aussi bien de renoncer au théâtre.

Mais Masuyama savait aussi qu'en même temps que la désillusion l'assaillait une émotion nouvelle, la jalousie. Il fut épouvanté : où allait-elle l'entraîner?

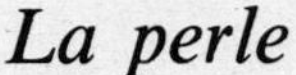

La perle

Le 10 décembre était l'anniversaire de Mme Sasaki, mais comme elle voulait le célébrer le plus discrètement possible, elle n'avait invité chez elle pour prendre le thé que ses amies les plus proches. Se réunirent donc Mmes Yamamoto, Matsumura, Azuma et Kasuga – toutes avaient quarante-trois ans, le même âge que leur hôtessc.

Ces dames faisaient partie pour ainsi dire d'une société secrète : Ne Pas Avouer Son Age, et l'on pouvait implicitement compter qu'elles n'iraient pas raconter combien il y aurait de bougies sur le gâteau. N'avoir convié à son anniversaire que des invitées aussi sûres montrait bien la prudence habituelle de Mme Sasaki.

Pour les recevoir, Mme Sasaki mit une bague ornée d'une perle. Des diamants pour une réunion exclusivement féminine n'auraient pas été du meilleur goût. En outre, les perles allaient mieux avec la couleur de la robe qu'elle portait ce jour-là.

La réception venait juste de commencer, et Mme Sasaki s'était approchée pour vérifier une dernière fois le gâteau, lorsque la perle, mal enchâssée et qui bougeait déjà un peu, finit par échapper et tomber. Ce qui parut un accident de bien mauvais augure pour l'agrément de la réunion, mais il aurait été encore plus embarrassant que tout le monde s'en aperçût, et Mme Sasaki laissa la perle contre le rebord du grand plat qui contenait le gâteau, en décidant de s'en occuper plus tard. Assiettes, fourchettes et serviettes en papier étaient disposées autour du gâteau pour elle et ses quatre invitées. Puis Mme Sasaki se dit qu'elle n'allait pas se montrer avec une bague où quelque chose manquait, lorsqu'elle couperait le gâteau : elle l'enleva discrètement, et sans même se retourner la glissa dans un rayonnage le long du mur derrière elle.

L'agitation des bavardages, la surprise et le plaisir que firent à Mme Sasaki les cadeaux bien choisis que lui apportaient ses amies, lui firent très vite oublier l'incident de la perle. Arriva bientôt le moment de la cérémonie obligée : allumer et éteindre les bougies du gâteau. Toutes se pressèrent autour de la table, pour aider à allumer les quarante-trois bougies, ce qui n'était pas si facile.

On ne pouvait guère attendre de Mme Sasaki, qui avait les poumons faibles, qu'elle en soufflât d'un seul coup une telle quantité, et son air de totale impuissance déclencha toute une série de réflexion et de rires.

Pour servir le gâteau, Mme Sasaki, après avoir hardiment tranché, découpa à la demande des morceaux plus ou moins épais, qu'elle déposa sur les assiettes. Chacune des invitées prit la sienne et alla se rasseoir. Tout le monde allongeant la main en même temps, il y eut autour de la table beaucoup de presse et de confusion.

Le dessus du gâteau était orné d'un dessin en glaçage rose, parsemé d'une quantité de petites billes argentées. C'était des cristaux de sucre argentés, décoration très courante sur les gâteaux d'anniversaire. Dans la confusion pour se resservir, des copeaux de glaçage, et une quantité de ces petites billes se dispersèrent partout sur la nappe blanche. Quelques invitées les recueillirent avec les doigts pour les mettre sur leurs assiettes, d'autres pour les avaler directement.

Finalement elles retournèrent toutes s'asseoir pour manger en riant, tranquillement, leur morceau de gâteau. Il n'avait pas été confectionné à la maison, mais commandé par Mme Sasaki à un pâtissier de grand renom, et les invitées furent unanimes à le déclarer excellent.

Mme Sasaki nageait dans le bonheur. Mais tout à coup, avec un brin d'angoisse, elle se rappela la perle qu'elle avait laissée sur la table, et se leva avec tout le naturel possible pour aller la reprendre. A l'endroit où elle était sûre de l'avoir laissée, on ne l'y voyait plus.

Mme Sasaki avait horreur de perdre les choses. Aussitôt et sans réfléchir, au beau milieu de sa réception, elle se laissa absorber par sa recherche, si tendue que tout le monde s'en aperçut.

« Il y a quelque chose qui ne va pas? dit l'une d'elles.

– Non, pas du tout. Un instant... »

C'était une réponse ambiguë, et Mme Sasaki n'avait pas encore eu le temps de se décider à se rasseoir, que l'une d'abord, puis une autre, et finalement toutes ses invitées s'étaient levées pour secouer la nappe ou tâtonner par terre.

Mme Azuma, devant toute cette agitation, ne trouvait pas de mots pour en déplorer la cause. Elle était outrée qu'une hôtesse se permît de créer une situation aussi impossible pour la perte d'une seule perle.

Mme Azuma décida de s'offrir en sacrifice pour tout sauver. Avec un héroïque sourire elle s'écria : « C'est donc ça! Ça doit être une perle que je viens d'avaler! Une bille d'argent a roulé sur la nappe quand on m'a donné mon gâteau, et je l'ai ramassée et avalée machinalement. J'ai bien eu l'impression qu'elle me restait un peu en travers de la gorge. Bien sûr, s'il s'était agi d'un diamant je le rendrais tout de suite – au besoin en me faisant opérer – mais comme c'est une perle je vous demande tout simplement de me pardonner. »

Cette déclaration apaisa tout de suite les inquiétudes de l'assemblée, et l'on eut par-dessus tout le sentiment qu'elle délivrait l'hôtesse d'une situation bien embarrassante. Personne n'essaya de s'interroger sur la vérité ou la fausseté de la confession de Mme Azuma. Mme Sasaki prit une des billes argentées qui restaient et la porta à la bouche.

« Hum, dit-elle. Celle-ci a certainement un goût de perle! »

Et ce petit incident se fondit à son tour dans la bonne humeur des taquineries – et, au milieu des rires, s'évapora.

Quand la réunion fut finie, Mme Azuma repartit dans sa voiture de sport à deux places, avec à côté d'elle Mme Kasuga, sa voisine et amie intime. Au bout de deux minutes Mme Azuma lui dit : « Avoue! C'est toi qui as avalé la perle, n'est-ce pas? Je l'ai pris sur moi pour te sauver la mise. »

Ce langage sans cérémonie cachait une affection profonde, mais si amicale que fût l'intention, une accusation injuste était pour Mme Kasuga une accusation injuste. Elle ne se rappelait absolument pas avoir par erreur avalé une perle au lieu d'une bille d'argent. Elle était trop difficile pour sa nourriture – d'ailleurs Mme Azuma devait bien le savoir – et quoi qu'il y eût dans son assiette, la seule vue d'un cheveu suffisait à l'empêcher d'avaler.

D'une toute petite voix, elle protesta timidement : « Ah, non, vraiment! » en regardant Mme Azuma pour chercher à percer l'énigme. « Je ne pourrais jamais faire une chose pareille!

– Ce n'est pas la peine de faire semblant. Quand je t'ai vue verdir, j'ai compris. »

Le petit incident à la réception avait paru réglé par la franchise de Mme Azuma, mais il en subsistait encore un curieux malaise. Mme Kasuga, tout en se demandant comment prouver au mieux son innocence, se surprenait à imaginer en même temps qu'une perle s'était logée toute seule dans son intestin. Il était naturellement peu probable qu'elle eût avalé une perle en la prenant pour une bille de sucre, mais avec tout ce tohu-bohu de rues et de bavardages, il fallait avouer que c'était tout de même une possibilité. Elle avait beau repasser sans fin dans sa tête tout ce qui était arrivé, il ne lui venait pas en mémoire un seul instant où elle aurait pu se mettre une perle dans la bouche – mais après tout si le geste avait été inconscient elle ne pouvait pas espérer s'en souvenir.

Mme Kasuga se sentit violemment rougir : son imagination lui offrait soudain une autre vue du problème : si l'on introduit une perle dans son système digestif, elle réapparaît certainement intacte – un peu ternie peut-être par les sucs gastriques – au bout d'un jour ou deux.

Et c'est cette réflexion qui lui rendit transparente la démarche de Mme Azuma. Sans aucun doute la même perspective l'avait embarrassée et remplie de honte, et voilà pourquoi elle en avait rejeté la responsabilité sur une autre, en se donnant généreusement l'apparence de s'avouer coupable pour protéger une amie.

Pendant ce temps-là, Mme Yamamoto et Mme Matsumura, qui habitaient dans la même direction, rentraient ensemble en taxi. Peu après que le taxi eut démarré, Mme Matsumura ouvrit son sac à main pour retoucher un peu son maquillage. Elle se rappelait qu'elle ne s'était pas repoudrée depuis toutes ces émotions à la réception.

En prenant son poudrier elle aperçut quelque chose de brillant qui glissait au fond du sac. Fouillant du bout des doigts, Mme Matsumura s'empara de l'objet, et vit avec stupeur que c'était une perle.

Mme Matsumura étouffa une exclamation de surprise. Ses relations avec Mme Yamamoto étaient loin d'être cordiales, depuis quelque temps, et elle n'avait pas envie de partager avec cette dame une découverte dont les implications pouvaient être si gênantes pour elle.

Heureusement Mme Yamamoto regardait par la fenêtre et n'avait pas l'air d'avoir remarqué le sursaut d'étonnement de sa compagne.

Désarçonnée par la brusque tournure des événements, Mme Matsumura ne prit pas le temps de se demander comment la perle s'était introduite dans son sac, mais se trouva immédiatement ligotée par le système de moralité qui était le sien : le scoutisme. Il était peu probable, à son idée, qu'elle ait jamais pu faire une chose pareille, même sans en avoir conscience. Mais puisque par quelque hasard l'objet s'était retrouvé dans son sac, la seule chose à faire était de le rapporter tout de suite. Le fait aussi que c'était une perle – donc un article qui n'était ni vraiment cher ni véritablement bon marché – rendait sa situation encore plus ambiguë.

En tout cas, elle était bien résolue à ce que

Mme Yamamoto ignore tout de cette incompréhensible péripétie – surtout que la question avait été si bien résolue par la générosité de Mme Azuma. Mme Matsumura se sentit incapable de demeurer une seconde de plus dans le taxi, et sous prétexte de se rappeler qu'elle devait aller voir un parent malade, elle fit arrêter aussitôt le taxi, au milieu d'un paisible quartier résidentiel.

Mme Yamamoto, restée seule dans le taxi, était un peu surprise que sa mauvaise plaisanterie ait déclenché chez Mme Matsumura une réaction aussi brusque. Elle avait suivi les gestes de Mme Matsumura sur la vitre du taxi comme dans un miroir, et l'avait très bien vue retirer la perle de son sac.

Pendant la réception Mme Yamamoto avait été servie la première d'une tranche de gâteau. Elle avait ajouté sur son assiette une bille d'argent qui avait glissé sur la table, puis était retournée s'asseoir – encore une fois avant toutes les autres – et constaté que la bille d'argent était une perle. La découverte lui avait aussitôt inspiré une méchanceté. Pendant que toutes les autres s'affairaient autour du gâteau, elle avait vivement glissé la perle dans le sac à main qu'avait laissé sur le fauteuil à côté l'insupportable hypocrite qu'était Mme Matsumura.

Perdue au milieu d'un quartier résidentiel où elle avait peu de chance de trouver un taxi, Mme Matsumura s'abandonna fiévreusement à toutes sortes de réflexions sur sa situation.

Premièrement, si nécessaire que ce fût pour

soulager sa conscience, ce serait vraiment honteux, quand d'autres avaient tant fait pour apaiser les choses, d'aller tout ranimer; et le pis serait encore – étant donné l'impossibilité d'expliquer ce qui s'était passé – qu'elle risquait de se faire injustement soupçonner.

Deuxièmement si – malgré tous ces raisonnements – elle ne rendait pas la perle immédiatement, elle n'en aurait plus jamais la possibilité. Qu'elle attende à demain (d'y penser fit rougir Mme Matsumura), et la perle retrouvée ferait naître des questions et des doutes plutôt répugnants. Mme Azuma y avait d'ailleurs déjà fait allusion.

C'est alors que vint à l'esprit de Mme Matsumura un plan magistral, qui l'enchanta, qui à la fois soulagerait sa conscience et ne l'exposerait à d'injustes soupçons. Hâtant le pas, elle finit par déboucher sur une rue relativement animée, où elle arrêta un taxi et dit au chauffeur de la conduire très vite au Ginza, à une célèbre boutique de perles. Là, elle sortit la perle de son sac pour la montrer au vendeur, et lui demander à voir une perle un peu plus grosse et nettement de meilleure qualité. Elle l'acheta, et repartit toujours en taxi, chez Mme Sasaki.

Voici ce qu'avait imaginé Mme Matsumura. Elle allait offrir à Mme Sasaki cette nouvelle perle, en lui disant qu'elle l'avait trouvée dans la poche de son tailleur. Mme Sasaki l'accepterait, et essaierait ensuite de la remettre sur l'anneau. Cependant, comme la perle était plus grosse, elle n'irait pas, et Mme Sasaki – troublée – essaierait de la rendre à Mme Matsumura, mais Mme Matsumura refuserait de la reprendre. Sur quoi Mme Sasaki se trouverait acculée aux conclusions suivantes : cette femme agit ainsi pour protéger quelqu'un d'autre. Dans ces conditions, il est plus sûr d'accepter la perle et d'en rester là. Mme Matsumura a sans doute vu l'une des trois autres dames voler la perle. Mais au moins je peux être sûre que de mes quatre invitées, Mme Matsumura est absolument innocente. On n'a jamais vu de voleur dérober un objet pour le remplacer par un objet semblable mais qui vaille davantage.

Par ce stratagème Mme Matsumura pensait échapper pour toujours à la honte d'être soupçonnée, et également – en contrepartie d'un peu d'argent – à ses remords de conscience.

Revenons-en aux autres dames. Rentrée chez elle, Mme Kasuga continuait d'être bouleversée par la cruelle taquinerie de Mme Azuma. Pour se laver d'une accusation même aussi ridicule que celle-là, il fallait agir avant le lendemain, elle le savait – ou ce serait trop tard. C'est-à-dire que pour prouver de façon positive qu'elle n'avait pas mangé la perle il était absolument nécessaire de la faire voir. Et donc, si elle pouvait la montrer immédiatement à Mme Azuma, son innocence sur le plan gastronomique (sinon sur un autre plan) serait solidement établie. Mais si elle attendait au lendemain, même si elle arrivait à présenter la perle, interviendrait inévitablement le honteux soupçon dont il est presque impossible de parler.

Mme Kasuga, normalement timide, trouva du courage dans un impérieux besoin d'agir, et se précipita hors de chez elle alors qu'elle venait à peine d'y arriver, pour se rendre à une boutique de perles du Ginza, où elle choisit et acheta une perle qui lui sembla à peu près de la même grosseur que les billes d'argent du gâteau. Puis elle téléphona à Mme Azuma. Elle expliqua qu'en rentrant elle avait trouvé dans les plis du nœud de sa ceinture la perle que Mme Sasaki avait perdue, mais comme elle était trop gênée pour aller toute seule la rapporter, elle se demandait si Mme Azuma aurait la bonté de venir avec elle, aussitôt que possible. A part soi, Mme Azuma trouva l'histoire assez improbable, mais puisque c'était une amie qui le demandait, elle fut d'accord pour y aller.

Mme Sasaki accepta la perle que lui apportait Mme Matsumura, et constatant qu'elle n'allait pas à l'anneau, eut l'obligeance d'en chercher l'explication dans le sens qu'espérait Mme Matsumura; aussi fut-elle bien surprise lorsque, environ une heure plus tard, arriva Mme Kasuga, qu'accompagnait Mme Azuma, pour lui rendre une autre perle.

Mme Sasaki faillit parler de la visite que venait de lui faire Mme Matsumura, mais ne fit que frôler le danger et se retint à la dernière minute. Elle accepta la seconde perle aussi tranquillement qu'elle put. Elle était sûre que celle-là irait, et dès que ses deux visiteuses eurent pris congé, elle se dépêcha d'essayer de la fixer sur la bague. Mais elle était trop petite, et remuait dans la monture. Découverte qui laissa Mme Sasaki non seulement surprise, mais absolument ahurie.

Sur le chemin de retour, dans la voiture, les deux femmes se trouvèrent chacune incapable de deviner ce que l'autre pensait, et tandis que d'habitude elles bavardaient sans contrainte, elles plongèrent dans un long silence.

Mme Azuma, qui se croyait incapable de faire quoi que ce fût dont elle n'eût conscience, était certaine qu'elle n'avait pas avalé la perle. C'était simplement pour sortir tout le monde d'embarras qu'elle avait, toute honte bue, fait sa déclaration – et particulièrement pour sauver la mise à son amie, qui ne savait comment et avait visiblement l'air coupable. Mais maintenant que penser? Elle avait l'impression que toute l'étrange attitude de Mme Kasuga, et ce procédé compliqué (se faire accompagner pour rendre la perle) cachaient quelque chose de beaucoup plus profond. Etait-il concevable que Mme Azuma ait mis le doigt sur une faiblesse dans le caractère de son amie, faiblesse à laquelle il était interdit de toucher, et qu'en mettant son amie ainsi au pied du mur elle ait transformé une kleptomanie impulsive et inconsciente en profonde et inguérissable maladie mentale?

Quant à Mme Kasuga, elle gardait le soupçon que Mme Azuma avait bel et bien avalé la perle et que sa confession était véridique. En ce cas, Mme Azuma était impardonnable, quand tout était arrangé, de l'avoir si cruellement taquinée en revenant de la réception, et de s'être débarrassée sur elle de sa propre culpabilité. En conséquence, timide comme elle était, elle avait été saisie de panique, et outre l'argent qu'elle avait dépensé, elle s'était sentie obligée de jouer cette petite comédie – et après tout cela Mme Azuma avait encore assez mauvais caractère pour refuser d'avouer que c'était elle qui avait mangé la perle? Et si l'innocence de Mme Azuma était entièrement fictive, elle-même, qui jouait si difficilement son rôle, quelle mauvaise actrice n'était-elle pas aux yeux de Mme Azuma?

Revenons à Mme Matsumura. En repartant après avoir obligé Mme Sasaki à accepter la perle, elle avait l'esprit plus libre et il lui vint à l'idée de réexaminer à loisir, détail après détail, le déroulement du récent incident. Quand elle était allée chercher sa part de gâteau, elle avait très certainement laissé son sac sur la chaise. Ensuite, en mangeant le gâteau, elle s'était beaucoup servie de la serviette en papier – donc n'avait pas eu besoin de prendre un mouchoir dans son sac. Plus elle y pensait moins elle se rappelait avoir ouvert son sac avant de se repoudrer dans le taxi. Comment donc une perle aurait-elle pu rouler dans un sac qui avait toujours été fermé?

Elle comprenait maintenant combien elle avait été stupide de ne pas s'en apercevoir avant, au lieu d'être saisie de panique en voyant la perle. D'être allée si loin, Mme Matsumura fut frappée par une réflexion stupéfiante. Quelqu'un avait mis exprès la perle dans le sac pour l'incriminer. Et des quatre invitées à la réception la seule capable d'une chose pareille était, sans le moindre doute, la détestable Mme Yamamoto. Les yeux luisant de rage, Mme Matsumura se précipita chez Mme Yamamoto.

Dès qu'elle aperçut Mme Matsumura debout dans l'entrée, Mme Yamamoto comprit aussitôt ce qui l'amenait. Elle avait déjà préparé sa ligne de défense.

Toutefois l'interrogatoire mené par Mme Matsumura se révéla d'une sévérité inattendue, et il fut évident dès le début qu'elle n'accepterait aucune dérobade.

« C'est vous, je le sais. Il n'y a que vous qui puissiez faire une chose pareille », dit Mme Matsumura, forte de ses déductions.

« Pourquoi moi? Quelles preuves en avez-vous? Si vous êtes capable de venir me dire cela en face, je suppose que vous avez des preuves concluantes, non? » Mme Yamamoto commença par être maîtresse d'elle-même et glaciale.

A quoi Mme Matsumura répondit que Mme Azuma, qui s'était si noblement accusée, était de toute évidence étrangère à une conduite aussi basse et méprisable; et quant à Mme Kasuga, elle manquait trop de caractère pour un geste aussi dangereux; ce qui ne laisse qu'une seule personne – vous.

Mme Yamamoto garda le silence, la bouche close comme une huître. Sur la table devant elle brillait doucement la perle que Mme Matsumura y avait posée. Dans son énervement elle n'avait pas même eu le temps d'avancer la main, et le thé de Ceylan qu'elle avait pensé à préparer refroidissait.

« Je n'avais pas idée que vous me détestiez autant », dit Mme Yamamoto en s'essuyant le coin des yeux; mais il était clair que Mme Matsumura était une fois pour toutes décidée à ne pas se laisser tromper par des larmes.

« Eh bien, alors je vais dire, reprit Mme Yamamoto, ce que j'avais pensé qu'il ne fallait jamais dire. Je ne prononcerai pas de nom, mais une des invitées...

– Ce qui veut dire, je suppose, Mme Azuma ou Mme Kasuga?

– Je vous prie, je vous supplie d'au moins me permettre de ne pas dire le nom. Comme je disais, une des invitées venait d'ouvrir votre sac et d'y laisser tomber quelque chose comme je me trouvais lancer un coup d'œil dans sa direction. Vous imaginez ma stupéfaction. Même si je m'étais sentie capable de vous avertir, je n'en aurais pas eu l'occasion. J'avais le cœur qui cognait, qui cognait! Et quand nous sommes parties dans le taxi – c'était affreux de ne pas pouvoir vous parler. Si nous avions été amies, bien sûr, j'aurais pu tout vous dire franchement, mais puisque je savais que selon toute apparence vous ne m'aimez pas...

– Je comprends. Vous avez été pleine d'attention, je n'en doute pas. Ce qui veut dire, n'est-ce pas, que vous avez maintenant rejeté la culpabilité sur Mme Azuma et Mme Kasuga?

– Rejeté la culpabilité! Mais comment vous faire comprendre ce que j'éprouve? Tout ce que je voulais était ne faire de mal à personne.

– Bien sûr. Mais me faire du mal à moi ça vous était égal, n'est-ce pas? Vous auriez au moins pu me dire cela dans le taxi.

– Et si vous aviez été franche avec moi quand vous avez trouvé la perle, je vous aurais probablement dit, à ce moment-là, tout ce que j'avais vu – mais non, vous avez préféré quitter le taxi, sans un mot! »

Pour la première fois, en entendant cela, Mme Matsumura ne trouva rien à répondre.

« Eh bien, alors. Est-ce que j'arrive à vous faire comprendre? Je voulais ne faire de mal à personne. »

Mme Matsumura se sentit encore plus au comble de la rage.

« Si vous devez sortir un pareil tissu de mensonges, dit-elle, je dois vous demander de les répéter, ce soir si vous voulez, en ma présence, devant Mme Azuma et Mme Kasuga. »

Sur quoi Mme Yamamoto fondit en larmes.

Voir pleurer Mme Yamamoto était quelque chose de très nouveau pour Mme Matsumura, et elle avait beau se répéter qu'il ne fallait pas qu'elle se laisse avoir par les larmes, elle n'arrivait pas à se débarrasser du sentiment que peut-être, par quelque endroit, puisque rien dans cette histoire ne pouvait se prouver, il y avait une once de vérité dans les assertions de Mme Yamamoto.

Tout d'abord – pour être un peu plus objectif – si l'on tenait pour vraie l'histoire de Mme Yamamoto, sa répugnance à révéler le nom de la coupable, qu'elle avait vu faire de ses propres yeux, inclinait à penser qu'elle ne manquait pas de délicatesse. Et tout comme on ne pouvait pas affirmer que la douce Mme Kasuga, qui semblait si timide, ne pourrait jamais être provoquée à la méchanceté, de même l'indéniable hostilité établie entre Mme Yamamoto et elle-même pouvait, sous un certain angle, rendre plus improbable la culpabilité de Mme Yamamoto. Car si elle devait faire ce genre de choses, leurs relations étant ce qu'elles étaient, Mme Yamamoto serait la première suspecte.

« Nous avons des natures très différentes, continua Mme Yamamoto toujours en larmes, et je reconnais qu'il y a en vous des choses que je n'aime pas. Mais tout de même, c'est trop affreux pour que vous me soupçonniez d'un aussi mauvais tour pour l'emporter sur vous... Et d'ailleurs, à bien réfléchir, souffrir sans rien dire vos accusations serait encore la conduite la plus conforme à ce qui a été tout au long mon sentiment. Je serai seule à encaisser la culpabilité, et personne d'autre n'aura de mal. »

Et sur ces pathétiques paroles, Mme Yamamoto s'écroula le visage contre la table et éclata en sanglots.

Mme Matsumura, tout en la regardant, en venait à réfléchir à ce qu'avait d'incontrôlé sa propre conduite. Elle détestait tellement Mme Yamamoto, qu'il y avait eu des moments, au cours des reproches dont elle l'avait accablée, où elle s'était laissé aveugler par l'émotion.

Lorsque, après avoir longuement pleuré, Mme Yamamoto releva la tête, son visage, pur et en quelque sorte distant, affichait une résolution qui fut perceptible même à sa visiteuse. Mme Matsumura, un peu effrayée, se redressa sur sa chaise.

« Cette chose n'aurait jamais dû être. Une fois disparue, tout sera comme avant. » Parlant par énigme, Mme Yamamoto repoussa ses cheveux en désordre et posa son terrible regard, d'une beauté saisissante, sur la table devant elle. En une seconde elle saisit la perle et par un geste d'une décision dramatique, se la lança dans la bouche. Puis elle souleva sa tasse par l'anse, le petit doigt élégamment écarté, et fit disparaître la perle avec une seule gorgée de thé de Ceylan refroidi.

Horrifiée, fascinée, Mme Matsumura la regarda faire. Tout fut fini avant qu'elle ait pu protester. C'était la première fois de sa vie qu'elle voyait quelqu'un avaler une perle, et il y avait chez Mme Yamamoto quelque chose de ce désespoir sans recours qu'on s'attend à trouver chez celui qui vient d'avaler du poison.

Toutefois, si héroïque que fût le geste, il était surtout touchant, et non seulement Mme Matsumura sentit s'évaporer sa colère, mais la simplicité, la pureté de Mme Yamamoto l'impressionnèrent tellement qu'elle ne vit plus en cette dame qu'une sainte. Et les yeux aussi de Mme Matsumura se remplirent de larmes, et elle prit la main de Mme Yamamoto.

« S'il vous plaît, pardonnez-moi, s'il vous plaît, pardonnez-moi, dit-elle. J'ai eu tort. »

Et elles pleurèrent ensemble quelque temps, en se tenant les mains, et en se jurant réciproquement d'être désormais d'inébranlables amies.

Lorsque Mme Sasaki entendit raconter que les relations entre Mme Yamamoto et Mme Matsumura, qui étaient tellement tendues, s'étaient soudain améliorées, et que Mme Azuma et Mme Kasuga, qui avaient été tellement amies, soudain ne se voyaient plus, elle fut incapable d'en comprendre les raisons, et dut se contenter de se dire qu'en ce monde rien n'est impossible.

Toutefois, comme elle n'était pas femme à s'embarrasser de trop de scrupules, Mme Sasaki demanda à un joaillier de lui refaire sa bague et de trouver un dessin qui permît d'enchâsser deux perles, l'une grosse et l'autre petite, et elle porta très ouvertement la bague, sans nouvel incident.

Elle oublia très vite et complètement le petit accroc survenu le jour de son anniversaire, et quand on lui demandait son âge elle donnait les mêmes réponses mensongères, comme toujours.

Les langes

Il était toujours occupé, le mari de Toshiko. Même ce soir il fallait qu'il se précipite à un rendez-vous, et la laisse rentrer en taxi. Mais à quoi peut s'attendre d'autre la femme qui a épousé un acteur – et un acteur séduisant? Sans aucun doute elle avait été naïve d'espérer qu'il passerait la soirée avec elle. Et pourtant il devait savoir combien elle avait peur de rentrer chez eux, dans cette maison sans âme meublée à l'occidentale, avec encore les taches de sang sur le parquet.

Depuis son adolescence Toshiko était hypersensible : c'était sa nature. Elle se tourmentait sans cesse, n'était jamais parvenue à prendre du poids, et maintenant qu'elle était adulte, elle avait beaucoup plus l'air d'une figurine transparente que d'une créature de chair et de sang. Même ceux qui la connaissaient peu avaient conscience de sa délicatesse de cœur.

Au début de la soirée, quand elle avait retrouvé son mari à la boîte de nuit, elle avait été choquée de l'entendre raconter « l'incident » pour amuser ses amis. Assis là, vêtu à l'américaine, et tirant sur une cigarette, il lui était apparu presque comme un étranger.

« C'est une histoire incroyable », disait-il avec de grands gestes, comme pour faire concurrence au tumulte de l'orchestre de danse. « Voilà qu'arrive la nouvelle nurse pour notre bébé, envoyée par l'agence, et la toute première chose que je remarque, c'est son ventre. Enorme! Comme si elle s'était fourré un oreiller sous son kimono! Pas étonnant, me suis-je dit, quand j'ai constaté qu'elle mangeait à elle toute seule plus que nous tous réunis. Elle vous raflait une casserole de riz comme ça... » Il claqua des doigts. « Dilatation de l'estomac, voilà comment elle expliquait sa tournure et son appétit. Eh bien, avant-hier, on entend des plaintes et des gémissements dans la nursery. On se précipite et on la trouve accroupie par terre, qui se tient le ventre à deux mains et meugle comme une vache. Tout près d'elle, dans son berceau, notre bébé hurlait d'épouvante. C'était beau à voir, je vous assure.

– Un polichinelle dans le tiroir? » insinua un de leurs amis, acteur de cinéma comme le mari de Toshiko.

« Vous pouvez le dire! Et je n'ai jamais eu pareil choc. Vous comprenez, j'avais complètement avalé l'histoire de la dilatation d'estomac. Bon, je n'ai pas perdu de temps. J'ai rattrapé notre beau tapis et j'ai donné à la fille une couverture pour s'étendre par terre. Elle gueulait sans arrêt comme un cochon qu'on égorge. Le temps que le docteur arrive de la maternité, le bébé était né. Mais notre salon était dans un fichu état!

– Oh ça, je m'en doute! » s'écria un autre ami, et tout le monde éclata de rire.

Toshiko était médusée d'entendre son mari parler de ce qui avait été si horrifiant comme d'un incident drôle dont ils auraient été témoins par hasard. Elle ferma un instant les yeux et revit aussitôt devant elle le petit nouveau-né : il gisait sur le parquet, et son corps fragile était enveloppé de journaux tachés de sang.

Toshiko était sûre que le docteur l'avait fait exprès, par méchanceté. Comme pour souligner le mépris qu'il portait à cette fille-mère qui mettait au monde un bâtard dans des conditions aussi sordides, il avait dit à son assistant d'envelopper le bébé dans quelques journaux, plutôt que dans de vrais langes. Cette dureté à l'égard de l'enfant nouveau-né avait offensé Toshiko. Surmontant son dégoût de tout le spectacle, elle était allée prendre dans son armoire un métrage de flanelle toute neuve, en avait enveloppé l'enfant, et l'avait avec précaution couché dans un fauteuil.

Tout cela s'était passé le soir après que son mari eut quitté la maison. Toshiko ne lui en avait rien dit, de peur qu'il ne la trouve trop sensible, trop sentimentale; cependant le spectacle s'était gravé profondément dans son esprit. Elle y repensait en silence, pendant le tintamarre de l'orchestre de jazz et la joyeuse conversation de son mari avec ses amis. Elle savait qu'elle n'oublierait jamais la vue de ce bébé, enveloppé de journaux sales et couché sur le sol – c'était une scène de boucherie. Toshiko, qui avait toujours vécu dans la sécurité et le confort, ressentait avec une acuité poignante le sort misérable de l'enfant illégitime.

Je suis la seule personne qui ait été témoin de sa honte, se dit-elle tout à coup; la mère n'a jamais vu son enfant couché par terre dans son emballage de journaux et l'enfant lui-même bien sûr n'en savait rien. Je serai seule à garder la mémoire de ce terrible spectacle. Quand le bébé grandira et voudra savoir comment il est né, il n'y aura personne pour le lui dire, tant que je garderai le silence. Comme il est étrange que je me sente coupable! Après tout, c'est moi qui l'ai ramassé par terre, qui l'ai convenablement langé de flanelle, et couché dans un fauteuil pour qu'il dorme.

Ils quittèrent la boîte de nuit et Toshiko monta dans le taxi que son mari avait appelé pour elle. « Emmenez cette dame à Ushigomé », dit-il au chauffeur en refermant la portière. Toshiko regarda par la vitre le souriant visage de son mari, et remarqua ses solides dents blanches. Puis elle se rejeta en arrière sur la banquette, avec une sorte d'angoisse : leur vie ensemble était trop facile, trop abritée de toute douleur. Il lui aurait été malaisé de trouver des mots pour traduire sa pensée. Par la vitre arrière du taxi elle jeta un dernier coup d'œil à son mari. Il avançait à grands pas dans la rue pour retrouver sa voiture, et bientôt le tweed un peu voyant de son manteau se perdit parmi les silhouettes des passants.

Le taxi démarra, descendit une rue bordée de place en place par des bars, puis par un théâtre; devant la façade des foules de gens se bousculaient sur le trottoir. La représentation venait juste de finir, mais on avait déjà éteint les lumières, et dans la demi-obscurité de l'extérieur il était attristant de constater que les fleurs de cerisier qui décoraient la façade n'étaient que des bouts de papier blanc.

Même si ce bébé grandit sans connaître le secret de sa naissance, il ne pourra jamais devenir quelqu'un de bien, se dit Toshiko, qui tournait toujours autour de la même question. Ces langes de journaux sales vont être le symbole de toute sa vie. Mais pourquoi tellement me préoccuper de lui? Est-ce parce que je suis inquiète de l'avenir de mon propre enfant? Dans vingt ans d'ici, quand notre petit garçon sera devenu un beau jeune homme instruit et bien élevé, un destin malicieux va peut-être le poignarder sauvagement...

La nuit d'avril était couverte et chaude, mais Toshiko avait froid, penser à l'avenir la rendait malheureuse. Elle frissonna, blottie à l'arrière de la voiture.

Non, quand viendra ce temps-là je prendrai la place de mon fils, se dit-elle brusquement. Dans vingt ans d'ici j'aurai quarante-trois ans. J'irai trouver ce jeune homme et je lui raconterai tout –

les langes faits de journaux, et comment je l'ai ramassé pour l'envelopper de flanelle.

Le taxi suivait la large rue sombre que bordent le parc et les douves du Palais impérial. Toshiko aperçut les quelques points de lumière de grands immeubles commerciaux.

Dans vingt ans d'ici ce malheureux enfant sera dans la pire misère. Il mènera une existence désolée, sans espoir, ravagée par la pauvreté – l'existence d'un rat. Que pourrait-il arriver d'autre à l'enfant né comme il est né? Il traînera seul dans les rues, maudissant son père, haïssant sa mère.

Il n'y a pas de doute, Toshiko prenait un certain plaisir à ses pensées les plus sombres; elle n'arrêtait pas de s'en faire une torture. Le taxi approchait d'Hanzomon, et longeait les jardins de l'Ambassade britannique. Les célèbres allées de cerisiers se déployèrent au croisement devant Toshiko dans leur totale pureté. A l'instant même elle décida d'aller voir les fleurs toute seule dans la nuit sombre. Etrange décision de la part d'une jeune femme timide et sans goût pour l'aventure, mais elle était dans un étrange état d'esprit, et avait peur de rentrer chez elle. Ce soir-là toutes sortes d'imaginations inquiétantes avaient explosé dans sa tête.

Elle traversa la large rue – mince et solitaire silhouette dans le noir. D'habitude, quand elle affrontait la circulation, Toshiko se cramponnait avec terreur au bras de son compagnon, mais ce soir-là elle se jeta toute seule entre les voitures, et atteignit l'instant d'après le long parc étroit qui borde les douves du Palais. Il s'appelle Chidoriga-fuchi, l'Abîme aux Mille Oiseaux.

Ce soir-là le parc tout entier était un bosquet de cerisiers en fleur. Sous le calme ciel de nuages les fleurs formaient une compacte masse de blancheur. Les lanternes en papier accrochées aux fils de fer entre les arbres avaient été éteintes; les lampes électriques rouges, jaunes et vertes, qui les remplaçaient brillaient sans éclat sous les fleurs. Il était dix heures largement passées, les amateurs de fleurs étaient pour la plupart rentrés chez eux. Les rares passants qui traversaient le parc renvoyaient de côté, d'un coup de pied, les bouteilles vides et écrasaient en avançant les débris de papier.

Des journaux, se dit Toshiko, dont l'esprit revenait sans cesse au même événement. Des journaux tachés de sang. L'homme qui viendrait à connaître cette naissancc pitoyable, à qui l'on apprendrait que c'était lui qui gisait là, sa vie tout entière en serait détruite. Penser que c'est à moi, qui ne lui suis rien, que c'est à moi qu'il appartient de garder son secret – le secret de toute une existence...

Perdue dans ses pensées, Toshiko traversait le parc. La plupart des gens qui ne l'avaient pas encore quitté, paisibles couples, ne faisaient pas attention à elle. Elle remarqua deux personnes assises sur un banc de pierre près des douves, qui contemplaient en silence non pas les fleurs, mais l'eau. Elle était d'un noir d'encre, et voilée de lourdes ombres. Au-delà des douves, l'opaque forêt du Palais impérial bloquait la vue. Les arbres s'élevaient en sombre masse découpée sur le ciel. Toshiko avançait lentement sous la voûte de fleurs.

Sur un banc de pierre, un peu à l'écart des autres, elle aperçut quelque chose de clair – non, ce n'était pas, comme elle avait d'abord imaginé, un amas de fleurs de cerisier, ni un vêtement oublié par quelque promeneur. C'est seulement en s'approchant qu'elle vit que c'était une forme humaine étendue sur le banc. Etait-ce un de ces malheureux ivrognes qu'on voit si souvent endormis dans les lieux publics? Sûrement non, car le corps avait été soigneusement recouvert de journaux, et c'est la blancheur du papier qui avait attiré l'attention de Toshiko. Debout près du banc, elle abaissa le regard sur le corps endormi.

C'était un homme en chandail marron qui gisait là, blotti sur des couches de journaux, et recouvert d'autres journaux. Sûrement il passait les nuits sur ce banc maintenant que le printemps était arrivé. En regardant le corps endormi enveloppé dans ses journaux, Toshiko ne pouvait échapper au souvenir du bébé gisant sur le parquet dans ses misérables langes. L'épaule de l'homme, couverte du chandail, se soulevait et s'abaissait dans l'obscurité, au rythme de sa lourde respiration.

Toutes les peurs et toutes les prémonitions de Toshiko lui semblèrent s'être soudain concrétisées. Dans l'obscurité, le front de l'homme faisait une tache claire, et c'était un front jeune, même creusé de rides par de longues années de misère et de pauvreté. Son pantalon kaki était un peu remonté;

il portait, sans chaussettes, de vieilles espadrilles. On ne distinguait pas son visage, et Toshiko fut tout à coup saisie d'un désir irrésistible : l'apercevoir.

Elle s'avança jusqu'au haut du banc, et se pencha. Il dormait la tête à demi enfouie dans les bras, mais elle vit qu'il était étonnamment jeune. Elle remarqua les épais sourcils et la fine arête du nez. La bouche légèrement entrouverte était d'une fraîcheur juvénile.

Mais Toshiko s'était approchée trop près. Dans le silence de la nuit il y eut un bruissement de journaux, et brusquement l'homme ouvrit les yeux. Il vit la jeune femme debout devant lui, se souleva d'un sursaut, les yeux brillants. En une seconde une main vigoureuse avait enserré le mince poignet de Toshiko.

Elle n'avait pas du tout peur et ne fit pas le moindre effort pour se dégager. En un seul éclair elle comprit : les vingt ans avaient déjà passé! La forêt du Palais impérial était noire comme de l'encre et totalement silencieuse.

DU MÊME AUTEUR

Aux Éditions Gallimard

LE PAVILLON D'OR.

APRÈS LE BANQUET.

LE MARIN REJETÉ PAR LA MER.

LE TUMULTE DES FLOTS.

CONFESSION D'UN MASQUE.

LE SOLEIL ET L'ACIER.

MADAME DE SADE, *théâtre.*

LA MER DE LA FERTILITÉ :

I. NEIGE DE PRINTEMPS.

II. CHEVAUX ÉCHAPPÉS.

III. LE TEMPLE DE L'AUBE.

IV. L'ANGE EN DÉCOMPOSITION.

UNE SOIF D'AMOUR.

LE PALAIS DES FÊTES, *théâtre.*

CINQ NÔ MODERNES, *théâtre.*

L'ARBRE DES TROPIQUES, *théâtre.*

LE JAPON MODERNE ET L'ÉTHIQUE SAMOURAÏ (La Voie du *Hagakuré*).

Dans la collection Biblos

LA MER DE LA FERTILITÉ : Neige de printemps - Chevaux échappés - Le temple de l'aube - L'ange en décomposition. *Préface de Marguerite Yourcenar.*

COLLECTION FOLIO

Dernières parutions :

2063. Pascal Lainé — *Plutôt deux fois qu'une.*
2064. Félicien Marceau — *Les passions partagées.*
2065. Marie Nimier — *La girafe.*
2066. Anne Philipe — *Je l'écoute respirer.*
2067. Reiser — *Fous d'amour.*
2068. Albert Simonin — *Touchez pas au grisbi!*
2069. Muriel Spark — *Intentions suspectes.*
2070. Emile Zola — *Une page d'amour.*
2071. Nicolas Bréhal — *L'enfant au souffle coupé.*
2072. Driss Chraïbi — *Les Boucs.*
2073. Sylvie Germain — *Nuit-d'Ambre.*
2074. Jack-Alain Léger — *Un ciel si fragile.*
2075. Angelo Rinaldi — *Les roses de Pline.*
2076. Richard Wright — *Huit hommes.*
2078. Robin Cook — *Il est mort les yeux ouverts.*
2079. Marie Seurat — *Les corbeaux d'Alep.*
2080. Anatole France — *Les dieux ont soif.*
2081. J. A. Baker — *Le pèlerin.*
2082. James Baldwin — *Un autre pays.*
2083. Jean Dutourd — *2024.*
2084. Romain Gary — *Les clowns lyriques.*
2085. Alain Nadaud — *Archéologie du zéro.*
2086. Gilles Perrault — *Le dérapage.*
2087. Jacques Prévert — *Soleil de nuit.*
2088. Sempé — *Comme par hasard.*
2089. Marcel Proust — *La prisonnière.*
2090. Georges Conchon — *Colette Stern.*

2091.	Sébastien Japrisot	*Visages de l'amour et de la haine.*
2092.	Joseph Kessel	*La règle de l'homme.*
2093.	Iris Murdoch	*Le rêve de Bruno.*
2094.	Catherine Paysan	*Le nègre de Sables.*
2095.	Dominique Roulet	*Le crime d'Antoine.*
2096.	Henri Vincenot	*Le maître des abeilles (Chronique de Montfranc-le-Haut).*
2097.	David Goodis	*Vendredi 13.*
2098.	Anatole France	*La Rôtisserie de la Reine Pédauque.*
2099.	Maurice Denuzière	*Les Trois-Chênes.*
2100.	Maurice Denuzière	*L'adieu au Sud.*
2101.	Maurice Denuzière	*Les années Louisiane.*
2102.	D. H. Lawrence	*Femmes amoureuses.*
2103.	XXX	*Déclaration universelle des droits de l'homme.*
2104.	Euripide	*Tragédies complètes,* tome I.
2105.	Euripide	*Tragédies complètes,* tome II.
2106.	Dickens	*Un conte de deux villes.*
2107.	James Morris	*Visa pour Venise.*
2108.	Daniel Boulanger	*La dame de cœur.*
2109.	Pierre Jean Jouve	*Vagadu.*
2110.	François-Olivier Rousseau	*Sébastien Doré*
2111.	Roger Nimier	*D'Artagnan amoureux.*
2112.	L.-F. Céline	*Guignol's band, I. Guignol's band, II (Le pont de Londres).*
2113.	Carlos Fuentes	*Terra Nostra,* tome II.
2114.	Zoé Oldenbourg	*Les Amours égarées.*
2115.	Paule Constant	*Propriété privée.*
2116.	Emmanuel Carrère	*Hors d'atteinte?*
2117.	Robert Mallet	*Ellynn.*
2118.	William R. Burnett	*Quand la ville dort.*
2119.	Pierre Magnan	*Le sang des Atrides.*
2120.	Loti	*Ramuntcho.*
2121.	Annie Ernaux	*Une femme.*
2122.	Peter Handke	*Histoire d'enfant.*
2123.	Christine Aventin	*Le cœur en poche.*
2124.	Patrick Grainville	*La lisière.*
2125.	Carlos Fuentes	*Le vieux gringo.*
2126.	Muriel Spark	*Les célibataires.*

2164. Emilio Tadini — *La longue nuit.*
2165. Saint-Simon — *Mémoires.*
2166. François Blanchot — *Le chevalier sur le fleuve.*
2167. Didier Daeninckx — *La mort n'oublie personne.*
2168. Florence Delay — *Riche et légère.*
2169. Philippe Labro — *Un été dans l'Ouest.*
2170. Pascal Lainé — *Les petites égarées.*
2171. Eugène Nicole — *L'Œuvre des mers.*
2172. Maurice Rheims — *Les greniers de Sienne.*
2173. Herta Müller — *L'Homme est un grand faisan sur terre.*
2174. Henry Fielding — *Histoire de Tom Jones, enfant trouvé,* I.
2175. Henry Fielding — *Histoire de Tom Jones, enfant trouvé,* II.
2176. Jim Thompson — *Cent mètres de silence.*
2177. John Le Carré — *Chandelles noires.*
2178. John Le Carré — *L'appel du mort.*
2179. J. G. Ballard — *Empire du Soleil.*
2180. Boileau-Narcejac — *Le contrat*
2181. Christiane Baroche — *L'hiver de beauté*
2182. René Depestre — *Hadriana dans tous mes rêves*
2183. Pierrette Fleutiaux — *Métamorphoses de la reine*
2184. William Faulkner — *L'invaincu*
2185. Alexandre Jardin — *Le Zèbre*
2186. Pascal Lainé — *Monsieur, vous oubliez votre cadavre*
2187. Malcolm Lowry — *En route vers l'île de Gabriola*
2188. Aldo Palazzeshi — *Les sœurs Materassi*
2189. Walter S. Tevis — *L'arnaqueur*
2190. Pierre Louÿs — *La Femme et le Pantin*
2191. Kafka — *Un artiste de la faim* et autres récits (Tous les textes parus du vivant de Kafka II)
2192. Jacques Almira — *Le voyage à Naucratis*
2193. René Fallet — *Un idiot à Paris*
2194. Ismaïl Kadaré — *Le pont aux trois arches*
2195. Philippe le Guillou — *Le dieu noir (Chronique romanesque du pontificat de Miltiade II pape du XIXe siècle)*

2196. Michel Mohrt — *La maison du père* suivi de *Vers l'Ouest (Souvenirs de jeunesse)*
2197. Georges Perec — *Un homme qui dort*
2198. Guy Rachet — *Le roi David*
2199. Don Tracy — *Neiges d'antan*
2200. Sempé — *Monsieur Lambert*
2201. Philippe Sollers — *Les Folies Françaises*
2202. Maurice Barrès — *Un jardin sur l'Oronte*
2203. Marcel Proust — *Le Temps retrouvé*
2204. Joseph Bialot — *Le salon du prêt-à-saigner*
2205. Daniel Boulanger — *L'enfant de bohème*
2206. Noëlle Châtelet — *A contre-sens*
2207. Witold Gombrowicz — *Trans-Atlantique*
2208. Witold Gombrowicz — *Bakakaï*
2209. Eugène Ionesco — *Victimes du devoir*
2210. Pierre Magnan — *Le tombeau d'Hélios*
2211. Pascal Quignard — *Carus*
2212. Gilbert Sinoué — *Avicenne (ou La route d'Ispahan)*
2213. Henri Vincenot — *Le Livre de raison de Glaude Bourguignon*

Impression Brodard et Taupin
à La Flèche (Sarthe),
le 3 décembre 1990.
Dépôt légal : décembre 1990.
1er dépôt légal dans la collection : avril 1988.
Numéro d'imprimeur : 6109D-5.

ISBN 2-07-038036-X / Imprimé en France.

51348